Benvolio Antonio Olivio Julio Toto Meo Ho Schmitt weiß Bescheid: Lea wird sterben. Drei Mal darf er seine große Liebe treffen, beim vierten Mal kommt der Tod und steckt sie in seinen Stoffbeutel. Um sie zu retten, flieht Ben. Unterwegs verliert er seine Namen, verursacht den Weltuntergang hinter dem Spiegel und stellt fest: Alleinbleiben ist gar nicht so einfach.

»Annika Scheffels Debütroman ›Ben‹ leuchtet aus den Neuerscheinungen heraus (...). Ein sonderbares Buch ist das, in einem unglaublich schönen, frischen Ton (...). Lapidar und knapp und kühl und märchenhaft (...). Annika Scheffel hat die Wirklichkeit mit den Möglichkeiten der Literatur verwirbelt, die Grammatik neu sortiert, hat aus der schönen Möglichkeit, als neue Autorin die weißen Seiten des ersten Buches mit einer eigenen, neuen Welt zu füllen, das Beste gemacht.«

Volker Weidermann, *Frankfurter Allgemeine Sonntagszeitung*

Annika Scheffel wurde 1983 in Hannover geboren und lebt in Berlin. Sie studierte Angewandte Theaterwissenschaft in Gießen und schreibt Drehbücher. Für ihre Arbeiten wurde sie mehrfach ausgezeichnet, unter anderem mit einem Stipendium der Drehbuchwerkstatt München und einem Berliner Senatsstipendium.

Weitere Informationen, auch zu E-Book-Ausgaben, finden Sie unter www.fischerverlage.de

Annika Scheffel

Ben

Roman

Fischer Taschenbuch Verlag

BEU

Victor Hugo schreibt:

Wenn eine überschaubare Anzahl von Menschen, sagen wir eine Handvoll, ihr Leben lang gegeneinanderläuft, dann beginnt sicher irgendwann einer von ihnen über das Wetter zu sprechen.
Oder Ähnliches.
Wenn eine Handvoll Menschen sich nie begegnet, dann muss das kein Grund zur Trauer sein.

Außerdem sagt jemand, der jemanden gekannt hat, der mal gehört hat, wie jemand sagte:

Drachen fliegen nur im Märchen, manche Raben auch.

Zuvor:

In Träumen über ihr Leben kommt sie selbst nicht vor, da hält sie sich raus. Der Held ihrer Träume, der Mensch, der für sie leben wird, muss für dieses Leben gewappnet sein. Sie gibt ihm mit, was sie geben kann, und Mühe hat sie sich gemacht. Ihr Kind, auch das ihres Mannes, hat sein Leben begonnen. Der Name steht auf dem bunten Schild an der Tür, ein Hase aus Holz leistet Gesellschaft.

Alles wird gut,
sagt sie und legt den Hammer zurück in den Kasten.
Du kannst jetzt kommen.
Und dann:
Tu etwas mein Sohn, mach es gut.

Also:

Er weiß natürlich, dass Lea tot sein wird. Der Gedanke ist mit ihm da, nicht erst mit Lea, zwei Jahre später:

Lea wird tot sein.

So viel steht fest, der Rest soll sich ergeben, das ist sein Leben. Drei Begegnungen, die vierte bringt den Tod mit sich. Die erste, die vermieden werden sollte, denn auf sie folgen die anderen, und auch die letzte, die schlimme, ist unausweichlich.

Das sind die Spielregeln,

sagt ihm sein Gehirn.

Aber eigentlich, hör zu, eigentlich ist es gar kein Spiel. Weil hier niemand gewinnt und weil keiner aufhören kann. Aber dennoch:

Das sind die Spielregeln.

Er nickt dann.

Nun

ist heute. Der, mit dem er zusammenlebt, nennt ihn:

Ben.

Doch:

Ben

ist nicht alles. Er ist Benvolio Antonio Olivio Julio Toto Meo Ho und ein Schmitt und zu dem kann man kurz gehen, ganz an seinen Anfang zurück, denn dort war er schon vor längerer Zeit. Zurück bedeutet auch eine Verzögerung des Unvermeidbaren – das ist nicht feige, das ist der Anfang.

Der Anfang:

Bens Eltern heißen Schmitt und haben schon immer so geheißen. Alle beide. Inzestuös ist daran wohl nichts, nimmt die Verwandtschaft an. Schmitt gibt es schon lange und vor allem viel, und das mit der Hochzeit und später ihm, das ist schon in Ordnung.

Ihren Sohn, den einzigen, haben die Schmitts Benvolio Antonio Olivio Julio Toto Meo Ho genannt. Das hat ihnen niemand verboten. Der Mann im Standesamt verstand, dass die Namen sehr wichtig waren. Sie konnten die Schmitts und ihn selbst und wer weiß wen noch davon abhalten, zu tief in eines dieser blöden Löcher zu fallen. Diese Eltern. Diese Guten. Sie versuchten sowohl sich selbst als auch ihren Sohn zu retten. Der Name war ein Abwehrzauber gegen alles, was grau war. Der Sohn, oh ja, der. Der sollte durch den Namen vor den eigenen Eltern geschützt werden. Und dafür bewunderte der Mann im Standesamt die normalgroße, normalgewichtige Frau mit dem Gesicht, das wirklich vollkommen in Ordnung war, niemandem unangenehm oder positiv oder überhaupt irgendwie auffallen würde. Er bewunderte auch, selbstverständlich, den Mann, der, noch ein Blick, aussah wie seine Frau, nur dass er die Haare kurz und die Andeutung eines Bartes trug:

Ich bin ein Mann. Ich bin eine Frau. Wir sind die Schmitts und vollkommen grau.

Doch jetzt hatten die zwei Unscheinbaren einen unglaublichen Namen und ein Kind, das ihn tragen, das Freude bringen, das ihre trübe Welt erhellen würde. Mit einem gesichtsumspannenden Grinsen unterzeichnete der Mann im Standesamt die Urkunde, die belegte, dass Benvolio Antonio Olivio Julio Toto Meo Ho Schmitt heute, und zwar soeben, ein Bürger der Stadt geworden war. Er war registriert, er war da und sein Leben, das war damit offiziell.

Vorsichtig zog Herr Schmitt die Urkunde in seine Richtung. Seine Frau hielt den geöffneten Stoffbeutel bereit. Herr Schmitt legte die Urkunde sanft hinein und rückwärts verließen die beiden den Raum. Damit verschwanden diese Schmitts aus dem Leben des Standesbeamten. Der war sich sicher, entscheidend an etwas Großem und Wichtigem beteiligt gewesen zu sein, und war von nun an ein äußerst zufriedener Mensch. So einfach ist das manchmal.

Noch eingesperrt:
Er lag derweil in einem gläsernen Kasten und dachte über den Namen nach. Der war sehr lang. Weiteres dazu würde er sich später überlegen. Er war ständig damit beschäftigt, sich irgendetwas zu denken. Er wusste nämlich sehr viel, konnte dies aber weder mitteilen noch wirklich verstehen. Eine sehr schwierige Situation war das und unmöglich, ihr zu entfliehen, bevor man nicht aus dem Kasten herausgekommen war. Selbst nach der Befreiung würde es noch nicht besser werden. Erst musste er sprechen und laufen lernen und danach würde er weitersehen. Mit dem ersten Schritt hatte er sich überaus beeilt. Zwei Monate zu früh war er angekommen. Seine Eltern in besonnener Panik, er zu klein, zu leicht. Aber trotzdem: Ein bisschen näher war er den Milliarden Erkenntnissen nun. Ein sehr kleines Bisschen. Und überhaupt:
Lea.

Benvolio Antonio Olivio Julio Toto Meo Ho Schmitt noch komplett. Aber längst Vergangenheit ist der Augenblick, der es schaffte, ein paar Jahre zusammenzuklammern.

Später dann
aus dem Kasten, trinken, essen, drei Schritte ohne umfallen. Weihnachten das erste Mal bewusst, Bauchschmerzen nach Marzipan, Schnee und Mann, Monster in der Nacht und weiterschlafen im großen Bett, Beulen und Schrammen, Sandkasten und Ritterburg, Eis, Eis, Eis im letzten Sommer vor der Einschulung. Entziffern üben, malen, große Pause, Urlaub am Badesee, nie auf dem Bauernhof. Geburtstage und Omas sterben. Monster und Licht an, lesen hilft. Eine Woche mit allen zusammen segeln zum Abschluss, nachts an Deck werden sie zu Philosophen. Jeder weiß, wo das alles herkommt und warum, nur drei, was aus ihnen werden soll. Monster und aufstehen, auf dem Fensterbrett sitzen und in die Nacht starren, da kann ihm auch niemand helfen. Überredenskunst und fast unsichtbares Kopfnicken und:
Du musst das wissen.
Irgendeine Arbeit fürs Überleben, ein bester Freund und immer wieder mal ein Briefumschlag.

Er lebt, als Fußnote immer das Wissen:
Lea wird sterben.
Andere leben auch und sie haben andere Fußnoten und Kopfzeilen und da steht manches in Klammern, kursiv und in Anführungszeichen und wo ist die Chronologie?
Später dann, und ab jetzt wird gezählt, und da ist sie: eins, zwei, drei und weiter und wenn da bloß nichts einbricht und sich hineinschiebt in diese beruhigende Ordnung.

BENVOLIO

BEUNORIO

1

Ein weicher Tag mit Licht, das aus allen Richtungen strahlt. Die Sonne kann das nicht alleine schaffen. Gleißend steht die Stadt zwischen zwei Flüssen, hindurch führt keiner, geschnitten wird sie von Straßen und Wegen und einem Rinnsal, dem die Flüsse den Titel versagen. Da ist so eine Ahnung und vom Bürgersteig aus läuft er, so schnell er kann, zwischen den wartenden Autos hindurch auf die Insel zu. Hinwerfen. Schnell Deckung suchen. Und da ist Lea. Lea fährt Rad. Ihn wird sie gleich treffen, und zwar zum ersten Mal. Lea fährt Rad und sieht vor sich auf der Straße jemanden liegen. Sie wird langsamer, hält schließlich an, stützt sich mit einem Bein ab und beugt sich hinunter zu dem, der da liegt und den Kopf unter den großen Händen verbirgt. Lea fragt, ob sie helfen kann.

Der, den sein bester Freund:

Ben

nennt, liegt auf dem winzigen Grünstreifen, den man der Straße zum Schmuck ihrer Mitte gegönnt hat. Er liegt, wo er liegt, weil er weiß, was geschehen wird, aber nicht, was er dagegen tun kann. Es war angekündigt, es muss also geschehen. Er kann es nur aushalten, er sieht sie nicht an.

Ben sagt jetzt:

Dankeschön.

Und dass es ihm wirklich gut geht, und dann sagt er noch, und das ist jetzt nur noch ein Flüstern:

Ich würde gerne noch ein bisschen hier liegen bleiben, wenn das in Ordnung ist.

Lea sagt:

Ich weiß nicht, ob das in Ordnung ist, wenn du hier liegst. Meinetwegen kannst du das natürlich tun, aber pass auf, hier fahren Autos, und zwar schnell, und es ist eigentlich auch noch zu kalt. Zum Liegen.

Es ist sehr schwierig, sich durch das Gehupe hindurch zu verständigen. Er mag das, was er von ihrer Stimme hört, es fällt ihm schwer, sie nicht anzusehen. Lea beobachtet, wie der Mensch, ungefähr in ihrem Alter, sich versteckt, und jetzt betrachtet er eine verfrühte Osterglocke. Er gefällt ihr ganz gut, vor allem weil er sie an niemanden erinnert, den sie kennt. Außerdem trägt er eine rote Mütze, die eindeutig selbst gestrickt ist, und er hat sie nur auf, da ist sie sich sicher, falls ihm derjenige begegnet, der sie ihm geschenkt hat. Und der soll sich dann freuen.
Die Autos tragen ihre Insassen weiter und Lea hebt zum Abschied die Hand. Der mit der Mütze auf der Insel grüßt zurück, ohne ihr in die Augen zu sehen. Sie hat keine Ahnung, was soeben seinen Anfang genommen hat, Lea weiß nicht, dass in diesem fast Frühling der Tod so richtig begonnen hat.

Zum Tod:
Der macht, das darf nicht vergessen werden, auch nur seinen Job. Von der Prophezeiung weiß er nichts, aber vielleicht leuchtet in seinem Schädel gerade ein neuer Name auf. Jedenfalls wendet er nun und der Kies knirscht. Er seufzt luftleer durch alle Rippen hindurch in das Gewand hinein. Er muss immer bereit sein, er ist stets unterwegs. Oft grinst er, wenn etwas aufblitzt im Schädel. Dann füllt ein Name die Leere darin aus und der Tod bekommt eine Idee vom Leben. Es taucht eine Welt auf, für wenige Momente, vielleicht sind es Jahre, er misst die Zeit und er hat seine eigene Rechnung dabei. Der Tod ist auf der Suche nach Anschluss an alles, was atmet.

2
Eine Osterglocke,
sagt er zu der Blume.
Das war Lea.

Und darauf wollte er eigentlich hinaus.
Ben betrachtet jetzt die Wolken. Es ist ihm bewusst, dass man ihn für irre halten könnte, wie er da so liegt, auf der Insel, auch Lea wird vermutlich denken, dass er spinnt. War das schon ein richtiges Treffen?
Liebe,
sagt er versuchsweise und denkt: Ich mag alle Menschen. Irgendwie mag ich sie alle. Es gibt allerdings keine Person, die mir wirklich wichtig ist.
Massen an Menschen hat es in seinem Leben bisher gegeben. Alle nett, grundsätzlich. Es gibt Menschen, mit denen er sich sehr gerne unterhält. Das sind im Allgemeinen diejenigen, über die er nicht sofort viel weiß. Menschen, denen nichts entscheidend Großes und Wichtiges, nichts Schreckliches geschehen wird. Neutrale Menschen, könnte man sagen. Gibt es neutrale Menschen? Für Ben gibt es sie und sie sind sehr beruhigend, weil er kein Drama auf sie zukommen sieht. Auch keine große Überraschung, und deshalb kann er sich mit ihnen unterhalten, ohne sich verantwortlich zu fühlen.
Außerdem gibt es Menschen in Bens Welt, die lachen, wenn sie traurig sind, und weinen, wenn sie sich freuen, und solche Menschen wollen nicht, dass man ihnen auf die Schliche kommt. Niemand darf ihnen zu nah rücken und irgendwann, das meint jedenfalls Ben, haben sie sich selbst irgendwo verloren und treiben durch Partys und Geschäfte und Kneipen und bleiben überall nur kurz. Das ist spannend für ihn, denn bei solchen Menschen wirkt alles so durcheinander, dass es lange dauert, bis irgendetwas klar und deutlich erkennbar ist. Weil das dauert, sind Menschen dieser Art manchmal für sehr lange Zeit Bens Freunde. Bis er weiß, was passieren wird oder sie sich selbst gefunden haben beim Yoga oder Ladendiebstahl, und dann nimmt Ben Abschied, denn in dem Moment ist es besser zu gehen.

Ben ist eigentlich nur selten alleine, manchmal fühlt er sich einsam, aber so schlimm ist das nicht.
Tja, denkt Ben in diesem Zusammenhang.
Jetzt bald,
so hat sein Gehirn ihm heute mitgeteilt,
jetzt bald, lieber Ben, wird sich das ändern für dich. Juble, freue dich. Es wird besser.
Noch besser?
Noch besser.
Ben denkt dazu: Na dann.
Jetzt rollt er sich auf die Seite, stützt den Kopf auf die Hand und bohrt den Ellenbogen direkt neben der schwachen Osterglocke der Stadtverwaltung in die Erde. Jetzt ist Frühling. Ein Gedanke von Ben. Der:
Lea-Gedanke.
Das Wissen in seinem Kopf benötigt eine Bezeichnung und diese scheint treffend.
Der Lea-Gedanke also passt gut zu dem Geruch des Frühlings in der Stadt. Noch ist er nur zu ahnen.
Schon morgen wird es noch wärmer.
Das sagt der Wetterbericht. Die Mischung aus Erde, Blumenkolonnen, Hundescheiße, Asphalt, Essen, Wasser vom Rinnsal, Schweiß, Holz und Abgasen wird sich in ein die Stadt durchziehendes Parfüm verwandeln. Aufdringlich und lockend wird es sein, und die Menschen, die werden schon am nächsten Tag mit einem dümmlichen Grinsen auf dem Gesicht herumlaufen und sich verlieben. Und dieses Jahr:
Oh weh.
Wird Ben mitmachen.

*

Es hat begonnen, rückt näher und wird dringender. Drüben, wenn hier hier ist und dort dort und damit drüben, wird eine sehr kleine Frau zu einem in gewissen Situationen überaus nützlichen Gegenstand. Als der winzige Mann das sieht, bricht er in Tränen aus. Draußen pfeift außerdem der Wind und im Schloss wird man unruhig. Er muss bald kommen. Er muss.

3

Der Arm ist weggerutscht, sein Kopf auf den feuchten Boden gewandert und die Osterglocke, die arme, liegt darunter begraben. Sie versucht, unter dem warmen schweren Menschen wegzukommen, erkennt aber bald, dass sie keine Chance hat, und schläft unter Ben ein. Zusammen schnarchen sie, bis es dunkel und eiskalt ist.
Später steht der Mensch auf, flüstert der Blume eine Entschuldigung zu und verlässt die Insel auf der Straße. Er muss noch arbeiten.

4

Lea fährt Rad, eine Gewohnheit. Es ist der nächste Tag, der mit dem Frühlingsanfang. Sie lächelt, fährt schneller als sonst und summt ein Lied, das ihr früher zum Einschlafen vorgesungen wurde. Das Lied ist:
Wir lagen vor Madagaskar.
Aber niemand erkennt es. Lea schließt die Augen, hält den Kopf in die Sonne und vertraut darauf, dass das Fahrrad für sie lenken wird. Lea verlässt sich auf die Regelmäßigkeit, mit der ihr bisher nichts Schlimmes geschehen ist. Nicht mehr seitdem, seit damals jedenfalls.
Das Rad fährt mit Lea an der kleinen Insel vorbei und sie öffnet im richtigen Moment die Augen, um zu sehen, dass der Mann, den sie dort gestern gefunden hat, heute nicht mehr da liegt. Sie beschließt, erleichtert zu sein. Draußen zu liegen ist zu dieser Jahreszeit nicht gesund, und trotzdem ist Lea

enttäuscht, schließlich hat sie sich auf ein Picknick mit ihm gefreut. Der Korb dafür klemmt auf dem Gepäckträger und sie hat an eine Decke gedacht. Kein Picknick auf der Straßeninsel also. Stattdessen weiter zur Universität. Als sie die Augen wieder öffnet, ist sie schon angekommen.

5

Morgens klingelt es an der Tür und Ben windet sich aus seinem Bett. Tjorven, der ist noch nicht wieder aufgetaucht, er öffnet nicht. Der Weg über den Flur ist gefährlich und weit. Drei voll behängte Wäscheständer muss er passieren, stapelweise die neidischen Artgenossen der frisch gewaschenen, hängenden Kleidung überqueren und zur Seite drängen. Der Flur ist lang und schmal und er ist dunkel.

Ben hat vor, es nie im Leben zuzugeben, aber wenn er alleine in der Wohnung ist, fürchtet er sich und geht nur aus seinem Zimmer, wenn er ganz dringend zur Toilette muss. Das gleiche Problem hat auch Tjorven, aber das weiß Ben nicht. Auch bei Tjorven kommt die Angst nur, wenn er alleine ist. Sind beide zu Hause, ist alles in Ordnung. Dann denken sie verlegen an ihre Furcht und wundern sich über sich selbst und die komische Angst.

Ben jedenfalls, der hat es nun bis zur Tür geschafft und davor steht der Postbote und hinter ihm ein Mann, der ist sehr alt, sein Name ist May. Der Postbote ist es gewöhnt, hier ein wenig länger zu warten, und er hat für diese Fälle immer ein Buch dabei. Es ist ein Buch mit dem Roman eines berühmten Dichters, den man:

Unbedingt gelesen haben muss.

Es ist so: Dieses Buch ist das erste Buch, das der Postbote je zu Ende gelesen haben wird. Früher in der Schule, als die Lehrerin jede Seite überwachte, hat er damit begonnen. Der Postbote, der damals noch kein Postbote war, hat immer gezählt,

wie viele Seiten er noch vor sich hat, und am Ende war er sehr stolz, aber immer noch fehlten ihm über hundert Seiten. Und nun freut sich der Postbote, der lesend vor Bens Tür steht, dass er die Wörter bald allesamt, das Buch also von vorne bis hinten, durchgelesen haben wird. Dass er das ein für alle Mal zu Ende gebracht haben wird. Danach wird sich vermutlich einiges ändern. Er wird sich nur noch mit Katzen, englischen Gärten oder Eishockey beschäftigen, das interessiert den Postboten vor Bens Tür nämlich sehr. Und Napoleon.
Er freut sich, zählt schnell die Seiten, die er noch lesen muss, und seufzt. Nur noch sechsundzwanzig.
Jetzt hat Benvolio Antonio Olivio Julio Toto Meo Ho Schmitt, der Adressat, die Tür geöffnet. Die beiden jungen Herren sind ein wenig seltsam, meint der Postbote seit dem ersten Besuch. Sie sehen ängstlich aus, wenn sie die Tür öffnen. Manchmal, so hat er beobachtet, zittern sie. Es dauert stets nur einen kurzen Augenblick. Die Tür wird mit einem Ruck aufgerissen, eine Sekunde lang blickt er in ein ängstlich verformtes Gesicht, in dem sich aber sehr schnell ein scheinbar gelassenes Lächeln zeigt.

6

Der Postbote hat sich schon häufig gefragt, ob sich die beiden vor irgendwem in der Wohnung verstecken. Vielleicht werden sie gesucht. Das würde auch den seltsamen Namen erklären. Natürlich ein Künstler- oder Deckname. Als der Postbote das erste Mal ein Paket für Benvolio Antonio Olivio Julio Toto Meo Ho aus seinem gelben Wagen zog, hatte er sehr lange ziemlich laut lachen müssen. Danach hatte er den Namen abgeschrieben in sein gelbes Postnotizbuch, von den Dingern hatte er hunderte, und später immer wieder betrachtet. Dieser Name war für einige Zeit sein Mantra. Es hatte ihm gutgetan, ihn zu lesen und im Kopf zu wiederholen.

Die Frau des Postboten:
Eines Tages hatte ihn seine Frau mit dem Namen erwischt. Während er den Namen vor sich hinmurmelte, hatte er die Blätter der Rose auf dem Esszimmertisch eins nach dem anderen abgepflückt, und dabei war er sehr zärtlich gewesen. Die Blätter steckte der Postbote gedankenverloren in seine Hosentasche, und das machte die Sache nicht unbedingt besser. Die Frau des Postboten war daraufhin ärgerlich geworden. Die Blume hatte sie eines Tages auf dem Markt vom Fischhändler geschenkt bekommen. Er hatte sich an ihren Geburtstag erinnert. Die Rose war aus Plastik und die Blätter aus Stoff. Die Frau des Postboten roch ab und zu an den blutroten (das waren sie wirklich) Blüten und sog den Duft der Fische ein, zwischen denen die Blume jahrelang zu dekorativen Zwecken gelegen hatte. Sie war, als der Fischhändler an ihren Geburtstag dachte, gerade vierzig Jahre alt geworden. Der Geruch des Fisches war verflogen, aber die Frau des Postboten konnte sich noch so gut an ihn erinnern, dass sie das nicht bemerkte. Tief sog sie das Meer und das Salz und den toten Fisch ein und dachte dabei an den Fischhändler, der ihr anvertraut hatte:
Ich habe noch nie einen lebendigen Fisch gesehen.
Wirklich nicht,
hatte die Frau des Postboten erstaunt gerufen.
Nein. Naja, bis auf meinen Goldfisch. Aber der ist jetzt auch schon lange tot und der ist auch nur so groß geworden.
Der Fischverkäufer hatte der Frau gezeigt, wie klein der Goldfisch gewesen war. Seine Hände waren rot und rissig vom Eis, in dem die Fische auf dem Sommermarkt frisch gehalten wurden. Sie hatte es nie geschafft, einen dieser Eisklumpen zu berühren, und wenn sie den Geruch der Plastikrose einatmete, stellte sie sich vor, wie der Fischhändler statt über den Fisch über ihr Gesicht strich. Der Händler war eines Tages einfach nicht mehr da gewesen, und seitdem hatten der

Postbote und seine Frau am Freitag nur noch Fischstäbchen gegessen. So war das nun mal.
Der Postbote jedenfalls hatte, während er Bens vollständigen Namen murmelte, die Fischrose vollkommen auseinandergepflückt und nicht bemerkt, dass seine Frau ihn deswegen anschrie.
Den Namen mochte er gerne und die Rose hatte ihm noch nie gefallen, das merkte er jetzt. Die Frau des Postboten sprach drei Wochen lang kein Wort mehr mit ihrem Mann und strich ihm schließlich sogar die Fischstäbchen. Der Postbote aber reagierte nicht und seine Frau beschloss, dass er auch selbst kochen könnte, und so aß er nur noch, was in der Küche herumlag, und dann zog sie aus und der Postbote vergaß sein Mantra beim Anblick des leeren Badezimmerschranks und es fiel ihm auf, dass er seine Frau lange nicht mehr gesehen hatte, und er wurde traurig, denn irgendwas war wohl schiefgelaufen.

7

Der Postbote hat dem jungen Mann mit dem Mantra-Namen nie die Schuld gegeben am Verschwinden seiner Frau. Er mochte ihn und mag ihn noch, jetzt, wo er hier steht und wartet. Ben sagte eines Tages, dass der Postbote doch mal ans Meer fahren solle. Der Postbote war sich nun sicher, dass mit Benvolio Antonio Olivio Julio Toto Meo Ho irgendwas anders war, und das freute ihn. Er war beeindruckt und beschloss, sich im Sommer freizunehmen und ans Meer zu fahren.
Heute hält Bens ängstlicher Blick länger als sonst. Das macht dem Postboten Sorgen, aber er wagt nicht zu fragen. Deshalb übergibt er nur das Paket mit dem besonderen Namen drauf und deutet ein Lächeln an. Nur nicht zu aufdringlich, auf keinen Fall aufgesetzt, sonst wird die seltsame Person, die in Shorts vor ihm steht, nie wieder die Tür öffnen. So denkt der Postbote sich das. Menschen mit zu viel Lachen im Gesicht

sind ihm suspekt. Er geht schnell, gefolgt von dem Mann, May, seinem Schatten. Das Meer rückt näher. Heute ist fast Frühling, bald Sommer.

8

Ben, in Shorts. Er nimmt das Paket, das wie jede Woche von seiner Mutter kommt, und setzt sich auf die eiskalten Steinstufen des Treppenhauses. Er wird morgen eine leichte Erkältung haben. Das ist ihm egal. Auf der kalten Treppe sitzen heute ist wichtig und besser, als zurück in den dunklen Flurschlauch zu gehen. Die Haustür fällt hinter dem Postboten ins Schloss und der neue Frühling muss draußen auf Ben warten. Im Treppenhaus gibt es nur eine Jahreszeit und die riecht nach Zitronenallzweckreiniger.

9

Ben sitzt still, bis sich sein Herz wieder beruhigt hat. Er muss irgendetwas gegen den Flur unternehmen, mehr noch als eine neue Glühlampe in den alten Deckenleuchter einzuschrauben. Ben überlegt, ob man die Zimmer nicht auch durch das Fenster betreten könnte. Das würde auch Tjorvens Problem mit der Tür lösen.

Das Paket auf seinem Schoß ist weich und schwer und enthält einen dicken Wollpullover, schon wieder einen Schal, Handschuhe und ein Glas Apfelgelee, eingekocht im letzten Herbst. Seine Mutter, die sorgt sich sehr. Außerdem strickt sie gerne und ihr Mann, Bens Vater, sammelt Beeren und anderes Obst. Es ist sein einziges Hobby und es hat das Briefmarkensammeln abgelöst.

Die nützen ja doch keinem,

hat Bens Vater einmal verkündet.

Beeren gibt es kostenlos, eimerweise und fast überall und man kann sie essen.

Herr Schmitt freute sich über diese Erkenntnis und verkaufte seine Briefmarkensammlung an ein Museum auf Bornholm. Von dem Geld richtete er sich eine professionelle Einmach- und Einkochküche ein. Bens Mutter wurde ein wenig verzweifelt wegen der plötzlichen Leidenschaft ihres langjährigen Ehemannes.
Ben bekommt nun alle paar Wochen etwas Selbstgestricktes, das um ein Glas Marmelade oder Gelee oder Kompott gewickelt ist. Außerdem steckt immer noch ein wenig Verzweiflung in den Paketen.

*

Der König öffnet eigenhändig die ächzende Tür zum Verlies. Seine Augen haben keine Zeit, sich an die Dunkelheit zu gewöhnen, der König hat viele Verpflichtungen, das hier ist nur ein kurzer Besuch bei einem Bekannten. Schon beim Öffnen der Tür hat der König die Ohren gespitzt, jetzt hört er ein Ächzen. Der Mann lebt noch. Der König nickt im Dunkeln aufmunternd, doch ungesehen und befiehlt beim Abgang, die Tür wieder fest zu verriegeln. Das Licht blendet ihn, er blinzelt zweimal, dann verlässt er den Kerker und betritt den Rosengarten. Hier fliegen die blütenweißen Tauben und der oberste General erwartet einen Befehl. Den soll er haben.
Mache alles gut,
sagt der König und begibt sich auf die Bank unter dem Chamäleonbaum. Um ihn weht ein kalter Wind, den niemand der anderen spürt.

10

Lea picknickt im Gras vor der Uni. Sie schiebt sich ein Stück Torte in den Mund, kaut ab und zu und schluckt manchmal. Der Boden unter ihr ist kalt und feucht und an ihrem Schuh versucht sich eine kleine Spinne zu erhängen. Lea isst, ohne

Hunger zu haben. Der Himmel ist wolkenlos, es wird heute nicht regnen. Das ist gut für den Tag, abends hat Lea vor, mit den anderen tanzen zu gehen. Das ist versprochen.
Sie wollen sich in einer der Wohnungen mit den schiefen Möbeln treffen, von einem Bein auf das andere treten, Flaschen werden sich auf dem fleckigen Teppich häufen, der Geruch nach Zigaretten und der Duft von Gras werden sich mit all den anderen Gerüchen mischen. Und dann beginnt die Phase des Ausdruckstanzes. Wenn auch der Letzte seinen Kopf vernebelt hat. Alle, auch die Schüchternsten, strecken die Arme weit aus, stellen sich auf die Zehenspitzen, in die Luft gereckt, nach allen Seiten hin bewegen sie sich, machen sich breit mit ihrem Tanz. Jeder ist in diesen Momenten ganz bei sich und total locker. Nur das kurze Aufflackern der sonst geschlossenen Augenlider verrät die Wachsamkeit der Tänzer.
Bitte, lass mich nicht peinlich sein, denken sie alle. Sicher, auch Lea. Man darf nicht aus der Rolle fallen. Das würde Konsequenzen haben. Welche? Keine Ahnung.
Die Lust zum Tanzen kommt nachher, da ist sie sich sicher. Sie möchte die ganze Nacht in der auserwählten wackligen Wohnung bleiben, sie wird kotzende Menschen über eine stinkende Kloschüssel halten und ihnen dabei den Rücken kraulen, den Kopf streicheln. Der Plan: zu viel Rotwein trinken, sich in der Ausdruckstanzphase im Kreis drehen und vielleicht auch später an der kollektiven Weltschmerz-Selbstmitleid-Elegie teilnehmen. Aber vorher: ganz viel tanzen. Lea denkt an Seife, denkt an Carlo. Über Lea knarrt ein Ast im Wind, kurz vor dem Abbrechen. Sie packt die Reste ihres Picknicks zurück in den Korb und fährt nach Hause. Ein halbes Stück Schwarzwälderkirschtorte lässt sie im Gras liegen. Falls irgendwelche Tauben kommen oder so.

11

Herr May geht zufrieden, sehr langsam auch, nach Hause.

12

Ben hat sich den gewitterhimmelblauen Pullover unter den Hintern geschoben und kratzt mit den Fingern die letzten Reste der Marmelade aus dem Glas. Sein Frühstück ist beendet, ihm ist schlecht. Nun hat er keinen guten Grund mehr, noch länger auf der Treppe sitzen zu bleiben. Jedenfalls keinen vernünftigen guten Grund. In der Wohnung ist es warm, im Flur nicht, da hält Ben sich nur kurz auf. Aber in der Küche, da knallt die Sonne durch das Fenster und auch durch das Badezimmerfenster und in Tjorvens Zimmer. Bei Ben wird sie erst nachmittags ankommen. Bis dahin will er sich abwechselnd im Bad und in der Küche aufhalten.

Das Wasser der Dusche ist brennend heiß und er läuft rot an, so wie ein Hummer oder ein Mann beim Zu-heiß-Duschen. Das tut weh, aber gleichzeitig auch gut, denn es entfernt die Marmelade und den Schlaf, der immer noch da ist. Ben singt nicht in der Dusche, er hat die Angewohnheit, hier still zu sein. Das Wasser ist laut genug und Ben hört ihm zu, wie es auf ihn hinabstürzt, und sieht, wie es ihn rot macht. Außerdem kann Ben überhaupt nicht singen.

Du kannst überhaupt nicht singen,

hat mal jemand zu ihm gesagt, im Kindergarten war das wahrscheinlich.

Du bist dünn,

sagt er zu sich, als sein Blick dem Duschstrahl folgt. Es ist lediglich die Feststellung einer Tatsache, die keine Folgen haben wird.

Aber das macht nichts.

Das Duschgel duftet nach Männlichkeit, die Werbung verspricht, dass die Frauen anfangen sich auszuziehen, sobald der

Geruch in ihre Nasen wabert. Ben fürchtet sich davor. Erst hatte er das Duschzeug gekauft, zu spät die erschreckende Werbung gesehen. Wenn es zu schlimm wird, muss sich Ben überlegen, ob er eine neue Flasche besorgt. Irgendetwas Neutrales. Jetzt wird es laut.

13

Draußen, im Treppenhaus, scheitert Tjorven beim Versuch, die Tür zu öffnen. Ben verlässt schnell die Dusche, wickelt sich beim Laufen ein Handtuch um. Mit seiner roten Haut und dem gefährlichen Duft am Körper hastet Ben durch den Flur. Bevor Tjorven da draußen verrückt wird, will er aufmachen, und danach muss Tjorven beruhigt werden. Ben versucht, die Tür zu öffnen, aber draußen hängt Tjorven an der Klinke und zieht in die andere Richtung, und das aus lauter Verzweiflung ziemlich kräftig, und Ben und Tjorven kämpfen um die Richtung, in welche die Tür bereit ist geöffnet zu werden, und schließlich siegen Ben und die Türangeln. Der Kampf ist vorbei.
Der Verlierer, Tjorven, läuft schnell in die Küche, knallt eine Tüte Milch in das Gefrierfach, wirft sich auf einen Stuhl, bleibt dort hängen und atmet. Ben spricht mit Tjorven, nimmt die Milch aus dem Gefrierfach und gibt Tjorven etwas zu trinken, ein Mineralwasser.
Ich dachte, der Schlüssel passt nicht.
Das ist überhaupt nichts Neues für Ben, diese Aussage. Weil Tjorven immer denkt, der Schlüssel, der passende, der würde nicht passen. Aber Ben weiß auch, dass das für Tjorven beängstigend ist, jedes Mal wieder. Deshalb versucht er geduldig zu sein und setzt sich zu Tjorven, und der erzählt noch einmal, wie das ist, wenn der Schlüssel nicht passt.
Ich dachte, der Schlüssel passt nicht. Er hat nämlich nicht gepasst, Ben. Das schwöre ich dir. Er hat einfach nicht gepasst und ich habe ihn fünfmal da reingesteckt, den Schlüssel,

und drehen konnte ich ihn und die Tür ist trotzdem nicht aufgegangen. Ben. Ich weiß nicht, ob ich eventuell vielleicht verrückt bin. Oder ich bilde mir das nur ein oder so, aber es ist wirklich schlimm. Ich glaube, ich gehe nie wieder raus.
Und Bens Aufgabe ist es zu nicken und in den richtigen Momenten:
Das glaube ich aber wirklich nicht, Tjorven,
oder:
Das kann ich mir vorstellen, Tjorven,
zu sagen. Der atmetet irgendwann wieder ruhig, trinkt sein Mineralwasser, schlägt Ben vorsichtig auf die Schulter und sagt:
Danke fürs Zuhören, Ben. Das hat echt geholfen.
Es ist ein netter Satz und danach kommt oft ein etwas weniger erfreulicher und der geht so:
Ich wechsele das Schloss aus.
Alles ist gesagt, und Tjorven steht auf und geht in sein Zimmer und Ben wieder ins Bad, um sich abzutrocknen, und dann in sein Zimmer, obwohl die Sonne noch nicht angekommen ist, um sich anzuziehen. Er weiß ja schon:
Heute ist der erste T-Shirt-Tag.
Er nimmt ein rotes T-Shirt aus seinem Schrank, es ist bekannt als das letzte, das er im September verstaut hat, den Pullover seiner Mutter wirft er ins mittlere Fach zu den anderen Wollsachen. Jetzt braucht er ihn nicht. Das T-Shirt riecht nach dem Holz des Schrankes und nach der Mottenkugel, die Ben dort im Herbst hineingeschmissen hat. Sie liegt jetzt irgendwo ganz hinten im Schrank. Braun und klein und stinkend. Das T-Shirt hat ein Loch, trotz der Kugel. Ein kleines, unter dem Ärmel, und vermutlich ist die Kugel vollkommen unschuldig und Ben war das.
Nachdem er sich angezogen hat, beginnt der Vormittag sich endlos hinzuziehen und Ben fängt an, auf den Nachmittag

zu warten, aber ihm fällt ein, dass er auch da nichts vorhat und auch nicht am Abend. Ben hat eigentlich überhaupt nichts geplant. Aber Ben weiß: Er wird sich in diesem Frühling verlieben. Nichts Neues an sich, schon mehrmals geschehen. Jetzt bald wieder. Ben muss sich verlieben und in Lea, die auf dem Fahrrad. So weit der Stand. Ben weiß das schon, Lea nicht. Das wäre so weit alles. Aber wie verliebt man sich in jemanden, von dem man weiß, dass man sich in ihn verlieben wird, ohne dass man sich schon verliebt hat? Muss ich da mitmachen? Wie soll das funktionieren? Und wenn nicht, bin ich dann geheilt? Von meinem Gehirn? Bens Gedanken sind, vielleicht aufgrund von zu viel Marmelade, eventuell auch nur aufgrund von Ben, sehr verwirrend. Und das auch für ihn. Bisher hat er Lea nur einmal gesehen und da war er nicht in der besten Verfassung, da war er gerade ein wenig hysterisch.
Das ist nun also Lea,
flüsterte ihm sein Gehirn damals, gestern, zu. Das hat Ben abgelenkt. Vom Wesentlichen nämlich, von Lea. Er weiß noch genau, wie ihre Stimme klingt. Schön und aus gegebenem Anlass besorgt und zugleich belustigt. Mehr hat er nicht von ihr mitbekommen. Das ist dumm. Aber vielleicht auch nicht zu schlimm, denn so bleibt das Ganze noch ein bisschen spannend, wenn er sich schon in sie verlieben muss. Er wird sie damit umbringen, mit seiner Anwesenheit und der riesengroßen Liebe, er will ihr nie wieder begegnen, ihre Stimme war nett, sie soll nicht sterben. Ben will nicht zum Mörder werden.
Er beschließt, den Tag zu genießen, und geht zunächst zu Tjorven. Der ist in der Küche und hat das Fenster geöffnet, um mehr vom Frühling mitzubekommen, ohne rausgehen zu müssen. Er hat sich vor ein paar Sekunden von seinem Schlüsselschock erholt und heute Abend will er es wieder wagen, die Wohnung zu verlassen, er geht nämlich zu einer Party.
Willst du mitkommen?

Ben weiß nicht so recht, ob er möchte. Das verunsichert ihn und er findet es seltsam, etwas ganz Banales nicht zu wissen, und er ist schon wieder sehr verwirrt. Das ist vielleicht kein gutes Zeichen und mit der Party hat es zu tun, dass es ihm jetzt so geht. Ben entschließt sich, keine Party. Keine Menschen heute Abend.

Ne, lieber nicht. Ich hab noch was.

Tjorven ist froh, als er hört, dass Ben noch was hat. Tjorven mag Ben gerne. Heute wirkt Ben verwirrt und seltsam und nicht ganz bei sich. Außerdem hat er ein hässliches rotes T-Shirt an, das viel zu klein ist, zu kurz und zu eng und deshalb vollkommen unpassend, weil nämlich eingelaufen. Kein Tag also, um mit Ben in der Öffentlichkeit aufzutreten. Tjorven kennt einige Menschen, die auch auf die Party kommen wollen. Er wird nicht allein sein und wenn doch, trinkt er noch ein bisschen mehr. Für Ben ist es so besser.

Benvolio Antonio Olivio Julio Toto Meo Ho. Was für ein Name! Denkt Tjorven. Ben ist Tjorvens bester Freund und das schon seit ewig, aber manchmal, da ist es wirklich besser, ihn zu Hause zu lassen. Dann, wenn Ben seine schlimmen Phasen hat und ganz unglücklich ist. Und wenn Tjorven es auf eine ganz bestimmte Frau abgesehen hat. Und wenn er einfach nur irgendeine Frau braucht.

Viele Frauen fragen Tjorven:

Wie heißt denn dein Freund?

Und Tjorven sagt:

Benvolio Antonio Olivio Julio Toto Meo Ho Schmitt.

Und zwar, weil er denkt, das würde die Frauen abschrecken. Immerhin möchte man sich doch wohl am nächsten Morgen an den Namen des anderen erinnern, oder etwa nicht? Anscheinend nicht, und Ben könnte Kontakt zu vielen Frauen aufnehmen, aber Ben, der blamiert sich lieber, und dazu noch Tjorven. Denn Ben fragt die Frau, jedes Mal tut er das:

Bist du Lea?
Und während Ben bei dem:
Nein
erleichtert lächelt und einen Schritt auf die Frau zu macht, versteht die das in der Regel falsch und ist wütend und einen Augenblick später weg. Auch für Tjorven nicht mehr erreichbar, der nun wirklich nichts Falsches getan oder gesagt hat. Für Ben kann er nichts.
Heute Abend wird so etwas also nicht geschehen. Heute will Tjorven jemanden mit zu sich ins Bett nehmen. Und es wird schön werden und die Erfüllung all seiner Träume und bis in den nächsten Nachmittag werden sie liegen bleiben. Genau so soll es sein, heute Nacht. Vorausgesetzt, er bekommt die Tür auf.

14

Frau Schmitt macht sich Sorgen um ihren Sohn.
Ich glaube nicht, dass du so glücklich bist, Benvolio Antonio Olivio Julio Toto Meo Ho. Du kannst doch nicht zufrieden sein mit der Situation, wie sie jetzt ist. So ganz ohne einen Plan, ohne Ziel und mit dieser öden Arbeit. Da langweilst du dich doch zu Tode und dein Leben, das rinnt dahin und dir aus den Fingern und so willst du doch nicht leben. Nein, bestimmt nicht.
Das kommt aus dem Telefon.
Ich weiß, Benvolio, dass du das nicht gern hörst, wenn Papa oder ich dir das sagen. Aber: Die Zeit, die vergeht schneller, als man denkt, und mit einem Mal bist du alt und krank und nichts geht mehr und du hattest so viel vor, aber immer verschoben, weil du dich nicht getraut hast. Es nämlich sofort anzupacken, und dann geht es nicht mehr.
Der Telefonhörer liegt auf der Waschmaschine vor Ben und der kniet vor der Maschine und hört mit einem Ohr zu, wie man das beim Telefonieren eben macht.

Ich hatte nie irgendwelche Illusionen, was mein Leben angeht, Antonio.
Das passt hier nicht, weiß Ben.
Aber mit dir ist das doch etwas vollkommen anderes, Olivio. Du hast alle Chancen der Welt, mein Kind. Warum, mein Sohn, warum, um alles in der Welt, willst du sie nicht nutzen?
Jetzt schluckt Frau Schmitt einen Satz hinunter und der wäre:
Ich bin enttäuscht, Julio,
gewesen.
Den Satz hat sie heruntergeschluckt, weil sie Benvolio Antonio Olivio Julio Toto Meo Ho, ihrem Sohn, keine Angst machen möchte. Nur ein bisschen aufscheuchen würde sie ihn gerne.
Ben nutzt die Gelegenheit, die diese Pause bietet, und bedankt sich für den Pullover und die Marmelade.
Vielen Dank für alles in dem Paket, Mama, auch für das Paket. Ich mache das gerne auf.
Alle paar Wochen ein Paket und jede Woche gibt es das Gespräch zwischen ihnen und immer waschen beide ihre Wäsche dabei. Frau Schmitt stopft die Sachen energisch in die Trommel, Ben legt sie sanft hinein. Ihn macht das Ganze lethargisch, sie verzweifelt.
Perfekt ist ihre Motorik beim Waschen, besser kann man das nicht machen. Doch trotz der Perfektion, zu der sie doch augenscheinlich fähig ist: ihren Sohn, den kann sie nicht retten. Benvolios Leben tröpfelt vor sich hin und sie hat rein gar keinen Einfluss darauf. Egal, was sie tut, er wird sich ruinieren, ganz langsam und gelangweilt. Irgendetwas muss geschehen, bevor es für ihn zu spät ist. Bevor auch er verloren ist.
Benvolio Antonio Olivio Julio Toto Meo Ho Schmitt, Sohn seiner Mutter S. Schmitt, Sohn auch seines Vaters S. Schmitt, schwebt in der großen Gefahr, sein Leben zu verschlafen.
Etwas muss geschehen. Etwas muss geschehen. Etwas muss geschehen usw. usw., aber immer noch keine Ahnung was.

Vermutlich, blitzt es plötzlich auf in ihrem Kopf, vermutlich ist es schon zu spät für seine Rettung.

Beide haben eine Zeit lang geschwiegen. Frau Schmitt nachdenkend, Ben sucht das Waschpulver.

Beide sind gleichzeitig fertig mit dem Schweigen.

Ich,

sagt Ben.

Du,

sagt gleichzeitig Frau Schmitt.

Beides bezieht sich auf Ben und daher darf er seinen Satz zuerst beenden.

Ich muss jetzt los, Mama.

Ein enttäuschender Satz, aber er birgt eine Chance, die Frau Schmitt sofort erkennt.

Du musst los, Toto?

Und jetzt wird die Chance ergriffen:

Wohin denn, Meo?

Eine wirklich gute Frage. Auch für Ben, denn natürlich muss er gar nicht los, er will nur das Gespräch beenden. Es hat nicht funktioniert. Schlimmer noch, jetzt gibt es eine Frage, die er beantworten muss.

Unter die Dusche.

Da war er heute schon einmal, aber das weiß seine Mutter nicht unbedingt.

Ach, unter die Dusche.

Das klingt zunächst wie eine einfache Feststellung.

Gehst du denn heute Abend noch weg?

Jaha, eine zweite Frage. So läuft das nämlich. Und jetzt?

Mmh.

Eine sehr schlaue Antwort, weil nach Bedarf auslegbar.

Das ist aber schön, Ho!

Bens Laut wurde gedeutet, es ist nun ein:

Ja.

Na, dann will ich jetzt nicht mehr stören. Auf jeden Fall machst du dir heute mal einen schönen Abend. Das ist gut. Sehr gut. Ich freue mich, und ich erzähle das sofort deinem Vater, der freut sich sicherlich auch. Mach dir einen richtig schönen Abend, Olivio! Bis bald, bis bald!
Klick.
Darauf eher ein:
Klübb.
Das war Bens Telefonhörer, den hat er auf ein feuchtes Handtuch gelegt.
Ben und die Waschmaschine stehen in Eintracht und beide leicht vibrierend. Die Maschine wäscht, es ist ihre Pflicht, Ben reißt sich zusammen, das muss er. Es steht fest, ist attestiert. Er ist langweilig. Desinteressiert. Zum einsamen Tröpfeln seines Lebens verurteilt. Er hätte auf die Party gehen können. Er kann immer noch. Aber er will nicht. Es könnte wichtig werden auf der Party, er könnte jemanden treffen.
Scheiße, schnell. Johanniskraut. Ben läuft weg, zurück bleibt die Maschine.

15

Es wird dunkel draußen, es beginnt die zweite Nacht des Wochenendes. Menschen laufen durch ihre Wohnungen, drängen sich vor Spiegel in neblig feuchten Badezimmern. Andere forschen und finden im Fernsehprogramm den Inhalt ihres Abends. Am Himmel, der dunkelblau ist, was von hier unten nicht erkannt und als schwarz gedeutet wird, finden sich einzelne Sterne ein. Draußen ist eine schöne Nacht entstanden.

16

Lea trägt ihr Lieblingskleid, das genau an der richtigen Stelle kurz über dem Knie aufhört. Sie tanzt und fällt, direkt auf Carlo. Der ist für dieses Leben und diese Partys aus seinem Land in ihr Land gekommen. Er küsst und fummelt und mehr haben sie noch nicht ausprobiert. Nach dem Küssen und Fummeln und vorher muss Carlo duschen und Zähne putzen und sich eincremen. Spontan geschieht da nichts. Mit viel Rotwein kommen Lea die Wartezeiten jedoch nicht lang vor und es ist auch gut, an die Decke zu starren und zu warten. Dabei kann sie sich etwas einreden. Zum Beispiel, dass das, was nach Carlos Reinigungsritual geschehen wird, genau das ist, was sie jetzt braucht und will. Das dauert eine ganze Weile, sich so etwas weiszumachen. Wenn man es nämlich realistisch sieht, ist es erniedrigend, auf ihn zu warten und speziell darauf, dass er sich sauber genug fühlt. Noch schlimmer ist es, von einem nüchternen Standpunkt aus betrachtet, nach der Knutscherei und Fummelei alleine zu liegen. Zu warten, während Carlo sich von ihr reinigt. Bäh.

Deshalb kann Lea mit Carlo auch nur in betrunkenem Zustand zusammen sein. Deshalb betrinkt sie sich manchmal. Denn: Dann ist es gut und schön und sein Mundspray duftet nach Pfefferminz und sein Desinfektionsspray riecht nach Krankenhaus und konkreter noch nach Chirurgie und da kommt es auch her und das ist beruhigend. Da ist jetzt Carlo und nun also los.

17

Tjorven, auf derselben Party, stolpert ein paar Minuten später über Lea und Carlo, die knutschend auf einer Plastikfolie in einem zeltartigen Gebilde liegen.

Da kann man auch schemenhaft etwas erkennen und daher macht es für Tjorven nicht viel Sinn, dass sie drin liegen. Aber auf dem Zelt steht in Kreuzstich gestickt und selbst im Schummerlicht der Party sehr gut lesbar:

Carlos.

Tjorven deutet das als:

Carlos Zelt. Carlos Sex oder Fummelei oder was auch immer. Nichts aber für Tjorven. Die Party ist nicht anders als die anderen, das hätte er sich denken können und so wählt Tjorven die einzige Nummer, die er auswendig weiß.

18

Auf dem Fensterbrett sitzend, die Beine baumeln zur Straße, er trägt die großen Hausschuhe, die eines Tages unter seinem Bett aufgetaucht sind. Aus dem ersten Stock fällt man nicht tief, wenn es passiert. Erschrocken hört er das Telefon und hofft, dass es verstummt, bevor er es nicht mehr aushält zu warten. Er weiß, wer dran ist. Tjorven macht jetzt seinen Versuch. Unermüdlich und bei jeder Party wieder. Ben hält aus und wartet und drückt die Hände auf die Ohren. So gehts.

19

Tjorven weiß genau, dass Ben, der Depp, in diesem Moment alleine in der dunklen Wohnung sitzt. Wenn Tjorven sich das vorstellt, bekommt er ein blödes Gefühl in der Magengegend. Stellvertretende Einsamkeit,
murmelt Tjorven in den Hörer. Er will es noch dreimal klingeln lassen, bevor er aufgibt. So schnell darf er Ben nicht hängen lassen. Dreimal noch.

20

Das Telefon klingt dumpf durch die Hände, er kämpft und kann nicht aufstehen. Ben ist an seinem Fensterplatz festgetackert. Matter Wind versucht ihn ins Zimmer zu schieben und hat damit keinen Erfolg. Als er die Hände von den Ohren nimmt, ist das Telefon verstummt. Tjorven hat aufgegeben. Ben schließt das Fenster, springt dreimal auf und ab und noch ein viertes Mal und danach steht er ungefähr in der Mitte des Zimmers und überlegt, wie er die Unruhe loswerden kann

und den Gedanken im Kopf, der schreit: Geh schon, geh, du Idiot, es ist doch ungefährlich.
Darauf fällt Ben aber nicht herein, sein Platz ist hier und irgendetwas wird schon zu finden sein, irgendetwas zu tun und zu machen, damit er das dumpfe Kreischen, das bis in den Magen dringt, nicht mehr beachten muss.

21

Im Licht der kleinen Schreibtischlampe vollführt der Staub einen Freudentanz der Freiheit, diese Gruppe feiner Partikel ist dem Sauger entgangen und aufgewirbelt, auferstanden vom Boden feiert sie jetzt ihren Sieg. Eine Woche Leichtigkeit, danach die nächste Flucht, doch die Zeit bis dahin erscheint lang. Der alte Mann betrachtet im Licht seine Erinnerungen, kleine Schnapsgläser mit goldenen Aufdrucken, die Orte benennen. Ihre Wahrzeichen im Vierfarbendruck lösen in seinem Kopf mehrtägige Wanderungen aus. Die Rast in der Sonne war das Ziel jedes Schrittes und der Mensch neben ihm fehlt heute. Herr May zieht an der Schnur, das Licht erlischt, er kann sich unsichtbar machen.

22

Tjorven streichelt das Telefon und betrachtet dabei:
Carlos Zelt.
Hinter den dünnen Wänden zeichnen sich Körper ab, Lea ist da drin. Tjorven kennt Lea von anderen Partys. Er mag sie. Lea lacht ziemlich hemmungslos und irgendwas ist da mit ihr, das bei Tjorven macht, dass er sich zu Hause fühlt. Selbst wenn er sie nur von Weitem sieht, geht das los. Gerade weil er sie ziemlich gerne mag, hat er nur einmal mehr als:
Hallo
zu ihr gesagt. Einmal, am Anfang, als er ihren Namen hörte:
Mein Mitbewohner fragt immer nach dir.

Da hat Lea nur die Augenbrauen hochgezogen und seitdem sagt Tjorven nur noch:
Hallo.
Er wagt es auch heute nicht zu stören und würde so gerne fragen, ob er ihr ein Bier holen kann, einen Wein oder etwas Gemischtes, irgendwas Buntes vielleicht. Tjorven möchte küssen und streicheln und zu sich oder ihr und reden und Kaffee in der dunklen Küche trinken, aufgekratzt todmüde im Bett zusammenbrechen, mit Lea neben sich einschlafen, am besten so nah, dass er sie riechen kann, er erinnert sich an ihr Parfum, irgendwas wie Äpfel, kurz bevor sie ganz reif sind, und geschmolzene Schokolade, die man über Vanilleeis gießt. Aber momentan ist da das Zelt, eine Tatsache, und das sorgt dafür, dass Tjorven auf dem Boden bleibt. Im Grunde genommen aber steht fest: Lea ist für ihn bestimmt.

23

Der Postbote hat die Landkarte auf dem Küchentisch ausgebreitet, er betrachtet die Inseln. Es gibt neununddreißig, einige sind winzig. In diesem Maßstab erfährt man nichts über die Bevölkerungsdichte, aber viele Menschen können auf diese Inseln nicht passen. Der Postbote stellt sich vor, wie er an einem solchen Ort seine Arbeit macht. Das würde auf keinen Fall mehr als eine Stunde dauern, vielleicht müsste er sogar nur ein Mal pro Woche arbeiten, wer weiß, wie oft das Schiff oder Flugzeug vom Festland kommt. Er beißt in den Sandkuchen und beschließt, alle Inseln zu besuchen. Alles wird anders, wenn er die Stadt verlässt, wenn er auf die Inseln reist, wenn er sucht, wenn er sie erst wiedergefunden hat.

24

Wolken schieben sich vor Sterne, der Mond grinst in sich hinein, angesichts der umnebelten Welt. Die Stadt löscht gäh-

nend ihre Lichter, kalte Luft lässt sich nieder auf den Straßen, die sich nach einer Sommerdecke sehnen. In das dösende Pflaster treten müde Menschen auf dem Weg nach Hause und an andere Orte. Das Resümee der Nacht:
Überraschung für einen notorischen Verlierer. Das Blatt hat sich gewendet, man hat auch geküsst und wurde – vor allem – unterstützt in dieser Handlung durch ein Gegenüber. Vor Verlegenheit ganz weich, reicht er ihr die Jacke aus dickem Cord. Sie stehen am Ausgang, ab und zu schiebt sich jemand durch ihre Blicke. Oben und auf einigen Nachhausewegen sind sie ein Gesprächsthema:
Wer hätte das erwartet, dass die beiden, ich nicht. Denk mal an Carlo. Der ist extra –
Ja stimmt,
wird unterbrochen und es folgt eine andere Beobachtung, eine spannendere Geschichte. Man hat ja auch selbst nicht nur rumgestanden.
Er kann sein Glück nicht fassen, sie weicht noch aus und er auch, wenn man ehrlich ist, und das ist man. Mund zu Mund Verabschiedung und dann geht jeder seines Weges.
Man sieht sich.
Lapidar präsentiert sich die Nacht in ihrer ganzen Herrlichkeit.

25

Bens Haare sind nass pechschwarz und liegen im Abfluss.
Johanniskraut,
murmelt er.
Johanniskraut schluckt Ben. Johanniskraut und zum Frühstück einen Tee daraus. Er fühlt sich stark und kräftig und zu allem bereit und Ben bringt den Müll hinaus. Dort, bei der großen Tonne, schleicht ihm eine Katze um die Beine, er beugt sich hinunter, will sie streicheln, sie geht weg und fängt später, wahrscheinlich zur dunkelblauen Stunde, eine Maus

mit Vergangenheit, einer wilden. Der Tod ist für sie in Ordnung, sie hat ziemlich viel erlebt.
Auf dem Rückweg findet Ben Tjorven im Gras hinter einem Busch, tief schlafend hat er ihn heute Nacht nicht am Türschloss gehört. Ben weckt Tjorven. Irgendetwas müssen sie sich wegen des Schlüsselproblems überlegen, aber nicht sofort. Heute möchte Tjorven ohnehin zu Hause bleiben und daher besteht zunächst keine Gefahr. Beide sind jetzt wieder in der Wohnung, der Tag beginnt langweilig zu werden. Tjorven lächelt selig, nennt aber keinen Grund.
Ich hab dich gestern angerufen.
Ich hab schon geschlafen.
Beide nicken, es ist bekannt: Das war eine Lüge. Alles ist gut, man mag sich und man hat nichts zu verbergen, nur eine gemeinsame und ganz eigene Sprache.
Ich geh noch ein bisschen schlafen.
Ben bleibt zurück in der Küche, schluckt noch was und beschließt eine Wanderung zu machen. Im T-Shirt und ohne Jacke.

*

Das Blatt hat sich gewendet. Schnell laufen sie alle herbei: der oberste Ratgeber und der mittlere und der unterste und der Chronist. Sie stellen sich neben dem König auf und blicken auf den goldenen Boden des kleinen Raumes. Es ist wahr, das Blatt hat sich gewendet. Es liegt im Licht die Liste, gut lesbar. *Der eisige Wind wars und der eiserne Wille, die haben geholfen beim Wenden des Blattes,* notiert sich der Chronist mit fliegender Feder und: *Wir warten.*

26

Die Schuhe liegen zusammen mit der Jacke im Flur, sie wurden nicht angezogen. Irgendwelche Gedanken im Kopf und davon momentan viel zu viele, und da vergisst man manchmal das Naheliegende und Praktische und Übliche. Dann läuft man barfuß im März herum und wird von allen für einen Öko oder Sektenanhänger oder für bekloppt gehalten. Das ist sehr interessant, wenn man selbst keinen blassen Schimmer davon hat, wo man einzuordnen ist, eine Erkenntnis bringen aber auch die Vorstellungen der anderen nicht. Ben ist in Gedanken, automatisch geht er zum alten Friedhof. Der ist zum Park der Stadt geworden, deren Grün sich auf Vorgärten und unsichtbare Hinterhöfe beschränkt. Das eiserne Tor ist nur angelehnt, und als Ben es ganz aufschiebt, quietscht es zur Begrüßung. Auf dem Friedhof lebt es sich gut für Menschen und Vögel, die einen dürfen auf dem Rasen liegen oder sich auf Bänke setzen, deren runde Metallschilder Widmungen sind, die anderen dürfen auf Bäumen sitzen. Die Wege bestehen aus Kies und Ben merkt jetzt, dass ihm seine Schuhe fehlen. Der Lärm der Straße wird durch die Hecken kaum gedämpft, wer den Park besucht, muss ihn ignorieren. In der Sonne ist es warm, im Schatten der alten Bäume kalt. Ben macht Bewegungen, die wie Gymnastik aussehen, denn wenn er in den Schatten tritt, windet er die langen Arme um den Körper, im Licht streckt er sie weit aus. Ihm wird abwechselnd warm und kalt und die Gänsehaut hebt sich und verschwindet wieder. Er kommt zum Apfelbaum, der ist mit ersten Knospen verziert. Der Baum kann sich nicht entscheiden zwischen der Anpassung an seine Umgebung und der Freude und Ehre, ein Widerspruch zu ihr zu sein. Im Herbst hängen an seinen Ästen kleine Äpfel, aus der Ferne perfekt geformt, gelb und rot gefärbt. Ben hat im letzten Jahr in eine der Früchte gebissen, er war sehr hungrig, wie so oft, und dabei hat er einen Wurm gefunden und bemerkt, dass der Baum sich längst von seinen Äpfeln distanziert hat. Ben legte den Apfel damals vorsichtig auf den Boden, so, dass der Wurm verdeckt, aber nicht zerquetscht wurde. An jenem Nachmittag im Oktober ist er hungrig geblieben, doch das war nicht so schlimm, denn abends hat Tjorven Nudeln gekocht. Ben geht jetzt auf dem Gras weiter, der Kies ist nicht der beste Fußweg. Ein bisschen entspannt er sich, das Gehen tut jetzt nicht mehr weh und so vergisst er, dass er läuft, bis ihn eine Stimme aus seinen Gedanken reißt.

Murmel, Murmel, Murmel.

Das dreimal, es sind Namen, leise und hastig hintereinander aufgereiht und doch fast genüsslich ins Leben zurückgebracht, vermischt mit Zahlen, die Ben erschrecken. Zwischen den Gräbern kriecht eine Frau auf ihn zu.

Sie trägt einen roten Wintermantel und der ist erdverschmiert, weil sie kriecht und der schwere Mantel über den Boden schleift. Die Frau ist sehr beschäftigt und konzentriert und sieht Ben nicht, weil sie auf die Grabsteine schaut. Er steht jetzt direkt vor ihr. Ben ist der Ansicht, dass es sich hierbei um eine dumme Situation handelt. Peinlich für beide, denn er trägt keine Schuhe und die Frau ist zwar dem Wetter besser angepasst, kriecht aber. Ihre Bewegungen sind langsam. Ben sieht gleich, dass sie nicht gefährlich ist, die Frau hält ein Notizbuch in einer ihrer dreckigen Hände. Er ist in Gedanken gewesen und jetzt muss er diese beiseiteschieben und sich überlegen, was zu tun ist.

Ben entscheidet sich, die Situation ein wenig zu entschärfen, und wirft sich mit einem Hechtsprung hinter eine flache Buchsbaumhecke. Seine Aktion ist auffälliger, als er erwartet hat, die Frau springt kreischend auf, Ben duckt sich, sie wirft die Arme in die Luft, ihr Notizbuch dabei in die Höhe, wo es jedoch nicht bleibt, es bewegt sich, und zwar hinab hinter die Buchsbaumhecke, und dort hockt Ben. Er erschrickt und schreit auf, die Ruhe des Friedhofs kommt nicht dagegen an, seine Stimme setzt sich laut ab. Ben ist außer sich und steht hinter der Hecke, entsetzt über seinen eigenen Schrei.

Angesicht zu Angesicht können sie sich nicht ignorieren, es folgen Sekunden der gegenseitigen Musterung. Sie ist hübsch, die Haut verrät, dass sie nicht viel älter sein kann als er. Das Haar befindet sich in einem Pferdeschwanz, die Augen sieht er nicht, sie trägt eine Sonnenbrille. Was ihn überrascht: Die verborgenen Augen befinden sich auf derselben Höhe wie seine, eine große Frau, zu warm angezogen, der Mantel ist ein Überbleibsel des Winters, da hängt auch noch ein blauer Schal um ihren Hals, sie hat ihn gelöst, er ist lang und reicht fast bis zum Boden. Das Blau hebt sich ab von ihrer sehr hellen Haut. Die Frau sieht einen Mann, so jung wie sie und auch fast so groß. Sie erkennt seinen Versuch, sich dem Wetter anzupassen, einen Schritt zu mutig war er, so wie sie ein bisschen zu wenig gewagt hat. Er sieht aus, als würde er frieren, er ist sehr dünn, aber ihr gefallen seine Arme, von Gänsehaut bedeckt. Die Augen sind dunkel und sie würde sich freuen, läge ein Geheimnis in ihnen. Jetzt zeigen sie eindeutig den Schrecken, verbergen nichts oder so gut, dass es für sie nicht zu erkennen ist. Sein T-Shirt ist rot, darauf steht:
Werbung für irgendwas, wo man hingehen soll.
Die Jeans ist ausgewaschen, ein bisschen zu weit, am rechten Knie zeigt sich hinter weißen Querfäden die Haut, noch hell vom Winter. Jüngere Menschen auf Skateboards haben Löcher in ihren Hosen, extra hineingeschnitten an den richtigen Stellen, der Großteil der Verwandtschaft hat keinen Sinn für eine derartige Mode. Der Mann, der vor ihr steht, ist im Grunde genommen zu alt für den Protest gegen die Flicken der Kindheit. Vielleicht ist es eine alte Hose, die immer noch passt, vielleicht hat er nicht bemerkt, dass er jetzt als erwachsen bezeichnet werden müsste, wäre eine Klassifizierung gefragt. Sie blicken sich ins Gesicht, nur die Augen wandern, ansonsten stehen beide still. Unter seinen Augen erkennt sie bläulich dunkle Schatten. Müde oder krank diagnostiziert ihr

geübter Blick. Alles, was sichtbar ist, hat sie registriert, das Bild ist fertiggestellt, sie sollten jetzt handeln.
Es gibt zwei Möglichkeiten: Erstens können sie beide so tun, als hätten sie den anderen nicht gesehen, und den Ort des Geschehens schnell und stur geradeaus blickend verlassen. Aber nach dem langen Blickwechsel erscheint diese Möglichkeit absurd und eigentlich nicht gegeben. Zweitens könnten sie sich kurz grüßen und dann noch schneller verabschieden.
Ben denkt, dass es noch mehr Möglichkeiten gibt, aber da geht es auch schon los, sie hat sich entschieden.
Die Frau:
Ich wollte nur ein paar Namen und Daten von den Grabsteinen abschreiben, das interessiert mich und es ist mein Hobby und ich rechne mir immer aus, wie alt die Leute geworden sind, und überlege, wie viel Zeit mir im Schnitt noch bleibt, und denke ein bisschen über die Namen und die Daten und die Zeiten und das Leben an sich und meines im Speziellen nach und es wird immer ein ganz netter und unterhaltsamer Tag. Ich gebe den Menschen Geschichten.
Jetzt atmet die Frau tief ein und hörbar aus, erleichtert, nun hat sie sich erklärt und Ben ist an der Reihe.

Unterbrechung, Halbzeitpause, Luft holen: Grüßend geht eine alte Dame mit Dackel vorbei. Der Hund ist grau, die Frau weiß. Der Hund bleibt immer einen Schritt hinter der winzigen Frau und die erzählt ihm von gestern, als er schon geschlafen hat. Vorbei und weiter.

Ben:
Ich habe meine Schuhe vergessen, weil ich heute mit den Gedanken etwas durcheinander bin und nicht ganz bei mir und ganz woanders und nicht da, wo ich wollte, aber ich weiß ja auch gar nicht, wo ich sein möchte. Ich wollte ein paar

Steine von dem Kieshaufen da hinten bei dem Geräteschuppen klauen für Lea.

Moment, wieso für Lea? Eine Pause entsteht, in der Ben nachdenkt, warum er eigentlich Steine klauen will für Lea, und er kennt sie doch noch nicht einmal. Wie hört sich das denn überhaupt an? Was hat Lea mit Steinen zu tun von einem Friedhof, wohl nichts. Es gibt keinen Grund für die Steine und damit keine Erklärung für die Frau. Und die wird unruhig, merkt Ben und er beschließt, später weiter nachzudenken, und fährt fort:
Das ist ja irgendwie ein wenig seltsam, einfach so auf Friedhöfen rumzuhängen, aber ich hatte vorhin Lust, das zu tun, und deshalb das mit den Steinen, damit der Besuch hier bei späteren Fragen etwas sinnvoller klingt.

Atmen.

Ich habe mich erschreckt, weil Sie plötzlich da waren, und ich wollte Sie nicht erschrecken und deshalb das mit dem Sprung in den Buchsbaum. Hier ist Ihr Notizbuch.
Nachdem er das gesagt hat, hält Ben es für angebracht, seine Schutzposition hinter der Hecke zu verlassen. Er macht einen Schritt zur Seite, die beiden nicken sich freundlich zu, er übergibt ihr das Notizbuch, sie wünschen sich einen schönen Sonntag und gehen nach Hause. Jeder zu sich und Ben ohne Schuhe, eine Handvoll Kiesel hat er sich schnell in seine Tasche gesteckt, nutzlos, aber plausibel für die Begründung seines Aufenthaltes der Frau gegenüber.

27

Herr May gesellt sich an den Tisch der alten Menschen. Stolz kaut er an einem Stück Rindfleisch. Ihm muss man nichts pürieren, das machen er und der beste Freund selbst. Sie sind

ein eingespieltes Team und die Tischnachbarn, auch sein Gegenüber, schlucken neidvoll die farblose Mischung, die man ihnen serviert hat.
Ich bin anders, denkt Herr May und es malmen seine Kunstzähne, er nennt sie:
Franz.
Nach dem Essen wird er erschöpft auf dem Bett zusammensinken, Franz eine Erholungsrunde im Wasserglas treiben. Keine der krummen Gestalten erahnt die Anstrengung, die der Beweis der selbstständigen Kaukraft kostet. Herr May ist der heimliche Held vieler, er ahnt es, obwohl die trägen Augen Neid am besten ausdrücken können.
Eifersucht und Bewunderung liegen nah beieinander, versichert sich Herr May täglich vor dem Einschlafen nach dem großen Kampf am Tisch. Er denkt noch: Linoleum, und dann schläft er ein.

28

Eine Hand hat er in die Hosentasche gesteckt, die Finger tasten darin nach den kleinen Steinen. Sinnlos liegen sie in seiner großen Hand, die er schließt. Leas Name hängt in seinem Gehirn und wagt sich mittlerweile auch nach draußen. Im Gehen spricht er ihn laut aus. Das ist ein Problem, erkennt Ben, damit wird das Wissen konkret. Ein Treffen noch und er wird sich verlieben. Unrettbar verlieben, sonst würde sein Gehirn ihm das nicht schon seit Jahren, seit immer bereits vorflüstern. Den Lea-Gedanken. Er hat Steine aufgehoben auf dem Friedhof für Lea und sie muss sterben und er wird sich in sie verlieben, wenn er sie das nächste Mal trifft. Und das ist kein Grund zur Freude, nicht für ihn und noch weniger für sie. Seine Hand drückt die Steine und die pressen sich in seine Haut und stechen zu. Das ist zu viel für Ben, er fühlt sich nicht mehr stark. Die Steine lässt er zurück in die Tasche fallen, beim Waschen könnten sie jetzt die Maschine vernichten. Als er die warme Hand aus der Tasche zieht, wird sie schlagartig kalt, ein Kiesel bleibt, halb in ihre Fläche gepresst. Ben ist auf dem Weg nach Hause und ohne Jacke und Schuhe wird es unangenehm, er läuft schneller, er rennt nach Hause und da er so schnell läuft, achtet er auf nichts, auch nicht auf Lea und die steht plötzlich im Weg.

Ben fällt um, weil er gegen sie prallt, und sie liegt auch auf dem Boden. Mal wieder, denn das ist ihr gestern schon einmal passiert, mit Carlo.

Lea erkennt den Mann von der Verkehrsinsel und das freut sie. Sie machte also den Mund auf, um:

Hallo,

zu sagen und dabei sitzen die beiden immer noch auf dem Boden. Lea macht den Mund auf um:

Hallo,

zu sagen und nun geschieht etwas Seltsames. Der Mann von der Verkehrsinsel stopft sich je einen Finger in je ein Ohr, springt auf und rennt davon.

Solche Erlebnisse hat Lea nicht jeden Tag. Zwar lebt sie in einer nicht ganz normalen Welt, aber trotzdem, so etwas passiert nicht täglich. Dass jemand sie umrennt und sie nicht schimpfen, sondern nur:

Hallo,

sagen will und dann läuft derjenige, der sie umgerannt hat, weg. Es ist das allererste Mal, dass ihr so etwas geschieht, und sie ist nun verwirrt. Da, wo eben noch der Mensch auf dem Boden lag, befindet sich jetzt ein unscheinbarer Kiesel. Lea hebt ihn auf und legt ihn als Beweis und Erinnerung, dass der seltsame Mensch da gewesen ist, in das kleinste Fach ihres zerfransten Portemonnaies. Carlo nimmt mit seinen plastikbehandschuhten Fingern ihre Hand, hilft ihr auf und kauft ihr ein neues Eis, denn das alte zerläuft auf dem Boden, und

während Carlo ein neues Eis kauft, macht Lea sich Gedanken über den Mann, den sie das erste Mal auf der Verkehrsinsel gesehen hat.
Der Mann ist eindeutig nicht ganz bei sich. Er hat auf einer Straßeninsel im Verkehr gelegen, das macht man eigentlich nicht, kann man aber. Er hat heute keine Schuhe angehabt. Das ist für die Jahreszeit ungewöhnlich und auch nicht gesund, genauso wenig wie im Gras zu liegen. Er hat sich die Finger in die Ohren gestopft und ist gerannt. Vielleicht ist er schüchtern. Alles, was er tut, ist ungesund und nicht unbedingt notwendig, auf den ersten Blick auch nicht weiter erklärbar, und daher wird sie jetzt einfach das Wetter genießen und das Eis und den Tag, und Lea hört auf, sich Gedanken über diesen Mann zu machen, und beginnt dafür zu überlegen, wie sie Carlo das erklärt, dass sie seit gestern mit Tjorven zusammen ist. Sie wollen noch mal darüber sprechen, sie hat Carlo versprochen, eine Erklärung zu finden.

29

Herr May, nachmittäglich im Bett, jedoch kurz vor dem Aufstehen, zählt die Schritte auf dem Flur und freut sich auf das nächste Mal, wenn sie von ihm stammen.

30

Ben ist verliebt in Lea. Es bleibt jetzt nur noch eine Frage der Zeit, bis Lea, seine Liebe, stirbt. So wunderbar ist es, verliebt zu sein. So wunderschön, und Ben ist verliebt und auf der Flucht vor Lea, in die er verliebt ist, und das in seinem Alter, ein solches Verhalten.
Er rennt nach Hause und denkt dabei an nichts. Auch die Flucht ist nur ein Reflex. Beim Rennen ist er verliebt, und zwar in Lea. Der verlorene Kiesel bleibt als Negativabdruck in seiner zur Faust geballten Hand.

31

Fliehend läuft er an Herrn May vorbei, aber der sitzt in dem Haus und ist daher unsichtbar für Ben draußen. Sie werden sich treffen, doch bis dahin ist es noch weit und ihre Begegnung gehört in eine andere Zeit, zu der Ben sich schon einige blaue Flecken geholt haben wird und im Übrigen gar nicht mehr Ben ist.

*

Der Chronist hat sich in sein Zimmer zurückgezogen, es liegt im mittleren Turm, ganz oben. Durch das schmale, von Spinnenweben gegitterte Fenster sieht er hinaus. Er sieht die Weite, die einzige Welt, die er kennt, und beißt in den Kiel seiner Feder, der bricht. In der schweren Truhe unter dem Tisch findet er die Ersatzfeder, jetzt könnte er fortfahren mit dem Bericht. Doch ihm zittern die Hände und er zerstört auch diese Feder. Am Ende der Frist, am siebzehnten Tag, verlangt der Leihdrache die Federn zurück. Der Chronist wird eine Reparatur finanzieren müssen. Heute kann er nicht schreiben, ihm bleibt nur noch eine Feder, wenn er in dieser Verfassung weitermacht, zerstört er auch die. Der Chronist, ein junger Mensch und neu in dieser verantwortungsvollen Position, steht auf und wandert im Kreis durch das dämmrige Zimmer. Den Weg der Unruhe hat ihm der Alte, sein Vorgänger, überlassen. Hell leuchtet das Holz dort, wo schon viele Chronisten nachdenkend ihre Runden zogen. Er wird kommen, er muss. Der Neue, der Retter. Einer von denen da draußen, einer von außerhalb muss es sein. Noch bevor die einzige Welt, die er kennt, sich ins Dunkel versenkt und im Chaos vergeht.
Man musset ihn locken,
stößt der Chronist zwischen den Zähnen hervor.
Man musset ihn nur locken, dann kommet er sicher. Der Held, der Eine, der, der machet, dass alles gut werde.

Nun kippt die Nacht herüber und das Licht bricht weg, der Chronist legt sich ins Bett und betet zu den Göttern, zu den Dämonen, schließlich zu seiner Mutter:
Mache, dass er kommet.

32

Zu Hause beginnt Ben sofort, Essen zu kochen. Während das Wasser auf dem Herd mit dem Salz zusammen aufkocht, duscht er schnell, und während die letzte Tüte Nudeln dieses Monats weich wird, zieht er sich um. Den neuen Pullover von seiner Mutter für oben und unten rum eine andere alte Jeans. Ihr Loch befindet sich knapp unter dem Hintern, seine Boxershorts sind kariert. Das Essen und er sind gleichzeitig fertig und setzen sich miteinander an den Küchentisch. Ben isst langsam, der knurrende Bauch wünscht sich mehr Tempo. Ben denkt an die neue Situation, die des Verliebtseins. Bens Gedanken sind elementar, denn sie kreisen um die Liebe und den Tod, und seine Nudeln sind versalzen und deshalb hört er trotz Hunger schon bald auf zu essen.

*

Bringet den Gefangenen,
sagt der König ruhig. Der erste Berater verbeugt sich tief und spricht, ohne dem König in die Augen zu blicken:
Er isset tot, Eure Majestät.
Nun gut,
sagt der König.
Was nun,
fragt der Berater mit dünner Stimme. Sein König droht vor Sorge, vor Einsamkeit zu sterben.
So möge der Nächste kommen. Rufet ihn.
So geschiehet es bereits: Wir rufen.
So mögen alle rufen.

Der König verbleicht seit Jahren, wie das Bild in seiner Hand. Der König war einst ein Abenteurer, stark und mutig und zu allem bereit, und er hat das alles gemacht. Eine ganze Welt vermutlich. Niemand erinnert sich an die Welt, wie sie war, bevor ihr König kam. Sie alle rufen, das ganze Land:
Komme.

33

Bens Eltern, die Schmitts, sitzen am Tisch. Sie sind schon beim Nachtisch angelangt, und der ist nicht zu süß und auch nicht versalzen, sondern richtig, so wie er schmeckt. Die Schmitts sind in ein Gespräch vertieft und das dreht sich um Ben.
Frau Schmitt:
Meinst du?
Herr Schmitt:
Natürlich.
Frau Schmitt:
Vielleicht hast du recht.
Herr Schmitt:
Ich bin mir ziemlich sicher, dass ich mich nicht irre.
Frau Schmitt (resigniert):
Es ist so traurig.
Herr Schmitt sagt nichts, er beginnt, auch traurig zu sein. Das sieht man ihm aber nicht an, er wirkt eher neutral.
Frau Schmitt:
Dass das immer so weitergehen muss.
Herr Schmitt:
Muss es.
Frau Schmitt:
Nichts hilft da. Das wird mir langsam klar. Wir hätten es schon vorher wissen können.
Herr Schmitt:
Ja, das wollten wir aber nicht.

Frau Schmitt:
Ich hätte aber wirklich nicht gedacht, dass man da so gar nichts machen kann.
Herr Schmitt:
Jetzt ists ja auch egal. Geht bei uns ja auch. Wir leben auch noch, und der Junge, Benvolio Antonio Olivio Julio Toto Meo Ho, wird damit auch klarkommen. Das liegt ja sozusagen in seiner Natur. Ist schon in Ordnung.
Frau Schmitt:
Ja?
Herr Schmitt:
Sicher.
Frau Schmitt:
Möchtest du ins Bett?
Herr Schmitt:
Ist mir gleich.
Frau Schmitt:
Mir auch.
Und da es beiden gleich ist, bleiben sie sitzen. Das Gespräch ist aber nun auch zu Ende, denn nichts gibt es in diesem speziellen Fall noch zu sagen.

34

Herr May, das ist der Schatten des Postboten. Er folgt ihm überallhin. Und er freut sich, wenn er es nicht tut, auf später, wenn er es wieder tun wird. So lebt Herr May mit dem Postboten. Die beiden hatten heute ihren freien Tag und Herr May sitzt in dem Haus und wartet, nebenbei denkt er nach. Er denkt daran, dass freie Tage langweilig sind, daran, dass morgen, der nächste Tag, ein Montag ist, und er überlegt sich, wohin sie wohl morgen gehen werden, der Postbote und er. Montag, das ist für Herrn May der beste Tag der Woche, denn er ist, vorwärts geblickt, am weitesten vom Sonntag entfernt.

Herrn Mays Leben dreht sich um den Postboten. Vielleicht wird sich das eines Tages ändern mit Herrn May, es könnte anders werden, wenn der Postbote eines Tages in Pension geht, aber früher sicherlich nicht, und der Postbote steckt noch mitten drin im Berufsleben, es kann also dauern. Herrn Mays Leben scheint fürs Erste gesichert.

35

Der Abend wird zur Nacht und der Sonntag ist schon fast vorüber, als Ben sich wieder bewegt. Er ist aufgestanden und hat seine Nudeln weggeworfen, nun geht er ins Badezimmer, dort setzt er sich auf die Toilette, und als er fertig ist, stellt er sich vor den Spiegel, nimmt seine Zahnbürste, will sich die Zähne putzen, doch dazu kommt er nicht mehr, denn nun wird ihm schlecht. Der Spiegel scheint sich zu öffnen, aber nicht hin zu den Tuben und Flaschen, die sich in dem kleinen Schrank befinden, sondern für eine andere Welt wabert das Glas auseinander. Kurz sieht er grasgrün und himmelblau und in der Ferne:

Eine dunkle Wand,

flüstert Ben und erschrickt. Er fasst sich schnell. Langsam und nachdenklich schüttelt er den Kopf, das will Ben nicht, dass sich da etwas öffnet in eine Ferne, die an einem ganz anderen Ort liegt.

Nein,

sagt Ben leise, fast ohne Stimme, mit trockenem Mund. Die Welt hinter dem Spiegel schließt sich, kurz flimmert das Glas, wie in der Hitze im Sommer die Straße. Dann ist es vorbei. Ben reibt seine Augen, das Schwindelgefühl lässt sich nicht wegwischen. Noch einmal muss das Klo herhalten und Ben wird seine drei Nudeln wieder los, die salzigen, danach hebt er eine Hand zur Klospülung und drückt und jetzt könnte er wieder aufstehen, aber das tut Ben nicht. Ben kniet vor dem

Klo und seine eine Hand liegt immer noch auf dem Spülkasten und daran hängt schlaff sein Arm und mit der anderen Hand stützt Ben sich auf und sein Kopf, der ist immer noch über der Kloschüssel, hier riecht es nach *Meeresbrise.* Die Toilette, sie hat etwas Beruhigendes, weil sie so alltäglich ist und man genau weiß, woran man bei ihr ist oder worüber, in Bens Fall. Sein Magen ist leer, aber in seinem Kopf ist noch alles versammelt, und zwar durcheinander, kotzen hilft da auch nicht. Ben hat das erkannt und trotzdem will er nicht aufstehen.
Er schaut sich den Moment noch einmal an, den Augenblick, bevor sie beide umfielen, er und Lea. Es tat sogar ein bisschen weh und das ist vermutlich richtig so, denkt Ben, denn das war ja auch nicht irgendwas, das da geschehen ist.
Das war *der* Moment im Leben sozusagen und Ben findet es gut, dass das kitschig klingt, er sagt immer wieder zu dem kleinen dunklen meeresfrischen See unter seinem Kopf:

Der Moment
Der. Moment. Das war *der* Moment.

36
Ben versucht, sich zu erinnern, und zwar daran, wie Lea ausgesehen hat. Das weiß er nicht mehr. Ben stellt sich Lea vor und er mag sie gerne, wie er sie sich da so vorstellt, während er ins Klo starrt. Ihr Bild in seinem Kopf gefällt ihm und er ist für ein paar Meeresbrisenatemzüge glücklich und glücklich sein, das fühlt sich gut an. Ben bemerkt es nicht, aber man könnte es sehen, wenn es nicht so dunkel wäre im Klo: Er lächelt in die Toilette. Weil er es nicht bemerkt, hört er damit auch nicht auf. In seinem Kopf befindet sich Glück, in seinem Körper tanzt Freude, ein hormonell bedingter Anstieg der Lebensqualität ist auch im Angesicht einer Toilette nicht unmöglich, Ben, der lebende Beweis dieser Erkenntnis. Das

Glück dauert an und steigert sich, Ben flüstert der Schüssel zu, was die doch längst sieht:
Ich liebe.
Irgendwann steht Tjorven hinter ihm, von Ben unbemerkt in seiner Kloseligkeit, und so kniet er weiter. Tjorven ist verwundert, aber nicht sehr, nicht angemessen. Jeder, der Ben kennt, weiß nämlich, dass Ben so ist. Aber nach ein paar Minuten und einigen Versuchen, Ben auf sich aufmerksam zu machen, und mit der steigenden Dringlichkeit und der zunehmenden Attraktivität der Toilette wird Tjorven unruhig. Wenn Tjorven unruhig ist und unbedingt mal muss, kann er ungeschickt werden und auch handgreiflich. Ben merkt jetzt, dass Tjorven da ist, denn der greift ihn mit einem Mal an den Schultern, reißt ihn zurück und Ben ist für einen Augenblick ganz leicht, weil er so glücklich ist und benebelt vom Ozean in der Toilette, er kann jetzt fliegen, aber leider nicht weit, nur gegen die Wand. Und sein Kopf, der stößt sich heute schon das zweite Mal, und zwar an genau derselben Stelle. Ben ist erstaunt, denn er fühlt sich, als hätte er zwei Köpfe. Das ist eindeutig zu viel, zumal Ben mit seinem einen schon genug Probleme hat. Ben überlegt sich, dass er gerne wieder zurück zu seinem Platz über der Toilettenschüssel kriechen würde, aber da steht Tjorven und versperrt ihm den Weg. Zur Toilette zurück kann Ben nicht und deshalb steht er auf und seine beiden Köpfe wollen sich nicht einigen, wohin mit Bens Körper. Schließlich ergreift Ben die Initiative und entscheidet, dass sie jetzt alle zusammen versuchen werden, in sein Zimmer zu gehen. Das ist eine gute Entscheidung, dann kann Tjorven auch endlich pinkeln. Ben sieht es nicht, aber das Gesicht seines Hauptkopfes lächelt immer noch, als er sich über den dunklen Flur tastet, und es lächelt auch noch, als sich der Wäscheständer in seinen Weg platziert und ihn umwirft. Erst jetzt bemerkt Ben, dass er grinst, und es kommt ihm

ganz unpassend vor hier auf dem Weg zum Boden, er hört auf damit und konzentriert sich auf das Fallen. Mit ihm strauchelt auch der Wäscheständer, und das geschieht ihm recht. Auf dem Boden liegen Ben und die Wäsche, die ist schon ein bisschen trocken und ein gutes Kopfkissen und kann Ben als solches dienen. Seine beiden Köpfe haben auf dem Kissen genug Platz, sind sich einig in dem Wunsch, nun zu schlafen. Hier zu liegen ist gut, denkt Ben. Hier liegen zu bleiben ist gut. Jetzt kann ich nicht mehr fallen.
Einmal stürzt er noch, das geschieht beim Einschlafen. Es ist nicht ungewöhnlich, er kennt das. Folgendermaßen: Während Ben einschläft, hat er das Gefühl, dass der Boden sich auftut und er tief und rasend fällt, am Tiefpunkt vorbei. Nur eine Sekunde vielleicht dauert es und er kommt nirgendwo oder irgendwo an und schläft.

★

Komme doch. Falle weiter!

37

Mit dem Einschlafen ist für Ben der Sonntag zu Ende. Tjorvens Sonntag ist länger. Schon während er auf der Toilette sitzt, denkt er sich etwas. Er überlegt sich, dass Ben eben gegen die Wand geflogen ist. Das tut Ben, der Spinner, sonst nicht. Allerdings hat Tjorven ihn auch erst einmal geschubst und da waren sie beide betrunken und wussten am nächsten Morgen nicht mehr, was nach dem Schubsen geschehen war. Aber Tjorven ist sich sicher: Wenn Ben damals geflogen wäre, hätte er sich daran erinnert. Es ist somit das erste Mal, dass Tjorven sich unheimlich schlecht fühlt, weil er Ben dazu gebracht hat, etwas zu tun, was selbst für ihn zu verrückt erscheint. Während er dasitzt, beschließt Tjorven, sich bei Ben zu entschuldigen.

Kurze Zeit später steht Tjorven vor dem Schlachtfeld im Flur. Er ist bestürzt, denn was er schon immer vermutete, hat sich als wahr erwiesen. Der dunkle Gang ist gefährlich.

*

Komme.

38

Da war eben was. Tjorven hat eine Gänsehaut. Hier zu stehen mit dem in den Wäscheständer geflochtenen Ben ist, wie alleine zu sein. Und wenn niemand da ist, hält Tjorven sich nie lange im Flur auf. Er will schnell weg, aber Ben, der vielleicht tot ist, den kann er unmöglich hierlassen. Auf keinen Fall ist das möglich, seine Ehre und so, sie widerspricht einer feigen Flucht.

Ein Held wird in der Nacht zum Montag in dieser Stadt geboren und dieser Held heißt Tjorven. Der kämpft mit dem verbogenen Gestell, an dem wie einzelne Fleischfetzen die klamme Wäsche hängt, und befreit seinen Freund, Ben, aus der Falle, und das alles, muss man sich vorstellen, im Dunkeln. Mondlicht würde zu der Szene gut passen, aber der Flur ist fensterlos und blickdicht.

Während Ben schläft und eine leichte Gehirnerschütterung hat, denkt Tjorven, dass Ben tot ist, und so behandelt er ihn auch. Der Held auf dem Flur hat zu Ende gekämpft, der Wäscheständer liegt gebrochen und zerstört kurz vor der Tür, wo Tjorven ihn hingeschleudert hat. Um Ben hat sich die Wäsche gewickelt, die ist jedoch nicht feindlich gesinnt, sie braucht nur einen Ort, an den sie sich klammern kann, jetzt, wo das Gestell weg ist. Bei Ben fühlt sie sich sicher. Bei Ben mit den zwei Köpfen. Tjorven weiß nicht, dass Ben zwei Köpfe hat, man kann sie nicht sehen, das Dunkel verhüllt sie. Da Tjorven sich ziemlich sicher ist, dass Ben tot ist, gibt er sich keine Mühe, vorsichtig zu sein.

Er nimmt einen Arm, den linken, und zieht daran, und wenn er kräftig genug zieht, kommt der restliche Ben hinterher. Das hat Tjorven geplant und das funktioniert auch, erstaunlicherweise. Warum es so einfach ist, Ben zu bewegen, sollte klar sein, Ben ist immer noch leicht. Aber fliegen kann er nicht mehr, das war eine Ausnahme vorhin im Badezimmer.

39

Schlaf gut.
Schlaf gut.
Schlaf gut.
Mit dem Weinglas in der Hand geht sie zurück in ihr Zimmer. Eigentlich hatte sie gar nicht in der Küche sitzen bleiben wollen nach dem Essen, aber da gab es eine Flasche Wein und sie hatten über das Wochenende gesprochen und sie hat zugehört, wie die anderen über Eltern geredet haben, die sich mit einem Mal so sehr verwirklichen, dass man an der eigenen Realitätswahrnehmung zu zweifeln beginnt, und sie haben Lea angesehen und gefragt:
Und deine?
Lea hat angefangen, von Tjorven zu sprechen, und sie sprachen über Tjorven, Carlo, Phil und Max und Lea hat auch noch von den Begegnungen auf der Straßeninsel und beim Eisessen erzählt.
Sehr seltsam.
Aber irgendwie süß.
Naja.
In ihrem Zimmer öffnet sie das Fenster, die Luft ist sehr kalt, vielleicht schafft sie es, wieder wach zu werden und noch ein bisschen zu arbeiten. Ein Schluck Wein, dabei fallen ihr die Blumen ein, die wollte sie neulich schon gießen. Den Farn müsste man wohl wegwerfen, Lea gibt ihm aber noch eine Chance. Ein Windstoß wirft das Fenster auf, es fliegt gegen

ihren Kopf, das Glas fällt aus der Hand. Lea denkt kurz, dass sie auch zu Boden gehen sollte, hält sich dann aber am Schreibtisch fest. Im Bad verarztet sie eine Platzwunde.
Nicht so schlimm,
sagt sie zu ihrem Spiegelbild, das Glas wird milchig und irgendwie durchsichtig.
Oh ne,
sagt Lea und wendet sich ab. Mit dem Arbeiten wird das wohl heute nichts mehr, ihr Kopf dröhnt. Auf dem weißen Flokati hat sich der Wein ausgebreitet.
Ein rubinrotes Herz,
singt Lea und jetzt fällt sie ins Bett. Sie muss unbedingt aufpassen, dass sie normal bleibt. Sie hat es versprochen.

40

Zusammen mit Ben erreicht Tjorven sein Zimmer und Ben hat jetzt eine schwere Gehirnerschütterung. Tjorven ist erleichtert, weil sie angekommen sind. Ihm fällt auf, dass Ben in sein eigenes Zimmer gehört, ob tot oder nicht. Tjorven ist seit dieser Nacht ein Held und deshalb schafft er es, den Flur noch einmal zu betreten. Noch drei Schritte oder ein paar mehr und jetzt sind sie in Bens Zimmer und dort scheint auch endlich der Mond durch das Fenster und hier ist das fahle Licht, das in den Flur hätte fallen sollen. Zu spät, aber auch an diesem Ort kann man das Licht noch gebrauchen, vom Mond durchs Fenster geschickt. Der wirft, soweit er das beeinflussen kann, seine Strahlen exakt auf Ben, der auf dem Boden liegt. Und weil da auf einmal Licht ist, wird Tjorven aufmerksam und sieht dahin, wo es hell ist, also zu Ben. Der liegt und hat die Augen geschlossen und nun entdeckt Tjorven, dass Ben atmet.
Tjorven freut sich gähnend. Ihm wird jetzt klar, dass er ein Held ist, denn er hat Ben gerettet und der lebt, was er even-

tuell nicht mehr getan hätte, wenn er bei dem Wäscheständer geblieben wäre.

Tjorven ist zufrieden mit sich und weil er sich gut fühlt, beschließt er sein Werk zu vollenden und Ben auch noch ins Bett zu hieven. Das tut Tjorven genau in dem Moment, in dem Ben anfängt, wieder schwerer zu werden. In Bens Traum wird in diesem Augenblick die Ansage gemacht, dass Lea tot ist. Da ist es also wieder und Ben wird so schwer, dass Tjorven erschrickt und beschließt, dass es auch reicht, Ben eine Decke zu geben.

Ben schläft im Mondscheinwerfer. Im Nachbarzimmer fällt Tjorven erschöpft auf seine Matratze. In sein Zimmer schaut nicht der Mond, dafür gibt es hier Sonne am Morgen und Heldentum in Tjorven.

Und während in zwei Zimmern geschlafen wird, sehr ruhig und wie immer, bleiben auf dem Flur die Spuren des nächtlichen Kampfes. Da liegt der Wäscheständer auf dem Rücken und Wäschestückspuren säumen den Weg zu den Räumen der Schlafenden.

41

Der Nacht fällt der Tag auf den Kopf, ein fliegender Wechsel. Beim Brötchenkauf am frühen Morgen sagt Lea zu der Frau hinter dem Tresen:

Ich brauche keine Tüte.

Auf dem Rückweg fällt alles auf den Boden. Das ist der Preis, den sie für den Erhalt ihrer Normalität zahlen muss. Bloß keine Tüten. Abstand zum Spiegel.

42

Montagmorgen bedeutet für einige Menschen, unter ihnen auch Tjorven, dass die Woche begonnen hat. Außerdem heißt es für ihn, dass er nach dem Kaffee nicht wieder ins Bett darf. Am

Montag und bis zum Freitag muss er nach dem Frühstück zur Arbeit gehen, Geld verdienen. Ben auch. Normalerweise bedeuten Wochentage seit einiger Zeit daher, dass Tjorven zusammen mit Ben am Tisch sitzt und dass ab und zu einer der beiden etwas sagt und dass manchmal ein Gespräch daraus wird.
Mit dem Frühstück in der Hand begibt Tjorven sich nun über den Flur, schnell, aber bemüht, sich die Angst nicht anmerken zu lassen. In Bens Zimmer sieht er, dass er recht hatte mit seiner Vermutung. Da liegt Ben wie zuvor auf dem Boden, ohne Mondlicht mittlerweile und ohne Sonne noch, schlafend anscheinend. So bequem ist der Fußboden nicht, das hat Tjorven schon einmal getestet. Es wundert ihn, dass Ben da liegt und seine Arbeit verschläft. Tjorven ist kein Arzt, er kann Ben seine Gehirnerschütterung nicht ansehen und trotz Licht sieht er noch immer nicht, dass Ben zwei Köpfe hat. Tjorven möchte sich gerne entschuldigen für die Toilettenvertreibung in der Nacht, das hat er während seiner Heldentat vollkommen vergessen, und die Heldentat, das wird ihm jetzt klar, die könnte er im Zusammenhang mit der Entschuldigung auch erwähnen. Tjorven beginnt, Kontakt mit Ben aufzunehmen. Dafür tippt er ihm ein paar Mal vorsichtig mit dem Finger an die Schulter. Ben reagiert nicht, Tjorven fängt an zu klopfen. Auch auf die Schulter. Wenn er auf die Idee käme, auf Bens Kopf zu klopfen, hätte er mehr Erfolg, doch darauf kommt Tjorven nicht, hat dafür aber viel Geduld mit dem Tippen, schließlich wacht Ben auf, und während Ben aufwacht, sagt Tjorven:
Entschuldigung.
Dabei klopft er weiter auf Ben, erzählt im Takt der Klopferei seine Heldentat.
Es ist nicht so, dass Ben nicht dankbar wäre, dem Flur entrissen worden zu sein, doch das war in der letzten Nacht, schon sehr lange her, wenig akut. Vielmehr beschäftigen ihn seine zwei Köpfe und die Tatsache, dass er eine Gehirnerschütte-

rung hat und es auf dem Boden kalt ist. Zusätzlich entdeckt er, dass sich etwas Feuchtes um sein Bein, beide Arme und auch um seinen Hals gewickelt hat. Er mag das Gefühl nicht und er sagt zu Tjorven:

Hör auf.

Es klingt noch unfreundlicher, als es gemeint ist, und jetzt hat Tjorven das Gefühl, dass Ben ihm heute nicht mehr dankbar sein wird. Für die Rettung. Noch einmal:

Entschuldigung.

Ist ok.

Tjorven hat nicht so richtig das Gefühl, dass es ok ist, aber diskutieren möchte er auch nicht, er fragt Ben stattdessen:

Wie geht es dir denn?

Das ist eine gute Frage, denn auf die kann Ben ehrlich antworten, vielleicht kommt Tjorven so ja von selbst auf die Idee, etwas Sinnvolles zu tun, etwas, das zu Bens Besserung beitragen könnte. Ben sagt die Wahrheit, und zwar:

Ich habe eine Gehirnerschütterung, deshalb geht es mir nicht gut. Meine Köpfe, denn so fühlt sich das an, wie zwei Köpfe, der eine. Meine Köpfe also tun weh.

Tjorven denkt praktisch, bietet Ben an, ihm zum Bett zu helfen:

Willst du dich vielleicht ins Bett legen, ich kann dir dahin helfen, wenn du willst.

Und nun gibt es noch eine Heldenszene und man sieht, wie Tjorven Ben zum Bett hievt und aufpasst, dass der nirgendwo gegenrennt, er wirkt nämlich unkoordiniert. Ben sitzt auf dem Bett und sagt:

Danke.

Bitte. Wenn du noch was brauchst, sag es mir und es wäre vielleicht gut, wenn du heute im Bett bleibst, ich rufe für dich bei der Arbeit an und sage, dass du nicht kommst, und ich gehe jetzt mal los, aber du kannst dich ja melden, wenn was sein sollte oder so. Ok?

Ben sagt, dass es
Ok,
ist, und noch einmal sagt er:
Dankeschön.
Und Tjorven sagt noch einmal:
Entschuldigung.
Ist doch ok.
Und das könnte ewig so weitergehen, aber Tjorven setzt der Sache ein Ende, und zwar indem er:
Tschüss dann,
sagt und aus dem Zimmer geht und Ben schläft weiter.

43

Carlo ist extra aus seinem Land in dieses Land gekommen und jetzt das, und er fragt sich, ob man die Unordnung irgendwie in den Griff bekommen kann. Carlo spürt etwas, als er sein Zelt zusammenrollt. Es fühlt sich nicht gut an, allerdings auch nicht sonderlich schlecht. Carlo schiebt alles, was ihm noch wichtig ist in seinem Leben, in einen viel zu schmalen Plastikschlauch. So ist das immer, dass Zelte mit dem Aufbau wachsen und auch nach ihrer Niederlegung nie wieder auf ihr ursprüngliches Maß zurückschrumpfen. Carlo presst und schiebt, gibt auf und muss grinsen. Zum ersten Mal nach einiger Zeit, seine Lippen spannen, er fürchtet den Einriss der Mundwinkel und zückt bereits ein Taschentuch, als ihm aufgeht, dass alles eine gute Entwicklung nimmt. Nichts reißt ein, er wandert wieder aus. Und das Wichtigste: Sein Leben ist mehr geworden, sein Zelt, der Schlafsack auch, weigern sich, gestopft zu werden. Daran wird er sich ein Beispiel nehmen und das fängt damit an, dass er sich einen Sitzplatz für den Zug reserviert. Carlo entschwindet grinsend, man wird ihn nicht wiedererkennen, aber das ist eine andere Geschichte.

44

Mit der Entdeckung der Gehirnerschütterung beginnt die Woche, es ist nicht der beste Anfang, aber ein passender, wenn man diese spezielle Woche betrachtet.

Eine Gehirnerschütterung ist nicht weiter schlimm für Ben, viel erstaunlicher ist das Ende der Woche, der Freitag. Um diesen Tag besser verstehen zu können, muss man allerdings auch die Tage, die zu ihm geführt haben, kurz betrachten. Sehr flüchtig nur, viel ist zunächst nicht geschehen, aber ignorieren sollte man sie nicht.

Am Montag liegt Ben im Bett, am Dienstag auch und an dem Tag denkt er auch das erste Mal wieder den Lea-Gedanken, am Mittwoch liegt Ben immer noch im Bett und schließlich am Donnerstag steht er auf, weil er denkt, die Gehirnerschütterung sei jetzt verschwunden und die Zeit gekommen, wieder arbeiten zu gehen. Da hat Ben sich aber getäuscht und deshalb legt er sich zurück. Noch ein oder zwei Tage im Bett, plant er beim Hinlegen ein. Und so vergeht der Donnerstag wie die anderen Tage zuvor und Ben schläft, und wenn er wach ist, langweilt er sich. Tjorven kommt jeden Tag mindestens fünfmal herein und sieht nach, ob Ben noch im Bett liegt, fragt, ob er endlich beim Arzt war, hört, dass es schon besser wird, bringt Essen, bringt Nudeln, verlässt das Zimmer wieder und geht in sein eigenes, und von Zeit zu Zeit und zwischendurch klopft er an die dünne Wand zwischen den Räumen und das heißt so viel wie:

Hallo Ben.

Und manchmal heißt das auch so was wie:

Entschuldigung.

Aber das weiß nur Tjorven. Für Ben ist die Tatsache, dass ihn sein Mitbewohner gegen die Wand geworfen hat, nicht relevant. Er hat das nicht mit Absicht getan, Tjorven hat einfach nicht gewusst, dass Ben gerade unnatürlich leicht war. Bis zum Freitag geschieht nichts Neues, Ben bleibt im Bett und sein Kopf liegt still. Nun der Freitag, bald ist es so weit.

Vorher noch etwas:

Frau Schmitt, Bens Mutter, beschließt, ihren Sohn zu besuchen, auch wenn und gerade weil der in einer anderen Stadt und weit weg lebt. Am Sonntagabend im Bett überlegt sie sich das, am Montagmorgen sagt sie es ihrem Mann, Herrn Schmitt, und zwar folgendermaßen:

Ich fahre und besuche Benvolio.

Und Herr Schmitt hat Brot mit Marmelade im Mund und schafft es dennoch zu antworten:

Das ist eine gute Idee.

Frau Schmitt versteht ihren Mann gut, auch mit dem Brot und der Marmelade im Mund, und sie ist erfreut zu hören, dass er ihre Idee gut findet.

Eine gute Idee ist das und eine Überraschung für Antonio soll es werden. Am Dienstag, in genau demselben Moment, als Bens Gehirn überraschend mit dem Lea-Gedanken aufwartet, steht seine Mutter am Bahnschalter und kauft ihre Fahrkarte für das Nichtraucherabteil. Der Weg zu Ben ist weit und die Fahrt teuer, aber das kümmert Frau Schmitt nicht.

Die Tage bis zur Abfahrt werden lang für Frau Schmitt, sie fühlen sich an wie Bens Tage, dem sie endlos vorkommen, weil er im Bett liegen und daran denken muss, dass Lea so gut wie tot ist. Am Donnerstag geschieht etwas Wunderliches: Am Donnerstag kommt Herr Schmitt nach Hause und zeigt seiner Frau, Frau Schmitt, eine Fahrkarte, und auf der Fahrkarte steht im Grunde genommen, dass auch Herr Schmitt seinen Sohn besuchen wird.

Die Sache wird immer aufregender und dazu rückt die Reise näher. Frau Schmitt liegt im Bett und stellt sich das glückliche Gesicht Olivios vor, wenn sie, und nicht nur sie, sondern auch

Herr Schmitt, der Vater, vor der Tür seines Zuhauses stehen.
Frau Schmitt sagt in die Dunkelheit:
Wir werden zu Besuch sein.
Herr Schmitt stimmt dem zu und dann schlafen die beiden ein.

Jetzt aber:

Nun aber der Freitag. Wieder versucht Ben aufzustehen, und dieses Mal gelingt es ihm und bis zur Dusche ist er bereits gekommen, als der Kopf wieder anfängt sich zu verdoppeln. Zwei Köpfe sind zu viel.

*

Komme jetzt, bitte.

45

Ein oder zwei Tage noch im Bett und danach geht es weiter, schwört sich Ben. Dann sinkt er wieder zurück in das wohlbekannte Dunkel, in dem er seine Tage und Nächte verbringt.

*

Versuchet es erneut. Jetzt. Jetzt isset es gut.
Komme.
Und?
Nichts.
Noch mal, ihr müsset Geduld haben. Er brauchet noch ein bisschen. Aber ihr versuchet es weiter. Es isset nicht mehr viel Zeit. Versuchet es. Versprochen?
Wir geloben es.
Komme.

46

Die Schmitts sind auf dem Weg und sitzen in einem Zugabteil, das zu einem ganzen Zug gehört, und essen jeder eine Scheibe

Brot. Beim Essen sehen sie aber nicht wie sonst auf den Teil der Nahrung, der noch in den Mund muss, sondern blicken geradeaus, und zwar stur und auffällig. Das Starren hat einen Grund und er ist nachvollziehbar. Ihnen gegenüber sitzt eine nicht schlecht aussehende Dame. Das ist noch kein Grund. Die Frau ist in Plastiktüten eingewickelt. Das ist der Grund.

Dass die Frau in Plastiktüten eingewickelt ist, macht keinen Sinn und das ist den Schmitts aufgefallen. Die Dame auf dem gegenüberliegenden Platz nickt den beiden nach etwa zehn Minuten schweigender Observation zu, freundlich. Beim Nicken knistert sie leise, fast schüchtern. Eine besonders große blaue Tüte kleidet ihren Oberkörper und reicht bis an ihr Kinn, und Herr Schmitt erinnert sich an ein Gemälde in einem Bornholmer Museum. Auf dem Gemälde gab es eine Frau, die keine Plastiktüten trug, aber auch einen Kragen bis zum Kinn. Das Museum und das Bild kennt Herr Schmitt aus einem Reiseführer. Weil Herr Schmitt mit dem Erinnern beschäftigt ist, reagiert er nicht auf das Nicken und Frau Schmitt nickt alleine zurück und wagt sogar ein Lächeln. Sie hält es für angemessen, die Person mit den Tüten nicht durch Unhöflichkeit zu provozieren.

Im Abteil herrscht ab jetzt eine fast freundschaftliche Atmosphäre. Zwei der Anwesenden haben sich zugenickt und die dritte Person, in diesem Fall Herr Schmitt, erinnert sich oder versucht es zumindest. Die in Tüten gekleidete Frau wagt es, sich zu bewegen und bequemer hinzusetzen. Das Knistern ist jetzt schon weniger schüchtern, es dauert länger als das erste, deshalb, weil die Dame sich ganz neu einrichtet auf ihrem Platz. Sie steht auf, es raschelt. Auf ihrem Sitz rückt sie mit den betüteten Händen eine große, offensichtlich aufgeschnittene gelbe Tüte zurecht, streicht sie sorgfältig glatt, ist dabei nicht erfolgreich, denn die Tüte bleibt faltig, aber trotzdem ist die Dame nach einiger Zeit des Streichens zufrieden. Sie setzt

sich wieder hin, ganz vorsichtig und langsam, sie achtet darauf, dass ihr Tütenrock nicht verrutscht. Es ist faszinierend, der Frau zuzusehen, jeder, der sich nicht in dem Abteil befindet, hat etwas verpasst. Hier könnte man noch etwas lernen über Sorgfalt und auch sehr viel über Geduld.
Frau Schmitt hat ein ganz wichtiges Gefühl mit einem Mal, das Gefühl sagt ihr, dass die Dame sehr gut aussehend ist in ihrem Tütenkleid. Anscheinend weiß sie auch, was sie da tut, denn sonst würde sie sich vermutlich nicht so viel Zeit damit lassen.
Es ist schön, dass alles einen Sinn hat, denkt Frau Schmitt, während sie dasitzt neben ihrem Mann, der im Kopf Bornholm hat. Es ist schön und beruhigend, dass alles einen Sinn hat, auch wenn man den nicht immer versteht und erkennt.
Nachdem sie das gedacht hat, möchte sie sehr gerne mit der Frau in den Tüten sprechen. Sie räuspert sich, denn es ist eine Weile her, dass sie etwas gesagt hat, das letzte Mal auf dem Weg zum Bahnhof, da hat sie:
Pass auf,
zu ihrem Mann gesagt, als der fast über eine rote Ampel gelaufen wäre. Danach war sie lange ganz still. Nun räuspert sie sich, bevor sie anfängt zu sprechen, aber als sie damit fertig ist, weiß sie nicht, was sie zu der Dame mit den Tüten sagen soll. Frau Schmitt schließt den vorbereiteten Mund, lächelt nur ein bisschen in Richtung der Frau, das ist auch ganz nett und in Ordnung. Man kann ja auch nicht ständig sprechen.
Die Schmitts sind zufrieden. Sie essen zusammen sechs Brotscheiben, jeder drei, die sie zu Hause vorbereitet haben für die Fahrt. Herr Schmitt liest danach die Sitznummern, addiert die Zahlen. Er kommt dabei auf einhundertfünfunddreißig. Um zu dem Ergebnis zu gelangen, muss er abstrahieren, denn die Plastiktüte, welche der Hut jener Dame gegenüber ist, verdeckt das kleine Schild, auf dem die Nummer steht.

Beide Schmitts freuen sich insgeheim, denn sie wissen jetzt, was sie dem Sohn erzählen können, nachher. Frau Schmitt hat soeben den Sinn der Plastiktüten erkannt. Die nette Frau ist ein Gesprächsthema, das wäre sie nicht ohne ihre ungewöhnliche Kleidung.

Alles hat einen Sinn,

seufzt Frau Schmitt mit ihrer schon wieder trockenen Kehle und erschreckt sich über sich selbst. Jetzt kommt Bewegung in das freundliche Abteil, Geräusche und eine Stimme, die gehört zu Herrn Schmitt, sie ist auch trocken und rau, er sagt mit ihr:

Wie bitte?

Frau Schmitt ist sich gar nicht sicher, was sie gesagt hat, so kann sie auf das:

Wie bitte,

nicht antworten und möchte aber gerne noch etwas sagen, damit die Frau mit den Tüten weiß, dass ihre Stimme nicht immer so schlimm klingt, Frau Schmitt sagt jetzt etwas, was sehr häufig passt, nämlich:

Nichts.

Das Wort ist zu kurz, um die Stimme zurückzuholen. Es klingt genauso schlimm wie zuvor. Frau Schmitt sagt:

Wir besuchen unseren Sohn.

Die Frau mit den Tüten nickt, steht auf, rafft ihre blauen Kleider und verlässt das Abteil. Frau Schmitt schaut vorsichtig aus dem Fenster, da draußen sieht sie keine Frau in Plastiktüten.

Du hättest freundlicher sein sollen. Jetzt ist sie weg,

sagt Frau Schmitt in das Abteil, in dem nur noch ihr Mann sitzt, der soll es hören.

Die Frau mit den Tüten, die aus dem Blickfeld der Schmitts in ein anderes Abteil entschwunden ist, das ist Leas Mutter. Mirjam Herbst. Zufälle gibt es, die bemerkt man gar nicht.

47

Jetzt sitzen die beiden Schmitts im Taxi, es wäre gut, wenn Ben genau jetzt aufwachen würde, so hätte er noch Zeit, ein wenig aufzuräumen. Vielleicht würde das mit dem Duschen schließlich doch noch funktionieren. Dann könnte er so tun, als verliefe sein Leben, wie stets am Telefon versichert, tatsächlich in geregelten, daher beruhigenden Bahnen. Geradeaus und auf ein Ziel hin und das ohne Unterbrechungen, ohne Zwischenfälle, ohne Gehirnerschütterung. Das wäre sehr gut für seine Eltern, daher letztendlich auch für Ben, wenn alles wahr wäre, was er am Telefon erzählt oder bejaht, weil er weiß, dass es ihnen guttut.

Schließlich klingelt es an der Tür, man weiß, wer da steht, da stehen seine Eltern und freuen sich. Während sie sich freuen, dabei ganz aufgeregt werden, weil sie ihn noch nie besucht haben, versucht Ben aufzuwachen. Ben rennt zur Tür und reißt sie auf, denkt, dass der Postbote da jetzt stehen wird. Bens Tag ist durch den Kopfschaden durcheinandergekommen, fürs Kranksein braucht er keine Uhr und der Postbote kommt natürlich vormittags und nicht jetzt, nämlich am späten Nachmittag, frühen Abend. Zu dieser Tageszeit kommt normalerweise niemand zu Besuch. Wenn Bens Kopf nicht immer noch kaputt wäre, hätte er sich vielleicht gedacht, dass da nicht einfach ein Paket auf ihn wartet, draußen vor der Tür. Er würde nun auch nicht so vollkommen bescheuert auf seine Eltern blicken, die lächelnd schon in der Türöffnung stehen.

Guten Tag,

sagt Herr Schmitt.

Hallo,

sagt Frau Schmitt, nichts antwortet Ben. Er muss nicht sprechen, nur ganz schnell zur Seite treten, damit seine Mutter nicht gegen ihn prallt beim Eintreten. Der Weg ist frei, Ben lehnt an der Wand, der geduldigen, und so kommt auch Herr Schmitt herein, schließt hinter sich die Tür, damit sich nicht noch mehr Menschen in der Wohnung ansammeln. Herr Schmitt möchte nämlich gerne mit seiner Familie alleine sein. Einen Familienabend oder späten Nachmittag will er haben und das heute.

48

Als es klingelt, sitzt sie am Schreibtisch, und mit der Abschlussarbeit beschäftigt, hört sie die Türglocke aus weiter Ferne. Gestern hat sie laut und deutlich verkündet, dass man sie heute auf gar keinen Fall besuchen, das heißt stören darf, Lea muss fertig werden. Unbedingt und warum und wozu auch immer. Es klingelt wieder und vielleicht ist es ein Nachbar, dem etwas fehlt. Auf dem Weg zur Tür zieht sie die Jeans von der Stuhllehne, ein Abdruck der Nähte befindet sich auf ihrem Rücken. Morgens ist sie aus dem Bett direkt an den Schreibtisch gewandert, es wird bereits dunkel, sie trägt noch immer das lange T-Shirt, es riecht nach Schlaf. Jetzt mit Hose läuft sie über den Flur, damit schnell wieder Ruhe einkehrt. Beim Öffnen der Tür schlägt ihr kalte Luft entgegen, automatisch erlischt das schwache Treppenhauslicht, hallend schlägt unten die Haustür zu. In die Kälte mischt sich ein vertrauter Duft, Lea kennt ihn. Von früher. Schnell schließt sie die Tür und kehrt zurück in die stickige Luft des Arbeitszimmers, in dem sie auch schläft. Jetzt hat sie sie also doch gesucht, eine Begegnung aber nicht gewagt.

Was soll das denn,

fragt Lea den abgekauten Zeigefingernagel der rechten Hand.

Lass mich in Ruhe,

sagt Lea und beißt wieder zu, da ist noch ein kleiner Fetzen Haut, der steht ab, der muss weg, und sie sollte doch arbeiten, die soll sie in Ruhe lassen. Ein für alle Mal.

49

Zuerst wollen Bens Eltern gerne die Wohnung besichtigen, alle Räume, auch die Toilette, dort sagt Frau Schmitt:
Ihr beiden, ihr könnt ja schon mal in die Küche gehen vielleicht. Ich müsste jetzt nämlich mal ganz kurz und da würde ich gerne –
Die beiden verstehen sofort und reagieren noch schneller, natürlich gehen sie in die Küche, wenn Frau Schmitt mal kurz muss. Jetzt stehen Ben und sein Vater in der Küche und irgendjemand sollte nun etwas sagen. Herr Schmitt kann es nicht leiden, auf Besuch zu sein, und es wird nicht gesprochen. So etwas funktioniert nur, wenn man sich sehr oft sieht, dann ist das in Ordnung. So wie mit seiner Frau, Frau Schmitt. Da kann man auch mal ein paar Stunden oder Tage schweigen. Aber in dieser Situation mag er das nicht. Da Ben nichts sagt, sondern nur guckt, und zwar auf den Boden, auf dem ein Kaffeefleck trocknet, macht Herr Schmitt einen Fehler. Bens Vater beginnt die Geschichte von der Frau im Zug zu erzählen. Dabei ist er sehr ungeschickt, denn er fasst sich kurz:
Benvolio, im Zug hierher saß uns eine Frau gegenüber, die war ganz in Plastiktüten gekleidet.
Ben ist froh, dass sein Vater spricht, und er möchte gerne, dass das so weitergeht, er holt gerade Luft, um ihn durch ein:
Wirklich?
zum Weitersprechen zu motivieren, und in dem Moment macht Herr Schmitt den zweiten Fehler und sagt, bevor Ben reagieren kann:
Ja.
Noch viel schlimmer für das Gespräch ist, was er danach sagt, nämlich:
Und da sind wir jetzt.
Ben sieht natürlich, dass sie da sind, da gibt es nicht mehr viel hinzuzufügen. Die Frau mit den Tüten, die hätte ihn

interessiert, er kennt niemanden, der sich ganz in Plastiktüten kleidet, das wäre interessant geworden. Ben ist verzweifelt, weil er sehr gerne wieder ins Bett möchte und jetzt hier steht mit seinem Vater, der auf einmal da ist und der es nicht schafft zu verhindern, dass alles so unangenehm ist. Es wird noch schlimmer, denn nun kommt Frau Schmitt, sie hat sich auf der Toilette sitzend überlegt, dass die gemeinsame Zeit mit einem unverfänglichen Gespräch beginnen soll. Da hat sie eine Idee gehabt beim Spülen.

Die Frau in den Plastiktüten, die würde sich gut eignen für den Anfang. Da könnten sie zusammen ein bisschen lachen, sich vielleicht sogar überlegen, warum die Dame so ungewöhnlich angezogen war. Von dem Ausgangspunkt gemeinsamer Heiterkeit könnte man langsam zu anderen Themen kommen, schwierigeren Gesprächen. Aber die Frau in den Plastiktüten, die wäre ein guter Anfang. Frau Schmitt kommt in die Küche, dort wird geschwiegen, das wird sie jetzt ändern.

Benvolio, hat Papa dir schon von der Fahrt erzählt? Von unserer Zugfahrt hierher?

Sie stellt sich geschickter an, das Gespräch könnte länger werden.

Ben weiß, dass sie dasselbe erzählen möchte wie sein Vater.

So viele Geschichten werden sie auf der Fahrt zu mir nicht erlebt haben, denkt sich Ben, trotzdem fragt er:

Wie war denn die Fahrt?

Frau Schmitt setzt sich an den Küchentisch. Herr Schmidt macht ihr das nach und Ben auch, steht aber gleich wieder auf, bietet Kaffee und Tee an, seine Eltern möchten Tee mit Milch. Frau Schmitt füllt die Zeit, indem sie betont wartet, bis Ben alles vor- und zubereitet hat, und eine Vorgeschichte erzählt. Sie handelt von dem Weg zum Bahnhof, davon, wie Herr Schmitt fast überfahren worden wäre. Als der Tee auf dem Tisch steht und die Milch auch, ist Frau Schmitt im Zug angekommen. Der Zug fährt mit dem Einschenken des Tees ab, als alle in ihren Tassen rühren, ist sie bei der Hauptgeschichte angekommen.

Wir saßen also im Abteil und uns gegenüber,

erzählt Bens Mutter, ihre Wangen sind rot geworden nebenbei, und jetzt macht Herr Schmitt seinen dritten Fehler, seit er in der Küche ist. Er sagt:

Das hab ich schon erzählt vorhin.

Ach,

seufzt Frau Schmitt und ist kurzfristig enttäuscht. Doch schnell besinnt sie sich, der Tag ist zu besonders für Enttäuschungen. Na gut, das hat er also schon erzählt. Na ja. Dann muss man nun warten, bis das mit dem Reden irgendwann weitergeht. Es gibt so viel, worüber man sprechen könnte. Frau Schmitt hat versucht, ihr Bestes zu geben, aber das Beste ist schon weg, nämlich die Geschichte von der Frau in den Tüten. Ben könnte von dem Unfall erzählen, von seiner Gehirnerschütterung, aber er will niemanden beunruhigen.

Wenn man nicht spricht, kann man auch Tee trinken. Dafür gibt es sogar ein Sprichwort, das vielleicht in einer ganz ähnlichen Situation erfunden wurde, und das Sprichwort geht folgendermaßen: Abwarten und Tee trinken.

50

Das Nagelbett blutet, heute wird das nichts mehr, das steht fest. Sie könnte Tjorven anrufen, warum nicht, was kann es schaden, er ist jetzt ihr Freund. Aber Lea braucht niemanden, Lea ist erwachsen, Lea kann sich auch alleine schlecht fühlen, damit muss sie niemanden nerven, dafür ruft sie keinen an. Lea geht Rad fahren.

51

Wer in die Küche schaut, sieht eine nette Szene, die könnte: *Eine Familie beim Teetrinken am Nachmittag* heißen. Wenn es ein

Maler wäre, der in die Küche blickt, würde er die Szene in warmen Rot- und Brauntönen malen und vielleicht in eine altmodische und rustikale Bauernstube verlegen. Auf dem Bild gäbe es eine Katze auf Frau Schmitts Schoß. Ben würde für das Bild wieder seinen Platz am Fenster einnehmen, den Kopf an den Arm gelegt, der Arm wiederum würde eine Linie mit dem Fensterrahmen bilden. Nachdenklich könnte man Ben zeichnen. Der Bauernsohn, der den Hof erben wird mit allen Tieren und einer Frau an seiner Seite, einer Bäuerin. Der Mittelpunkt des Bildes wäre natürlich Herr Schmitt, im Bild auf dem besten Platz, und zwar dort, wo man die gesamte Familie, die geliebte, überblicken kann. Ein angenehmes Bild wäre das, die beschlagenen Fenster suggerieren den Winter vor dem Fenster und der Betrachter beugt sich weit vor, um das Bild ganz nah zu betrachten, so nah, wie das in einem Museum möglich ist, und er oder sie würde vermutlich sagen oder denken:
Wie angenehm die Komposition, die Farben sind erdig und warm und am liebsten würde man sich dazusetzen.
So wäre das mit einem Maler auf der Türschwelle, der genau beobachtet, nicht stört, das Schweigen nicht unterbricht. So sähe ein Bild aus von einem Maler, der abstrahieren kann und denkt, dass man das, so wie es ist, nicht zeigen sollte.
In der Tür steht niemand, auch keine einsame Staffelei. Die Familie Schmitt ist alleine in der Wohnung, niemand spricht. Es fühlt sich für keinen in der Küche so an, als ob das in Ordnung wäre mit der Stille, aber sie ist nun mal da und nach einer Weile fangen alle drei an, sich mit ihr zu arrangieren. Ben merkt, dass er froh ist, sitzen zu dürfen, er kann auch den Arm aufstützen und den Kopf drauflegen, ohne dass der Verdacht entsteht, ihm gehe es nicht gut. Sein Vater hat sich nach einigen Korrekturen nämlich für dieselbe Position entschieden. Bens Beschäftigung besteht also darin, möglichst bequem sitzend seinen Kopf ruhig zu halten. Herr und Frau Schmitt sind

wie so oft auf dieselbe Idee gekommen. Sie beobachten jetzt Benvolio Antonio Olivio Julio Toto Meo Ho, ihren Sohn. Sehr lange haben sie ihn nicht gesehen, nun aktualisieren beide die Bilder in ihren Köpfen.

Was sie sehen, das sehen nur die beiden, es ist wichtig, das zu wissen, wenn man an Ben denkt. Es ist ungewöhnlich, zeugt auch keineswegs von Objektivität, aber beide erblicken das Gleiche, wenn sie Ben sehen, sie sehen:

Ihren Sohn Benvolio Antonio Olivio Julio Toto Meo Ho, der einen langen Namen trägt, den er abkürzt, indem er jedem sagt, dass er

Ben

heißt, die Schmitts sind sich einig, dass

Ben

eine Untertreibung ist.

Da sitzt ein Sohn mit einem langen und ignorierten Namen, und das Kind ist sehr groß, ein weit reichender Mensch, denken sie. Die Eltern sind beide gleich normal groß oder klein, man fragt sich:

Wie ist er nur so lang geworden?

Dafür gibt es keine Erklärung, außer eventuell einen weiter entfernten Schmitt. Sehr dünn ist der Sohn, fast mager. Ein Grund für die subjektiven Eltern, sich Sorgen zu machen. Bens Hände um die Teetasse sind groß, passend zu seinem Körper, er hat alle Finger. Im Gegensatz zu Herrn Schmitt, der die rechte Hand jetzt, ohne es zu bemerken, in seine Hosentasche steckt. Frau Schmitt, die gerade an derselben Stelle der Observation ist, bemerkt es aber. Sie blickt kurz zwischen den beiden Händen hin und her und sieht, wie die vierfingrige mit Mühe in der Tasche verstaut oder versteckt wird. Die Hand ist eine Störung in Herrn Schmitts sonst perfekter Normalität, sie wird nicht oft gezeigt. Frau Schmitt richtet ihre Aufmerksamkeit wieder auf den Sohn, Benvolio Antonio

Olivio Julio Toto Meo Ho Schmitt. Ihr Mann ist währenddessen schon beim Gesicht, Frau Schmitt muss aufholen und kommt kurze Zeit später bei Bens Nase an. Die Nase ist auch ein bisschen groß, und schmal ist sie. Der Mund ist so groß wie die Nase, nur waagerecht, nicht schmal, normalerweise, erinnert sich Herr Schmitt.

Den Mund, den hat er von mir,

pflegt Herr Schmitt immer zu sagen beim Betrachten von Fotografien.

Nein, von mir,

stellt Frau Schmitt stets richtig. Das hört sich fast an wie ein Streit, wird es aber nie. Sie haben beide recht, weil Ben natürlich der Sohn seiner Eltern ist. Aber gleichzeitig haben sie unrecht, denn normal sieht Bens Mund nicht aus, das unterscheidet seinen von ihrem Mund, der einen Art von Mund, den sie beide haben.

Bens Augen sind normal groß, sie fallen nicht auf wegen ihrer Größe, sondern aufgrund ihrer Farbe, die ist sehr dunkel, aber jetzt hat Ben seine Augen zugemacht, damit ist die Farbe verschwunden und keiner der beiden erinnert sich an sie, obwohl sie doch auffällig ist.

Sehr kurz nur wird der Rest Bens gemustert, zu sehr sind sie mit der Augenfarbe beschäftigt. Flüchtig fällt ihnen auf, dass Ben sehr weiß ist im Gesicht und überhaupt überall, wo Haut zu sehen ist. Nur am Kinn nicht, denn da wurde schon länger nicht rasiert und deshalb ist es dort ein wenig dunkler, da hat Ben Bartstoppeln, die sollten weg. Mit den Haaren auf dem Kopf müsste er wieder zum Fachmann, aber das sollte ohnehin alle paar Wochen geschehen, denn Bens Haare wachsen so schnell und aus irgendeinem Grund hat er mehr davon, als dass es als normal zu bezeichnen wäre.

Herr und Frau Schmitt sind erleichtert, als Ben die Augen wieder öffnet und sich herausstellt, dass seine Augen keine

klar definierbare Farbe haben. Das ist ihr Sohn, den sie so lange nicht mehr getroffen haben. Heute sieht er ein bisschen ungepflegt aus oder sogar krank. Beide würden es niemals laut sagen, aber Ben wirkt, als hätte er tagelang im Bett gelegen. Auch seine Kleidung lässt darauf schließen, denn sie ist eigentlich nur eine Boxershorts und ein T-Shirt in Grau, damit war Ben sicherlich nicht arbeiten.
Geht es dir gut,
wagt keiner der beiden zu fragen. Ein bisschen ärgerlich sind sie auf Ben, denn der ist der Gastgeber, hat zwar Tee gekocht und verteilt, aber seitdem scheint er zu träumen. Der Eindruck täuscht nicht, soeben ist Ben eingeschlafen. Sein Kopf rutscht auf den Tisch, zu langsam, um ihn aufzuwecken, er liegt da, während seine Eltern sich äußerlich langweilen und innen drin Sorgen machen. Eine ganze Stunde warten die beiden, bis Frau Schmitt plötzlich und ganz unvermittelt aus der Starre erwacht und sie ruft:
Was ist denn los?
Das reicht, um Ben aufzuwecken.
Was ist denn los,
ruft nun auch Herr Schmitt und die beiden wiederholen miteinander:
Was ist denn los?
Was ist denn los?
Das ist ziemlich beeindruckend, wenn sie zusammen rufen und dabei ganz synchron sind. Ben schaut sie fasziniert an, schließt die Augen, um noch einmal zu überprüfen, ob seine Eltern ganz genau gleichzeitig ihren Satz rufen, Ben stellt fest, dass sie das tun, es beruhigt ihn. Aber jetzt hat sein Vater die Solostimme übernommen, während seine Mutter ihren Ruf langsam und unvollständig ausklingen lässt. Bens Vater hört beim Sprechen auf zu rufen, sagt ganz ruhig und gefasst Folgendes:

Benvolio, du siehst sehr ungepflegt aus. Bitte sag uns jetzt, was los ist mit dir. Machst du das bitte.
Das ist eine Aufforderung, die Ben befolgt, indem er antwortet und sagt, dass er müde ist, weil:
Ich nämlich Nachtschichten gemacht habe bei der Arbeit und da komme ich immer erst um acht Uhr morgens ins Bett. Ich hab noch nicht geduscht, weil ich noch geschlafen habe, als ihr angekommen seid. Tut mir leid.
Es stimmt, dass es ihm leidtut, der Rest nicht. Ben denkt wirklich, dass seine Eltern ihm alles abnehmen, was er sagt, aber die Schmitts sind nicht dumm, die beiden besitzen eine normale Intelligenz und die reicht absolut dazu aus zu bemerken, dass Ben lügt.
Du lügst, Benvolio,
sagt Bens Mutter. Es geht bei ihrer Feststellung nicht darum, dass es sie stört, eben eine Lüge gehört zu haben, es soll andeuten, dass jetzt die Wahrheit dran ist.

Jetzt also die Wahrheit:
Die Liebe meines Lebens wird sterben, ich habe seit ein paar Tagen eine Gehirnerschütterung, so dass ich nicht fähig bin zu arbeiten, also den ganzen Tag im Bett herumliege. Eigentlich schlafe ich nur. Tag und Nacht.

52

An der Straßeninsel vorbei, an der Uni auch, nur nicht an die Abschlussarbeit denken, die schafft sie schon, aber eben nicht heute. Lea fährt zwei Stunden, quer durch die Stadt, über die Brücke des links sie umsäumenden Flusses und hinein in den Wald. Die steilste Auffahrt hinauf, bis der eigene Schweiß den Duft überdeckt, der sie im Treppenhaus angesprungen und bis jetzt nicht wieder losgelassen hat. Ist ein Bad im See bei den Temperaturen noch als normale Handlung zu verzeichnen? Lea lässt das Rad auf der Seite ruhen und zieht sich bis auf die Unterwäsche aus. Lea trägt Frottee, ein Geschenk ihrer Oma im Doppelpack. Sechs Schwimmzüge, dreimal untertauchen, schnell wieder raus und dann darf sie endlich Tjorven anrufen, jetzt, wo sie es alleine bis hierhin geschafft hat. Sie kommt klar.

53

Die Liebe meines Lebens,
hören die Eltern:
Gehirnerschütterung,
und noch ein paar andere Dinge, aber um die werden sie sich später kümmern, da werden sie dem Jungen ein bisschen Extrageld zustecken. Man kann die nächsten Momente überspringen, denn in ihnen wiederholt Ben das eben Gesagte und seine Eltern versuchen, einen Zusammenhang zwischen den einzelnen Tatsachen zu finden. Dabei sind sie keineswegs erfolgreich. Ben sagt nichts mehr, auf Nachfragen immer nur:
Nein.
Es hat keinen Sinn, ihnen mehr zu berichten, alle zusätzlichen Informationen machen die Sache nur komplizierter, sie würden ihm nicht glauben, das entscheidet Ben für seine Eltern. So viel zum Gespräch in der Küche.

54

Herr May macht seinen Abendspaziergang durch den Garten. Der Weg ist durch Kies vorgegeben. Manchmal traut er sich was, dann tritt er mit einem Fuß sacht auf die Rasenfläche.
Im Sommer,
flüstert Herr May sich zu,
da hole ich mir eine Decke, vielleicht eine Tischdecke. Die breite ich aus auf dem Rasen und leg mich drauf.

Es ist einer seiner subversiven Pläne, gehört dabei allerdings zu den harmloseren. Besonders nachts hat Herr May viele Ideen. So rein theoretisch.

55

Abends befindet sich Ben wieder im Bett, endlich. Auf dem Boden liegen zwei Luftmatratzen, auf der einen ruht Frau Schmitt, auf der anderen – weiß man ja. Es sollte wirklich das Ende des Freitages sein, Ben hat keine Lust auf noch mehr Tag. Er wurde aber angekündigt als der schlimmste der Woche, und das schaffen Bens Eltern alleine nicht. Der Tag setzt sich fort, zunächst ohne dass Ben etwas davon bemerkt. Neben ihm unterhalten sich seine Eltern telepathisch. Es geht um Ben, auch darum, dass er im Moment nicht arbeiten geht. Draußen vor der Tür ist es wichtiger und interessanter, dort beginnt der Tag, sich noch weiter von der Woche abzuheben.

56

Vor der Tür: Hier fällt zunächst auf, dass sich der Frühling nachts noch zurückzieht, und wenn man den Winter wirklich riechen kann, so ist das in dieser Freitagnacht möglich. Die Nacht hat ihre ausgefransten Vorhänge aus Dunkelheit herabgleiten lassen, Straßenlaternen fressen Löcher in den alten Stoff, sie legen frei, was die Nacht zu verhüllen bemüht ist. Im Lichtkegel vor einer Tür stehen zwei Menschen, dicht nebeneinander, aus der Ferne sehen sie aus wie ein fremdes Tier. Niemand spricht und kein Auto, nicht einmal ein Vogel durchbricht die Stille. Die Tür geht nicht auf, trotz mehrerer Versuche.

57

In der Wohnung hören Herr und Frau Schmitt seltsame Geräusche, die zunächst wie ein Schlüssel im Schloss klingen und dann so, als ob sich jemand gegen die Haustür schmeißt.

Einbrecher,
sagt Frau Schmitt leise und unaufgeregt zu ihrem Mann.
Das kann sein,
antwortet der und die beiden bleiben im Bett und hören, was es zu hören gibt. Es wird immer mehr, jetzt sind auch Stimmen zwischen den Geräuschen zu hören. Die Schmitts auf ihren Luftmatratzen vergessen all ihre Sorgen und ihr Leid über und mit ihrem Sohn.

58

Draußen ist ein Erfolg zu vermelden, eine Tür hat nachgegeben durch beständiges Sich-gegen-sie-Schmeißen. Eine weitere Herausforderung liegt auf dem Weg, es könnte sein, dass sie sich als unüberwindbar herausstellen wird. Eine Treppe hinauf, ein kurzer Kuss, die nächste Tür hängt wartend, fest und sicher in ihren Angeln.

59

Durch die Wohnung hallt es laut. Herr Schmitt rückt näher an seine Frau, er will sich beschützen. Unter ihm gibt der Rand der Luftmatratze nach, er rutscht auf den kühlen Holzboden.
Es kann sein, dass gleich die Polizei kommt,
stellt Herr Schmitt fest, er rückt vor auf die Matratze seiner Frau. Frau Schmitt hebt den Schlafsack, man befindet sich jetzt in unmittelbarer Nähe zueinander und atmet rücksichtsvoll flach. Jederzeit kann die Polizei anrücken, dann kommt es zu Festnahmen und Zeugenaussagen müssen gemacht werden. Es klingelt, der Traum vom Einbrecher mit der Waffe in der Hand, von Abenteuer und tiefen Gefühlen im Angesicht des Todes wird unterbrochen. Neben den beiden ist Ben aufgewacht, aufgeschreckt durch den Lärm, er springt aus dem Bett. Für einen Moment versteht Ben die Situation nicht, denn es klingelt und gleichzeitig sitzen auf dem Boden seine Eltern und sehen sehr

zufrieden aus und ein wenig aufgeregt. Er ist nur einen Moment verwirrt, dann geht er los und murmelt im Gehen:
Ist gut, Tjorven, ich bin unterwegs. Keine Panik.
Ben öffnet die Tür, wie man eine Tür eben öffnet. Herein kommt Tjorven und mit dem auch Lea.

60

Ben weiß wieder, wie sie aussieht. Ganz anders, und das Bild in seinem Kopf wird revidiert. Das geschieht automatisch und überhaupt handelt Ben jetzt ohne sich. Das Stehen jedenfalls, das hat er sich bestimmt nicht selbst auferlegt, das passiert ihm. Nebenan geht das Leben weiter, da betreten seine Eltern den Flur und stellen sich vor, in Schlafanzüge mit Karos gekleidet.
Ich bin Herr Schmitt.
Ich bin Frau Schmitt.
Ich bin Tjorven.
Ich heiße Lea.
Eine Stimme wie nichts anderes, wie nur ihre Stimme sein kann, und in ihrem Duft schwingt ein Waldsee mit. Das war es auch schon, jetzt kennen sich die vier, aber nun hört Ben etwas, nämlich dass Tjorven sagt:
Das ist Ben.
Frau Schmitt und Herr Schmitt wollen etwas richtigstellen und sagen im Chor, oft geübt und gekonnt:
Eigentlich ist das so nicht richtig, lieber Herr Tjorven. Entschuldigen Sie. Sein Name ist nicht Ben, sondern vielmehr Benvolio Antonio Olivio Julio Toto Meo Ho und Schmitt, denn er ist mein, unser Sohn.
Tjorven nickt, grinst dabei, denn bisher dachte er, der Name auf den Briefen an Ben und auf den Paketen und den Partys, das wäre ein Witz. Die meinen das aber ganz ernst, Bens Eltern, wird ihm nun klar. Daraufhin klopft er Ben auf die Schulter und sagt:

Na dann, du. Benvolio Antonio Olivio Julio Toto Meo Ho. Na, dann ist ja alles gut. Dann weiß ich Bescheid.
Vielleicht hilft es, wenn er nichts sagt. Ben tut jetzt so, als würde er Lea nicht bemerken. Das ist sehr schwierig, sie steht direkt vor ihm, nun spricht sie, sie sagt:
Hallo, Benvolio Antonio Olivio –
Sie weiß nicht, was der nächste Name ist, und macht eine Pause. Bens Vater springt ein, sehr stolz, mit Bestimmtheit:
Julio Toto Meo Ho Schmitt,
hinzufügen zu können.
Genau,
sagt Lea. Sie erkennt Ben wieder, hat ihn schließlich schon zweimal gesehen, so schnell vergisst Lea nicht. Doch Ben ist unhöflich, er starrt an die Decke, summt dabei leise vor sich hin. Lea denkt sich, dass der Typ eventuell doch noch ein wenig seltsamer ist, als es auf den ersten Blick sichtbar war. Unhöflicherweise verlässt er nun den Flur und geht in sein Zimmer. Nach nur kurzer Zeit kehrt er zurück, den Kopf geradeaus gerichtet, angezogen ist er, und zwar vollständiger als je zuvor in dieser Woche.

61

Als er die Tür hinter sich schließt, löst sich die Versammlung im Flur auf. Niemand in der Wohnung versteht, was soeben passiert ist, warum Ben so unhöflich ist und einfach geht, dabei auch noch so tut, als wären sie alle unsichtbar. Kein Mensch wird gerne so behandelt. Nicht von seinem Kind und auch nicht vom Mitbewohner, dem gegenüber man sich ein wenig schuldig fühlt. Einzig für Lea ist es ganz in Ordnung, soeben ignoriert worden zu sein.
Lea ist hier, weil sie Tjorven mag und sich gerne vom Abschlussmachen abhalten lässt und weil sie ab und zu gerne Gesellschaft hat. Über Tjorven hatte Lea Carlo vergessen, der hat

sich vor ihren Augen die Hände blutig gewaschen und sie ihr vorwurfsvoll ins Gesicht gehalten. Lea fand den Anblick interessant, aber ästhetisch nicht ansprechend. Zum Glück steckten wie immer, wenn sie Carlo in Aussicht hatte, ein paar Pflaster in ihrer Handtasche und die bekam er auf seine Hände. Mit Tjorven saß sie neulich den ganzen Abend zusammen, sonst geschah nicht viel. Lea ist nicht mehr bei Carlo, sondern bei Tjorven, hinter der Tür. Das, muss man sagen, ist sehr erstaunlich. Dass sie lebt, ist noch bemerkenswerter, und der Freitag hat gewonnen und gibt nun ab an den Samstag.

62

Ben sitzt vor der Tür und friert.
Ursprünglich und vorhin im Flur hatte er geplant, sich weiter zu entfernen. Er hat sich aber anders entschieden beim Verlassen der Wohnung. Die Menschen darin kann er unmöglich ganz alleine lassen. Hier ist es kalt. Ben muss sich Gedanken machen und sie gleich nach der Herstellung deuten, und zwar richtig.
In der Wohnung ist Lea und vermutlich liegt sie mittlerweile in Tjorvens großem Bett. Das ist nicht das Problem. Es ist auch nicht schlimm, dass sie lebt, obwohl Ben doch bereits im Traum gesehen hat, dass sie tot ist. Es ist schön für Lea, dass sie lebt. Ben hat aber das Problem mit dem Wissen und er weiß nun mal ganz sicher, dass er Lea liebt und dass sie sterben muss nach drei Begegnungen, und das wäre bereits die dritte gewesen. Es scheint einige Definitionsschwierigkeiten zu geben zwischen Ben und seinem erschütterten Gehirn.
Dankeschön, denkt Ben an sein Gehirn und das antwortet nicht, sondern stellt sich schlafend. Mit einem müden Gehirn kommt Ben in seinen Überlegungen nicht weiter. Er ist erschöpft und hinter dem Busch vor dem Haus sicher, dort kann er schlafen, ohne gefunden zu werden. Ben geht davon aus, dass er aufwachen wird, wenn irgendjemand das Haus ver-

lassen sollte. Seine Eltern oder Tjorven oder Lea. Das wird er schon merken und dann kann er immer noch irgendetwas tun.
Reagieren ist besser als handeln,
sagt Ben sich auf, bis er überzeugt ist, dann macht er die Jacke zu und geht hinter den Busch und denkt sich noch, dass er beim Schlafen erfrieren könnte.

63

Herr May ist soeben aufgestanden. Nun wird er sich Franz in den Mund setzen und danach wird es herrlich, gleich geht es los, zum letzten Mal für diese Woche.

64

Ben schlägt sich beim Aufwachen mit der Hand an die Stirn und erwischt dabei ein paar Blätter, eines bleibt kleben und das sieht nun so aus, als hätte Ben ein Loch im Kopf. Gegen den Kopf hauen mit voller Kraft tut nicht gut. Ben liegt und wagt es nicht, die Augen zu schließen. Resigniertes Starren ist die Alternative, und so findet ihn schließlich der Postbote.

65

Der Postbote findet hinter dem Busch seinen liebsten Kunden, und zwar tot, erschossen. Während Herr May steht und in die Luft lächelt, wird der Postbote sehr aktiv. Zuerst schüttelt er Ben, und als der anfängt, sich zu bewegen, läuft der Postbote weg, zur Tür, klingelt Sturm. Ben setzt sich auf und sieht Herrn May, der nicht so wirkt, als wäre er es gewesen, der ihn eben so geschüttelt hat. Ben wartet darauf, was als Nächstes geschieht. Sehr laut wird es nun, viele Menschen laufen aus dem Haus zu dem Busch, unter dem Ben sitzt und, wie der Postbote sagt:
Tot,
ist und:

Erschossen.
Von wem auch immer. Das ist vollkommen irrational, so etwas zu glauben, in dieser Stadt passieren derartige Dinge nicht, und wenn sie geschehen, dann nicht ausgerechnet Ben. Doch niemand denkt an die Wirklichkeit, alle rennen und kommen näher zum Busch. Jemand hat auf Zeitlupe umgeschaltet, denn Ben bleibt noch genug Zeit zu bemerken, dass unter den Stimmen, die näherkommen, auch Leas ist. Jetzt muss er doch weiter weg. Ganz weit weg. Und am besten für immer.
Macht es gut,
ruft Ben, springt auf und läuft weg.

*

Derweil, in einem fernen Land, klopft ein König dem Pferd auf den Rücken und ermuntert es, weiter an Helden zu glauben. Für die Prinzessin, für ihn, den König, und aller Seelenheil.

ANTONIO

OINOTNA

Antonio Olivio Julio Toto Meo Ho nennt er sich jetzt und der überlegt, ob man sich anders fühlt, wenn der erste Name fehlt. Wie ist das, wenn man von allem wegfährt, wenn man Wohnung, Arbeit und Eltern zurücklässt? Wie ist das, wenn man eine Frau verlässt, die Lea und die große, einzige Liebe ist. Wenn man seinen einzigen und allerbesten Freund ohne Abschied zurücklassen muss. Beim Denken sitzt er im Bus, der fährt ihn woandershin. Was er herausgefunden hat: Mit der Abgabe eines Namens erreicht man einen Zustand, der sich wie eine traurige Freiheit anfühlt.

1

Die Zeit vergeht wie immer und für jeden unterschiedlich schnell, wenn man es genau nimmt und von gefühlter Zeit spricht. Eine subjektive Zeitangabe wäre ein guter Anhaltspunkt und so sagt die Stimme des Postboten:
Sommer. Ferienzeit.
Der Postbote sitzt im Zug, schaut aus dem Fenster, er hat frei. Der Postbote fährt ans Meer. Bis er dort ankommt, wird es noch eine Weile dauern, über die Zeit hat er sich informiert. Er sucht die Frau, die ihm abhanden gekommen ist. Aus dem Fenster des Zuges sieht der Postbote die Welt, die er kennt, vorbeifliegen. Zwei Städte weiter, das hat er schon vorher geschafft. Auf dem Betriebsausflug einmal und mit seiner Frau eine Radtour, drei Tage lang, und nachts haben sie in den Gasthäusern miteinander geschlafen und nach dem zweiten Mal hat der Postbote gedacht, dass er nun Vater wird. War nicht so. Aber die Nächte waren sehr aufregend und so ganz anders als zu Hause in den gewohnten Gerüchen. Draußen fliegt die Welt vorbei an dem Postboten, die bekannte, und er lehnt das Gesicht an die Scheibe, so dass es anklebt. Er sieht mit dem rechten Auge sein Spiegelbild im Fenster. Der Postbote bemerkt, dass er sich sympathisch findet. Ein nettes

Gesicht hat er. Der Postbote denkt kurz an englische Gärten, so ganz allgemein.
Hm. Hm. Hm. Hm. Hm.
Die Frau in den Plastiktüten ihm gegenüber, die summt ein Lied, und obwohl der Text fehlt, weiß der Postbote, dass das Lied von der Liebe handelt.
Hm,
steht für:
Liebe,
weiß der Postbote, und ein anderes
Hm,
steht für:
Sehnsucht.
Also:
Liebe, Sehnsucht, Liebe, Sehnsucht und Liebe.
Am Ende immer wieder:
Liebe.
Die Frau in den Tüten hat zu summen aufgehört. Gleichzeitig sieht der Postbote draußen eine neue Welt. Er ist überrascht, weil sie genauso aussieht wie die alte. Das hatte er sich anders vorgestellt.

*

Wo isset er? Wo isset der Held? Gebet nicht auf, rufet.
Jetzt schicken sie den letzten Helden aus dem Verlies, der soll ihn locken. Der letzte Held hat nichts zu tun, seit er versagt hat und tot ist.

2

Wenn Lea nicht in ihrer Wohnung bei den anderen ist, wohnt sie bei Tjorven. Ab und zu kommt der auch zu ihr. Sie und er sind zusammen und es gefällt ihr gut.

3

Die Frau des Postboten schwimmt im Meer, das voller Algen ist, an die sie sich gewöhnt hat. Ihr gefällt es, die Schwimmzüge ganz sorgfältig auszuführen, und so zieht sie fast einen Kreis mit den Armen um den Körper. Zum Schluss berühren ihre ausgestreckten Hände die Oberschenkel und sie fängt wieder von vorne an. Der Fischverkäufer liegt momentan auf dem Friedhof des kleinen Dorfes am Meer. Eines Morgens war er tot. Ohne sich verabschiedet zu haben, hat er nachts neben ihr im Bett seinen letzten Atemzug gemacht. Sie hat sich erschreckt, beim Aufwachen, und ihn geschüttelt und immer wieder seinen Namen gesagt. Einen Tag lang fast hat sie auf dem Bett gesessen, neben dem toten Fischverkäufer. Dann ist sie aufgestanden und hat einen Bestatter geholt. Danach war die Beerdigung und seitdem haben sie sich nicht mehr gesehen.

Ob sich das alles gelohnt hat, fragt sich die Frau nicht. Die Flucht, die ein Umzug auf die Insel war, und das Wohnen am Meer in einem Campingwagen, den der Fischhändler sehr schön eingerichtet hat, das war eine gute Zeit und jetzt wartet die Frau ab, was als Nächstes geschehen wird. Etwas muss passieren, sie lebt ja noch.

Doch jetzt, beim Schwimmen, bekommt sie einen Krampf im Bein und geht unter, genau in dem Moment, als ihr Mann, der Postbote, umsteigt in einen anderen Zug.

Er kauft sich ein Fischbrötchen am Bahnhofsstand und hat so lange keinen Fisch mehr gegessen, dass er ganz überrascht ist, wie gut der ihm schmeckt, und seine Frau, die ist vielleicht tot. Die Zeit eilt, das weiß der Postbote nicht und so kaut er langsam und genüsslich und ahnt nicht, dass seine Hoffnung sich eventuell ins Leere richtet. Der Postbote lässt sich Zeit bei der Suche.

4

Der Tod bewegt sein gelbes Ruderboot über das ebene Meer und hofft, dass er nicht schnell genug ist.

5

Die Gegend, in der Antonio jetzt lebt, ist ganz aus Beton. Hohe Häuser reihen sich, und was hinter den Mauern und neben und unter ihnen liegt, das weiß niemand. Eventuell die Menschen im Stadtbauamt oder die im Stadtarchiv, aber niemand hier drinnen kennt jemanden, der es weiß, und nur das zählt. Es ist für die Bewohner ein geheimnisvoller Ort und Antonio meint sogar, dass diese Häuser zaubern können. Wie sonst wäre es zu erklären, dass alle innerhalb der unsichtbaren Grenzen bleiben, welche die monumentalen Wohntürme umschließen? Man kann hier arbeiten oder nicht arbeiten, einkaufen, schlafen, und das reicht schon für die Bewohner. Es gibt ein paar Bäume und Rasen sogar am Fuß der Türme aus Beton. Grünflächen werden sie genannt und ihr Betreten ist verboten und daran hält sich Antonio strikt und bleibt immer auf den betonierten Pfaden. Warum auch nicht, die führen schließlich auf dem kürzesten Weg zu den zweiflügligen Türen, und wer durch die Türen geht, der gelangt in Hallen, die nur Flure sind, aber Antonio nennt sie Hallen, denn das hier ist ein Königreich und ein Schloss jeder einzelne Turm. Mit dem Fahrstuhl gelangt Antonio zu seinem Teil des dritten Turmes, auf die Sechzehn drückt er und die Fahrt beginnt. Antonio hat jedes Stockwerk einmal besucht, um nachzusehen, was es dort gibt, und er hat entdeckt, dass es überall dasselbe gibt, immer sechs Türen und Gänge und Linoleum unter den Füßen und am Ende jedes Ganges ein kleines Fenster, wirklich wie in einer Burg, kleine verglaste Schießscharten sind das. Sehr unpraktisch, nach jeder Verteidigung müsste neu verglast werden, aber die

Zeiten der Angriffe sind vorbei. Hier kann man ruhig und in Frieden und ganz für sich alleine leben. Tagelang manchmal begegnet Antonio keiner einzigen Person. Aber hören kann er die anderen Menschen. Da ist immer jemand, der etwas zu sagen oder zu rufen hat, in den Türmen wird gelebt und darüber freut sich Antonio. Seine Wohnung ist zwei Zimmer groß und kostet wenig. Wenn er sparsam lebt, kommt er mit dem, was auf seinem Konto ist, noch ein bisschen hin. Antonio hat der Außenwelt abgeschworen, er will die Grenzen der Stadt nicht mehr übertreten, und zu Beginn hat er Angst gehabt, dass er es aus Versehen tut, weil man sie nicht sehen kann, die Schwelle. Aber dazu besteht überhaupt kein Grund, die Grenzen findet jeder. Er wird hier möglichst für immer bleiben, weit weg von Lea sicherlich, und warten, was geschieht. Antonio hat es sich so nett wie möglich gemacht in seiner Wohnung. Jeder der Räume hat eine andere Farbe, in jedem Zimmer schaut Lea von der Wand. Das ist erlaubt, hofft Antonio. Im Bad ist sie natürlich nicht, aber in den anderen Zimmern, wie gesagt. Er kann überhaupt kein bisschen malen. Das an den Wänden sieht Lea nicht ähnlich. Lea ist nicht unheimlich und sie hat keine verbogenen Finger und beide Arme sind in etwa gleich lang und Leas Farben sehen auch nicht wie Filzstifte aus, sondern ganz normal. Für Antonio ist es aber sehr wichtig, dass sie ihn von der Wand aus ansieht und dass sie irgendwie da ist. Ist doch klar, dass er sie vermisst. Wenn er das Gefühl hätte, sie sehen zu dürfen, wäre das natürlich tausendmal besser für ihn, aber er weiß nun mal, dass er sie nicht sehen soll, und deshalb sind die Lea-Monster an der Wand:

In Ordnung,

sagt sich Antonio laut. Da ist kein Tjorven, der:

Stimmt,

sagt oder nickt. Da ist niemand.

6

Die Schmitts haben nach dem Verschwinden ihres Sohnes noch ein bisschen auf ihn gewartet, dann sind sie nach Hause gefahren.

Er kommt zurück,

sagt Herr Schmitt allmorgendlich.

Ganz sicher,

sagt Frau Schmitt. Der Sommer bringt Beeren für Herrn Schmitt, Frau Schmitt sitzt im Garten und strickt an einem Winterpullover, rot, für Benvolio. Sie denkt an Tage im Juni, Juli, August und September, früher, als die Sandkiste noch nicht zugewuchert war. Pfirsichtee aus Plastikbechern mit Tierkopfsicherheitsdeckel, wegen der Wespen. Stunden hatte er in der Sandkiste verbracht, einem Unsichtbaren Geheimnisse anvertraut und zu ihr hinübergesehen ab und zu, wie um sich zu vergewissern, dass sie noch da war. Ein Eis pro Tag hatte er bekommen, aus dem gelben Wagen. Mit der Hahnensirene wurden die Kinder angelockt aus den umliegenden Gärten. Ihr Mann hatte mitgehen müssen mit Benvolio Antonio Olivio Julio Toto Meo Ho, das Kind war schüchtern. Nie hatte es mit den anderen gesprochen, sich vor den Mädchen sogar versteckt. Einmal hatte sich das fünfjährige Kind der Nachbarn zu ihm gewagt und sich vorgestellt. Da hatte Benvolio Antonio Olivio Julio Toto Meo Ho das Eis fallen lassen und war zurück zu ihr in den Garten gelaufen.

Er ist anders,

sagte Herr Schmitt heute Morgen im Bett zu ihr.

Ist das schlimm?

Nein. Er ist was Besonderes. Alles wird gut.

Alles wird gut,

sagt Frau Schmitt heute Nachmittag in die Wolle hinein.

Er kommt zurück. Er kommt schon.

Auf:
Wir müssen warten,
haben sie sich geeinigt.

7

Nachts weint in der Wohnung nebenan ein Mann. Wenn es dunkel geworden ist, beginnt das Schluchzen. Am Klingelschild neben seiner Tür steht:
Waldemar Johansdorf.
Antonio vermutet, dass der Mann, der weint, Waldemar heißt und dass er stolz auf seinen Vornamen ist, an das Türschild würde man ihn doch sonst nicht schreiben, hat Antonio sich gleich am ersten Tag in der neuen Wohnung überlegt. Immer wird es am Ende des Tages dunkel und still, alle sind in ihren Wohnungen und Waldemar beginnt zu weinen und zu schluchzen. Soweit Antonio weiß, hört er damit nicht auf, bis es draußen wieder hell ist. Er kann nicht und traut sich nicht in die Wohnung von Herrn Johansdorf, also Waldemars. Dabei ist die Wand zwischen ihnen ganz dünn.

8

Eine Zeit lang wagt Herr May noch zu hoffen. Dass der Postbote zurückkommt, dass er wieder Schatten sein darf und damit seine Berechtigung zurückerhält. Morgendlich steht er vor dem Postamt, sieht den Briefträgern zu, wie sie in ihre Autos steigen, sich auf ihre Fahrräder schwingen oder zu Fuß mit ihren Rollwagen losziehen. Sein Postbote ist nicht dabei, einem anderen kann und will er nicht folgen. Diesen Mann hatte er sich ausgesucht, der steckte die Briefe immer so sorgfältig in die Briefkästen, der hatte ihn jeden Morgen gegrüßt. Der Postbote ist sein Mann, das Dasein als Schatten des Postboten, als Wächter über die Auslieferung der Briefe, ist zu Herrn Mays Aufgabe geworden. Die hatte er sich sorgfältig

gesucht und überlegt und dafür hatte man ihm im Heim gerne Ausgang gewährt. Alle sagten:
Der spinnt, der alte Herr May.
Aber das war ihm doch vollkommen gleich. Die anderen hier sollten machen und sagen, was sie wollten, er fühlte sich nicht zugehörig. Heute jedoch hat er die Hoffnung aufgegeben. Er versteht, dass der Postbote verschwunden ist, endgültig wahrscheinlich. Herr May hat keinen Grund mehr, das Altenheim zu verlassen. Es gibt nichts zu tun, nichts zu sagen. Herr May sitzt jetzt wie die anderen in seinem Zimmer und sieht mal hierhin, mal dorthin.

9

Wo bist du, du Depp,
fragt Tjorven und in der Magengegend zieht es, trotz Liebesglück.

10

Antonio und Waldemar teilen sich eigentlich ein Bett, aber davon wissen sie nichts. Antonios Matratze und Waldemars schmales Bett aus Kiefernholz stehen genau nebeneinander. Wenn Antonio Waldemar weinen und schluchzen hört, liegt der auch im Bett. Dort muss er hin, obwohl er es hasst. Waldemar lässt die ganze Nacht das Licht an, das ist sehr teuer, aber dafür spart er auf anderen Gebieten: Er hat zum Beispiel kein Radio und die Zeitung liest er vom vorigen Tag. Nachts ist das Licht an und trotzdem kommen die schlimmen Gedanken von drüben mit. Herr Johansdorf ist wahrscheinlich um einiges älter als Antonio, vielleicht dreißig Jahre, vielleicht hundert, vielleicht mehr. Er könnte sein Vater sein, Urgroßvater oder ein Ahne aus weit entfernter Zeit. Herrn Johansdorfs Angst leistet ihm Gesellschaft in der kleinen Wohnung im sechzehnten Stock. Waldemar hat sich schon so oft von

ihr verabschiedet, aber die Angst fühlt sich wohl in der ungemütlichen Wohnung, wie auch schon drüben, in der anderen Welt, und für sie steht fest:
Bei Herrn Johansdorf bleibe ich, und zwar für immer.
Waldemar Johansdorf weint, weil er muss.

11

In Algen gehüllt, werden die Paddel schwer und die Fortbewegung ist mühevoll. Einatmend lehnt er sich gegen die weiche Plastikwand, blickt in die Wolken, eine sieht aus wie er. Versuchsweise hält er die knochige Hand in die Luft. Die erschauert knochenstreichelnd und wendet sich ab.
Kein Gegenwind mehr,
seufzt der Tod und richtet sich auf. Seine Pflicht besteht darin, es wenigstens zu versuchen.

12

Lea hat letzte Nacht einen seltsamen Traum gehabt. Das weiß sie noch, aber an den Inhalt kann sie sich nicht mehr erinnern. Lea liegt allein im Bett und heute geht sie nicht zur Universität, seit gestern hat sie ihr Diplom und die Feier danach war lang und die Zeit, die der seltsame Traum hatte, sehr kurz.
Tjorven,
murmelt Lea und lässt einen Arm schwer hinter sich fallen, Tjorven ist schon längst aufgestanden und auf dem Weg zu seiner Arbeit. Lea hat frei und ist allein in der Wohnung und überlegt sich jetzt, was sie tun könnte mit dem Tag, der ihr gehört. Durch das Fenster fällt das Licht auf den Boden, wo es liegen bleibt, bekommt er eine Farbe, die Lea sehr mag, und im Lichtstrahl sieht sie den Staub, der in der Luft vibriert. Im Zimmer riecht es sicherlich nach Schlaf und ganz abgestanden ist die Luft und daher bewegt sich der Staub so schwerfällig. Lea starrt vor sich hin und versucht, den Traum

zurückzuholen, und gleichzeitig überlegt sie, ob sie sich auf die Zukunft freut, die heute angefangen hat. Weiter als bis hierhin hat sie nicht geplant.

Leas Traum

ist noch in ihrem Kopf, selbstverständlich, und darin sieht man Lea und den Mann von der Straßeninsel, den Namen hat sie vergessen, tanzend auf dem Dach des Standesamtes einer Stadt, in der sie noch nie war. Dabei regnet es und ein Mann, den sie von früher kennt, bringt den Müll vor die Tür.

13

Die Frau des Postboten lebt noch, ihre Geschichte ist keine Tragödie. Die Frau des Postboten, ihr Name ist Sarah.

Sarah, meine liebe Frau,

hat der Postbote früher ab und zu gesagt, wenn er Sarah vorgestellt hat, und die hat ihm dann immer fest gegen das Schienbein getreten. Sarah hatte einen Krampf im Bein beim Schwimmen im Meer, aber ein Problem wie der Tod ist daraus nicht entstanden. Das andere Bein war noch beweglich und die Arme auch und sie ist nicht untergegangen und der Krampf war bald weg und Sarah, Frau des Postboten und Geliebte des toten Fischverkäufers, ist zum Strand geschwommen und hat über sich selbst lachen müssen. Wie dumm, was sie sich da eben im Meer mit dem Krampf alles vorgestellt hat. Dass sie ertrinkt.

14

Von hier oben sieht die Welt auch nicht anders aus als von dort unten der Himmel. Alles ist weit weg. Die Möwe kann abstrahieren, hat ein gutes Vorstellungsvermögen und viel Phantasie. Sie wäre eine Musterschülerin geworden, ist jetzt aber eine Möwe und damit zufrieden. Die Möwe denkt: Alles sieht gleich aus von unten und oben. Die Menschen sind klein

von hier und die Möwen sind klein von dort. Und wenn sich beide näherkommen, sind alle genau gleich groß.
Genau gleich groß, jawoll. Doch ich kann fliegen, da liegt der Unterschied.

15

So ein Schwachsinn,
lacht Sarah und dann scheißt ihr eine riesige Möwe auf den Kopf.
Verdammt.
Allerdings hätte es ja auch anders ausgehen können.

16

Wenn Benvolio Antonio Olivio Julio Toto Meo Ho nicht bald zurückkommt, müssen wir ihn suchen gehen, es könnte ihm schließlich etwas zugestoßen sein. Der Junge steckt in Schwierigkeiten, ich spüre das,
sagt Frau Schmitt zu ihrem Mann, der gerade die Beine hochgelegt hat, um sich ein wenig Ruhe zu gönnen. Drei Stunden lang hat er damit zugebracht, Beeren einzukochen. Es waren Erdbeeren, zu dieser Jahreszeit sehr günstig und überaus delikat.
Er ist erwachsen,
sagt Herr Schmitt und seine Frau nickt. Das weiß sie und ignoriert es dann doch.

17

Wenn Benvolio Antonio Olivio Julio Toto Meo Ho noch unter achtzehn wäre, würde die Polizei ihn suchen und sie hätte ein bisschen Hoffnung. Frau Schmitt geht heute zur Polizeiwache. Sie wird gefragt, ob sie eine Pflegebevollmächtigung für ihren Sohn hat.
Haben Sie eine Pflegebevollmächtigung für –
Der Beamte grinst.

Benvolio Antonio Olivio Julio Toto Meo Ho,
sagt Frau Schmitt ganz stolz und deutlich und langsam und fragt freundlich:
Soll ich das wiederholen?
Nein, danke. Haben Sie eine solche Bevollmächtigung? Ist Ihr Sohn gestört?
Jetzt reicht es Frau Schmitt. Sie zieht ein Foto von ihrem Sohn aus der Stofftasche (gerahmt) und knallt es auf den Tresen, so dass das Glas splittert.
Das ist mein Sohn Benvolio Antonio Olivio Julio Toto Meo Ho. Sehen Sie. Er ist wunderschön und sehr schlau und selbstbewusst ist er auch, und wenn er hier wäre, würde er Ihnen erst mal so richtig die Meinung sagen.
Frau Schmitt schaut den Beamten herausfordernd an und knetet dabei ihre Stofftasche, merkt das aber nicht. Der Polizist nimmt vorsichtig das Bild aus dem Rahmen und wischt mit dem Taschentuch ein paar winzige Glassplitter weg.

18

Herr May langweilt sich jetzt immer. Zum ersten Mal in seinem Leben wird er ein Angebot der Institution, in der er gelandet ist, wahrnehmen. Herr May wird zum Chor im Speisesaal gehen.

19

Ist das Ihr Sohn,
fragt der Polizist Frau Schmitt und sie nickt immer wieder, damit er es auf jeden Fall glaubt.
Hinter dem Tresen denkt der Polizist daran, dass so viele Menschen nicht wieder auftauchen, weil sie nicht gefunden werden wollen.
Mein Sohn heißt Benvolio Antonio Olivio Julio Toto Meo Ho.

Auf dem Tresen liegt ein Block und auf den schreibt der Beamte den Namen mit, er will der Frau gerne das Gefühl geben, dass etwas getan wird, um den Sohn zu finden.
Der kommt ganz bestimmt wieder, aber wir können noch nichts machen. Ihr Sohn ist über achtzehn, es besteht bisher kein Verdacht auf eine Straftat, nicht gegen und nicht durch ihn. Sie müssen sich gedulden.
Frau Schmitt läuft mit der Stofftasche aus dem Gebäude und kauft sich ein Stück Schokoladentorte beim Konditor gegenüber.
Das Foto hat sie im Revier vergessen, das brauchen die Polizisten nicht, sie können ohnehin noch nichts tun, und der eine Polizist rennt ihr nach und brüllt:
Warten Sie! Ihr Bild von Ihrem Sohn, das haben Sie vergessen!
Frau Schmitt nimmt das Foto, drückt dem Polizisten das Stück Torte in die Hand und fährt nach Hause.

20

So war das auf dem Polizeirevier, nicht besonders erfolgreich. Frau Schmitt runzelt die Stirn, als sie später daran denkt. Sie hofft insgeheim, dass der Polizist tief beeindruckt von dem Sohn auf dem Foto gewesen ist und sich deshalb selbstständig auf die Suche nach Benvolio Antonio Olivio Julio Toto Meo Ho Schmitt gemacht hat. Was sich Frau Schmitt vorstellt, ist ein bisschen wie ein Fernsehkrimi.

In Frau Schmitts Kopf:

Es ist jetzt wichtig, dass man sich ganz auf den Krimi mit dem Polizisten konzentriert, sonst kann einem leicht schwindelig werden bei dem Blick in Frau Schmitts Kopf. Die Geschichte mit dem Polizisten:
Der Polizist heißt für Frau Schmitt Karl und läuft eine nasse Straße entlang, man sieht nur die Füße auf dem glänzenden

Asphalt. Ein kurzer Schwenk auf seine Augen. Dann macht er sich ganz eindeutig auf die Suche nach Benvolio Antonio Olivio Julio Toto Meo Ho, in Kneipen, an Imbissbuden, in Firmen und auf dem Strich.
Da sind Sie aber vollkommen falsch,
ruft Frau Schmitt schrill.
Der Polizist ist irritiert:
Wo kommt die Stimme her?
Für Übernatürliches hat er keinen Sinn und keine Zeit. Die Suche stagniert für einen Augenblick, wird der Fall je gelöst? Doch schon geht es weiter, eine heiße Spur, da, wo man Benvolio Antonio Olivio Julio Toto Meo Ho schon von Anfang an vermutet hatte, in der Kneipe nämlich, wird er gefunden und glücklich schließen sich alle, wer auch immer das ist, da steht nur ganz groß *ALLE* im Kopf in die Arme und der Fall ist gelöst. Er ist wieder da.

21

Einen Job muss ich aber nun mal suchen,
sagt Lea und küsst Tjorven zum Abschied auf den Mund.
Ich weiß,
sagt Tjorven,
aber wenn du hier bist, ist es schöner.
Nach dem Gespräch komm ich zurück,
sagt Lea und:
Er wird sich melden, wenn er das will.
Lea geht, Tjorven schließt die Tür und wandert in Bens Zimmer, ein Raum, zu dem nicht viele Zugang haben. Irgendein Zeichen möchte Tjorven endlich entdecken, einen versteckten Brief am besten, eine Erklärung. Man geht doch nicht einfach so und lässt alles zurück. Tjorven kennt alles von Ben. Da ist das Bett, der Schrank, der Tisch. Keine Fotos, keine Postkarten, nichts, was etwas erklären würde. Tjorven beugt

sich hinunter und hebt das rote T-Shirt auf, das, wieauchimmer, auf den Boden gerutscht ist. Sorgfältig breitet er es auf der Stuhllehne aus.
Du Depp,
sagt Tjorven.

22
Herr Schmitt schaltet den Fernseher aus und murmelt:
Ich geh jetzt ins Bett.
Frau Schmitt kommt dann auch mit.

23
Der Tod hat sich auf die andere Seite der Welt treiben lassen, dort, wo sie eine Scheibe ist. Er kniet auf dem Gummiboot, das tropfend auf der ketchuproten Erde des Weltendes liegt. Er muss die Luft rauslassen und das Boot ordentlich verstauen. Sie entweicht so langsam und das erinnert ihn an das Sterben der Wale. Ungeduldig wirft er sich der Länge nach auf das wabbelnde Fahrzeug. Wenn er sich noch etwas ausruhen will vor dem nächsten Ziel, muss er jetzt aufgeben. Doch nun gibt die Gummihaut nach, mit der leeren Hülle unter sich landet der Tod auf dem Boden, dort ruht er eine Weile.

24
Antonio ahnt nicht, dass seine Eltern sich Sorgen um ihn machen. Er denkt daran, dass Lea und Tjorven zusammen in der Wohnung sind. Dass Tjorven Gesellschaft hat. Dass der nicht allein ist. Dass der ihn vielleicht nicht vermisst. Dass Ben doch jemanden hatte, der ihm wirklich wichtig war. Dass Tjorven Ben vielleicht schon vergessen hat.
Das ist gut so,
sagt Antonio in die leere Stille hinein und er versucht herauszuhören, ob das richtig klingt.

Das ist wirklich gut so.
So überzeugt klingt das noch nicht.
Das ist ja so was von gut, dass Lea und Tjorven zusammen in der Wohnung sind und weit weg von mir und mich vergessen.
Scheiße, denkt Antonio: Das klingt gar nicht gut.
Die Wohnung ist eine neutrale Zeugin, sie hat schon viel gehört und gesehen und dazu geschwiegen. Sie denkt bei sich, dass die Stimme ihres Bewohners momentan unangenehm klingt. Er hat also recht, das klingt gar nicht gut, was er da sagt und wie er es sagt. Die Wohnung ist genervt und beneidet ihre Fenster, denn die können hier raus. Antonio versucht es noch ein paar Mal, immer wieder den gleichen Satz, damit sein Gehirn kapiert, dass er das wirklich total schön und toll findet. Niemand glaubt ihm, das spürt er. Seine Stimme ist jetzt auch weg, lügen mag sie nicht, da musste sie sich verabschieden. Es ist eine Stimme mit Prinzipien, die Antonio im Hals hat. Jetzt kann er nur noch krächzen, er ist sehr müde und lässt sich auf seine Matratze sinken, den Oberkörper lehnt er an die Wand und er hat keine Ahnung, was er tun soll. Noch einmal will er es versuchen, ganz leise, auf die Lautstärke kommt es nicht an, nur darauf:
Dass ich es echt glaube und so,
flüstert Antonio und danach, der letzte Versuch:
Ich finde es ganz toll, dass Tjorven und Lea zusammen in der Wohnung sind und ich hier bin und so ist es gut und so soll es bleiben. Sehr gut.
Antonio hat es noch nicht bemerkt, und wenn man ihn darauf aufmerksam machen würde, wäre es ihm unangenehm, er will das doch gut finden, und jetzt, während er es noch versucht, kann man sehen, dass er heult.
Tjorven,
sagt Antonio.

Kann sich jemand daran erinnern, dass Antonio schon einmal geweint hat? Ganz sicher nicht. Jetzt ist es eben passiert und gleich wird er es auch feststellen.
Ich weine,
sagt er und sieht dabei sehr erstaunt aus.

25

Ich muss jetzt mal kurz heulen,
sagt Tjorven zu dem T-Shirt, das da so still und ruhig und sicher zufrieden auf der Stuhllehne hängt, und es wartet darauf, dass er anfängt. Tjorven steht und vermisst und muss doch und sollte, aber da kommt nichts.
Kann nicht,
sagt Tjorven und geht aus dem Zimmer, schließt die Tür ohne Geräusch und sucht das Flickzeug.

26

Weinen Sie,
krächzt eine Stimme hinter der Wand, an der Antonio lehnt.
Ja. Und Sie?
Ich gerade nicht. Aber es wird wohl demnächst wieder anfangen.
Oh.
Naja, man gewöhnt sich dran.
Und nun geht es wieder los, hinter der Wand, das dünne Schluchzen, und bei Antonio ist es schon wieder vorbei. Er überlegt, ob er fragen soll, warum Herr Johansdorf jede Nacht weint, aber das kommt ihm unpassend vor, denn er sagt ja, dass er sich daran gewöhnt hat, und woran man gewöhnt ist, das gehört zum Leben und macht es vielleicht sogar aus, und etwas, was das Leben ausmacht, das möchte man doch wahrscheinlich nicht infrage gestellt bekommen, denkt sich Antonio und deshalb bleibt er still und konzentriert sich auf nichts.

27

Herr Schmitt hat sich auf den Weg gemacht, er möchte gerne seinen Sohn retten. Der Weg zur Rettung beginnt abends im Bett, wenn er nicht einschlafen kann. Dann steht er auf und läuft durch die Wohnung, aber helfen tut das nicht. Herr Schmitt bekommt kalte Füße, wenn er in der Wohnung herumschleicht und nicht weiß, warum er das tun soll. Jeder der Wege endet schließlich im Bett neben seiner Frau und die fragt ganz müde:

Wo warst du denn?

Herr Schmitt antwortet jedes Mal:

Auf dem Klo. Schlaf weiter.

Weiterschlafen bedeutet eine Pause machen auf dem Weg, nichts weiter. Es heißt nicht, dass Herr Schmitt sie schon aufgegeben hätte, die Rettung.

28

Lea fährt Rad und neben ihr ist Tjorven, auch auf einem Rad. Jeder kann sehen, dass die beiden sehr ineinander verliebt sind.

So sieht das nämlich aus, wenn man jung ist und noch alles vor sich hat und man nicht weiß, nicht weiß.

Ja was eigentlich,

fragt sich Herr May, der am Fenster sitzt und die Welt bestaunt.

Es gibt nichts zu seufzen, du alter Sack!

So weist er sich selbst zurecht und es klingt etwas hart, aber das musste jetzt sein. Es gibt nichts zu seufzen oder zu bedauern für Herrn May, der sich selbst oft als alten Sack bezeichnet, ein Ausdruck, der ihm sehr mutig erscheint, geradezu revolutionär ist Herr May mitunter in seinen Gedanken. Wer bezeichnet sich selbst schon als alten Sack, wenn er wirklich einer ist? Nein, das macht keiner außer ihm, da ist sich Herr May sicher. Wenn er das tut, überlistet er auch die Menschen, die ihn ansehen und dabei denken, dass da ein alter Sack am Fenster sitzt. Das ist nicht ihre Bezeichnung, die sie da denken, sie gehört Herrn May und ist daher kein Mittel, um ihn zu verunsichern oder einzuschüchtern oder abzustempeln oder doof zu finden oder gar altmodisch oder so. Das kann man mit ihm nicht machen. Er hat zwar keine Aufgabe, er steht oder sitzt am Rande von allem, aber in seinem Kopf, da ist Herr May ein: REVOLUTIONÄR.

29

Tjorven möchte ein Picknick machen auf einer Decke, unter einem Baum, so wie er das von Lea gelernt hat. Heute und hier ist alles sehr perfekt, nach dem Essen liegen die beiden mit den Köpfen auf der Decke und ansonsten im Gras, das ein bisschen feucht ist. Tjorven würde gerne über Lea herfallen und Lea überlegt auch, ob das in der Öffentlichkeit zulässig wäre, wenn sie den Mann neben ihr jetzt mal kurz –

30

Lea und Tjorven schmieden Zukunftspläne, soweit das möglich ist. Die ersten Bewerbungen waren nichts, Lea hat sich jetzt überall in der Stadt beworben, für den Notfall auch außerhalb, und Tjorven hat gesagt, dass er überall mit hinkommt. Das ist sehr nett von ihm und mutig, es könnte ja wirklich jeder Ort sein. Ihm ist das aber ganz egal, obwohl hierbleiben auch nicht schlecht wäre, da ist das Museumszimmer, die Wohnungstür bekommt er selbstständig auf, das Licht funktioniert und Tjorven fällt etwas auf und er sagt es auch laut:
Ich bin echt selbstständig geworden.
Stimmt, und ich werde das auch noch schaffen, wenn ich erst einen richtigen Beruf habe.
Bist du doch schon,
sagt Tjorven und sieht sie an.

Naja,
sagt Lea und:
Noch ein bisschen mehr geht immer. Pass nur auf, du wirst mich gar nicht wiedererkennen.
Wirklich nicht,
fragt Tjorven. Er bekommt Angst. Lea lacht laut, es tut in den Ohren weh, wenn man zu nah an ihr liegt, so wie Tjorven jetzt. Warum sie lacht, verrät sie nicht und keiner kann es wissen, aber ein paar Dinge sollten ohnehin Privatsache bleiben. Tjorven ist sehr glücklich und er hat aufgehört, dauernd an Ben zu denken, er sucht auch nicht mehr jeden Tag nach ihm.

31

Herr Johansdorf, also Waldemar, und Antonio trinken jetzt häufig mal einen Kaffee zusammen. Dabei stoßen sie an, das bedeutet, dass jeder seine Tasse an die Wand haut, und sie sagen gleichzeitig:
Prost.
Was sie verbindet, ist dasselbe Instantpulver. Antonio nimmt drei Löffel davon und Herr Johansdorf acht. Sie sprechen nicht viel, aber manchmal singt Herr Johansdorf etwas für Antonio und der findet, dass das ein Gespräch sehr gut ersetzt. Herr Johansdorf ist ein großer Opernfan. Er singt:
In einem anderen Land sieht die Welt immer ganz anders aus.
Und:
Hm,
summt Herr Johansdorf für die Liebe und singen kann er nicht besonders. Antonio klatscht trotzdem nach jedem Lied und Herr Johansdorf wird immer lauter und irgendwann sehr laut, aber beschwert hat sich noch niemand. Herr Johansdorf singt von dem anderen Land und der Liebe und auch Opern singt er. Die Opern, die Herr Johansdorf singt, sind alle auf Italienisch, Antonio kann sie nicht verstehen. Waldemar sagt, dass es immer

um Liebe und Hass, um Treue und Betrug, um Freundschaft und Feindschaft geht und damit verbunden auch um Neid.
Vor allem aber,
sagt Waldemar und seine Stimme kippt hinten über vor Bedeutung,
vor allem aber handeln sie von dem einen großen Traum, dem Heldentum aus Liebe. Und,
sagt Herr Johansdorf,
das ist hier nicht möglich, ein Heldentum aus Liebe, da muss man schon einen Schritt tun, weiter als sonst.
Antonio kennt sich nicht aus mit großen Träumen und weiten Schritten, aber ihm fällt ein, dass er vielleicht ein bisschen neidisch auf Tjorven ist, weil der bei Lea sein kann, ohne dass die gleich sterben muss. Einmal hat er laut geseufzt und ihm ist rausgerutscht:
Mein Leben ist so übertrieben wie eine Oper.
Da ist Herr Johansdorf sehr wütend geworden und hat durch die Wand gebrüllt:
Opern sind nicht übertrieben, mein Junge. Sie sind wie Märchen, in ihnen spielt sich das wahre Leben ab, denn so ist es nun mal mit all seinen Höhen und Tiefen, und wenn dein Leben so ist, sei froh. Übertrieben ist gar nichts, denn dafür gibt es keinen Maßstab. Klar?
Antonio hat nicht geantwortet. Dass Herr Johansdorf so brüllen kann, das hätte er nicht erwartet, und was er von der Rede halten sollte, das wusste er überhaupt nicht, und deshalb ist er vorsichtshalber ganz still geblieben und über sein Leben hat er auch nichts mehr gesagt, nur ganz leise flüstert er manchmal noch:
Pathetisch.
Heute hat Herr Johansdorf ganze zwei Stunden gesungen und Antonio ist dabei eingeschlafen und dann hat Herr Johansdorf beschlossen, dass er es jetzt versuchen kann.

32

Vielleicht wird es dieses Mal was,
sagt Lea.
Ich drücke die Daumen,
sagt Tjorven.

33

Antonio wacht auf, weil es auf der anderen Seite plötzlich ruhig geworden ist:
Hallo?
Da hört man nichts und das ändert sich nicht in den nächsten Stunden, aber Antonio fragt weiter, im Zehnminutentakt, ohne es zu wissen. Er kann das machen, weil er so unheimlich viel Zeit hat, den ganzen Tag. Auf der anderen Seite der Wand ist nichts, obwohl da jemand sein müsste, Herr Johansdorf. Weil Antonio vermutet, dass Herr Johansdorf weggegangen ist, während er geschlafen hat, traut er sich zu fragen:
Bist du traurig, Waldemar?
Es gibt zum Glück keine Antwort darauf, und wenn man durch das Fenster in die Wohnung nebenan sieht, erkennt man, dass die Wohnung ganz leer ist. Wirklich vollkommen menschenleer. Ein Blick ins Bad – nichts. Es ist still in den verlassenen Räumen und wüsste man es nicht besser, so könnte man denken, hier hätte noch niemals ein Mensch gelebt. Wenn die Stille plötzlich in die Ohren hineinkippt und sich anmaßt, ein Geräusch zu sein, dann stimmt was nicht, dann sollte man gehen.

34

Nächstes Mal klappt es bestimmt,
sagt Tjorven zu Lea und:
Muss es ja, schließlich bist du das.
Mh,
sagt Lea.

Wir küssen uns,
sagt Tjorven und sie küssen sich, und das hat bisher immer geholfen, gegen alles.

35

Antonio hat keinen Nachbarn mehr und er beginnt, sich seltsam zu fühlen. Richtig einsam war er noch nie und jetzt wünscht er sich, dass dieser Zustand bald wieder aufhört. Er hat heute die Konsequenzen gezogen und sich einen Spiegel gekauft. Eigentlich hatte er geplant, einen ganz kleinen, nur für das Gesicht, zu kaufen, aber im Geschäft hat er sich gedacht: Je größer der Spiegel, desto größer die Gesellschaft.
Nun steht Antonio vor dem Spiegel und wundert sich. Er ist noch immer da und kaum verändert, ein bisschen dünner als vorher vielleicht.
Hallo Ben,
sagt Antonio und der Name klingt vertraut, gehört ihm aber nicht mehr.
Hallo Antonio,
sagt er ganz deutlich und zu laut, seine Stimme klingt dunkel in die leere Wohnung hinein.
Meine Augen sehen aus wie schwarze Löcher,
flüstert Antonio seinem Spiegelbild zu und das schüttelt den Kopf und antwortet:
Nein, deine Augen sind dunkel, aber wie Löcher sehen sie nicht aus, du musst ein wenig näher an den Spiegel treten, das Licht ist schlecht.
Antonio weiß, dass das mit dem Näher-an-den-Spiegel-Treten ein Trick ist, er hat genug Kinderbücher gelesen, um zu wissen, dass man einem Spiegel nicht zu nahe kommen sollte.
Blöder Trick!
Das Spiegelbild schüttelt den Kopf und das tut es nur, weil Antonio das auch macht, und er merkt jetzt, dass er Antonio

nicht mag, das passt nicht. Die Wohnung, in der er lebt, ist leer bis auf die Bilder, die er an die Wand gemalt hat, das soll jeweils Lea sein, weiß man. So viele Haare auf dem Kopf, unglaublich, und so groß. Antonio schlenkert mit den Armen, macht den Rücken krumm und schiebt den Kopf vor:
Ich bin ein Monster.
Niemand glaubt ihm. Vielleicht sollte er das mit dem Spiegel riskieren. Er ist kein Feigling, ihm ist langweilig und nebenan wohnt niemand mehr. Tief holt er Luft, überlegt, was für einen Schritt man in einen Spiegel machen muss.
Einen stinknormalen Schritt, Depp,
sagt sein Spiegelbild und runzelt leicht die Stirn. Ein normaler Schritt ist bei Antonio ein großer Schritt, wegen der langen Beine. Eine Frage noch:
Gibt es für das Betreten von anderen Welten mithilfe von Spiegeln, Schränken oder Grenzübergängen irgendwelche Altersbeschränkungen?
Antonio und sein Spiegelbild können die Stirn so runzeln, dass die Augenbrauen fast bis an den Haaransatz stoßen, Ungeduld, draußen wird es schon dunkel, gleich kann man im Spiegel nichts mehr sehen und dann funktioniert gar nichts mehr.
Mach schon,
flüstert Antonio seinem Spiegelbild zu und das flüstert zurück:
Mach schon!
Und nun macht er es und danach ist der Raum leer.

36

Die Möwen und Menschen und anderen Dinge der Welt versammeln sich in diesem Moment am Rande des Geschehens. Dort verschwimmen sie in einer vielleicht zeitlich begrenzten, eventuell ewig währenden Nebensächlichkeit. Ein Mann schafft den Sprung aus dem Nebel in sein Auto. Durch einen

Stoß hat ihn seine Frau befreit aus dem Bett, das ihn an sich band, und vom Schlaf und allem, was ihn träge machte. Die Frau würde selber fahren, doch ihr geht es nicht gut und sie fügt sich ihrem Schicksal und bleibt, wo sie ist. Antonios Vater ist auf dem Weg, hinter ihm schließt sich die Wand vor den auf irgendwas Wartenden, niemand bemerkt es.

37

Herr May zerschneidet Fotos. Als er damit fertig ist, fegt er die Bilder vom Schreibtisch in die geöffnete Schublade. Er plant, eine Collage zu basteln, weiß aber noch nicht, wie er alles anordnen muss. Vielleicht hätte er die Bilder lassen sollen, wie sie waren. Herr May beginnt, einen Brief zu schreiben, knirscht mit Franz und zerknüllt das Papier. Er hatte doch tatsächlich damit begonnen, einem Unbekannten von der allabendlichen Singstunde im Gemeinschaftsraum zu erzählen. Lieber sieht er sich im Zimmer um, guckt, was er so zur Verfügung hat. Ein verstorbenes Telefon, alte Zeitschriften mit ungelösten Kreuzworträtseln. Herr May schaltet den Fernseher an, da beginnt ein blonder Tollwütiger zu singen.

38

Tjorven wacht auf und wandert durch die dunkle Wohnung. Er ist unruhig, aber ohne Angst durchquert er wieder und wieder den Flur. Tjorven nutzt, was ihm die Zimmer bieten, in der Küche sucht er im Kühlschrank. Findet im Eisfach schließlich die Wasserflasche, sie ist festgefroren.
Ben sollte sich melden, denkt Tjorven. Auf dem Balkon atmet er Nachtluft ein und wacht davon auf, sie ist sehr kalt. Im Badezimmer öffnet er den Warmwasserhahn und kurz darauf den Kaltwasserhahn. Im Spiegel belästigt ihn sein müdes Gesicht. Nachts sind alle Menschen verquollen und verschwommen, darum schläft man um diese Zeit.

Tjorven lässt sich auf den Rand der Badewanne sinken. Der Duschvorhang klemmt unter ihm fest, wenn er sich zurücklehnt, reißt er ihn herunter. Tjorven reibt seine Augen, knetet sein Gesicht, hämmert ein bisschen auf den Oberschenkeln herum. Seine Armbanduhr nimmt er nur zum Schwimmen ab und er geht nie schwimmen, es ist jetzt kurz nach Mitternacht. Ben, wird Tjorven klar. Ben fehlt.

Ben wollte er anrufen. Manchmal, wenn Tjorven nachts im Bett liegt, kurz vor dem Einschlafen, wenn Lea neben ihm leise schnarcht,

Ruhig ein- und ausatmet,

sagt sie, denkt Tjorven noch ein bisschen nach. Über dies und das. Zum Beispiel darüber, dass es sehr nett wäre, wieder mit Ben zu sprechen. Dass er ihn mal anrufen müsste, dass er die Telefonnummer herausfinden muss, dass er nicht weiß, woher er die bekommen soll. Dann schläft Tjorven gewöhnlicherweise ein und vergisst die Gedanken und Ben. Jetzt ist er wach, mitten in der Nacht, und muss an Ben denken und der Schlaf erspart ihm heute die Konsequenzen des Nachdenkens nicht.

Ich hab die Telefonnummer nicht,

sagt Tjorven zu einer blauen Bodenkachel.

Ich hab keine Ahnung, wo ich die herbekommen soll.

Wenn Ben wieder irgendwo rumsitzt, seit Wochen schon, wenn er irgendwo auf ihn,

auf mich,

wartet, dann muss er:

ich

sich

mich

auf die Suche machen. Tjorven will aufstehen und sofort anfangen, mit dem Suchen. Lea steht in der Tür, sie ist die Beste, sie ist seine Freundin, er mag sie, er liebt sie vielleicht, an sehr vielen Tagen hat er dieses Gefühl. Jetzt lehnt Lea sich an den

Türrahmen.
Nicht müde?
Doch.
Dann komm doch.
Mh.
Lea setzt sich neben ihn auf den Badewannenrand und auf den Duschvorhang, der reißt immer noch nicht ab.
Mh,
sagt Tjorven wieder. Er möchte gerne, dass Lea das richtig deutet und dass sie ihm einfach sagt, was er jetzt tun soll. Aber sie sagt nichts und riecht nach Schlaf und noch etwas, sie riecht gut, sie lenkt ihn ab.
Du siehst ganz matschig aus.
Lea zieht all die seltenen Linien in Tjorvens Gesicht nach, die hat er nur morgens und nachts anscheinend auch, sie zeigen, dass Tjorven mit dem Schlaf kämpft.
Wollen wir rausgehen und einen Spaziergang machen, eine Radtour?
Tjorven schüttelt den Kopf, so kommt er nicht weiter, jetzt steht er auf und geht zum Spiegel, es waren gleichzeitig zwei Schritte in Richtung der Tür. Im Spiegel bleiben er und sein Gesicht aneinanderhängen und jetzt öffnet sich da was. Da sieht man jetzt nicht das, was man sehen müsste.
Nein.
Was?
Tjorven tastet nach seinem Kopf, findet ihn und ist kurzzeitig beruhigt.
Nein.
Was?
Es kann ja nicht real sein, was er da zu sehen bekommt. Es darf nicht echt sein.
Ich bin verrückt,
hofft Tjorven laut und Lea sieht ihn traurig an.

Wenn du gehen willst, musst du das tun. Ich sag nichts. Es ist in Ordnung.
Tjorven versteht nicht, was sie da sagt, vielleicht hat er nicht richtig zugehört, ihn interessiert der Spiegel. Irgendwo, weit hinter seinem Badezimmerschrank, hat sich eine andere Welt eingenistet, entwickelt oder plötzlich aus dem Nichts erhoben.
Tjorven streckt eine Hand aus, zieht sie sofort zurück, als sich der Spiegel abrupt wieder schließt. Zwei Finger sind gegen das kalte Glas gestoßen und gleichzeitig war da ein warmer Luftzug, ihm bleibt eine Gänsehaut.
Lea,
fragt er und da erst fällt ihm auf, dass sie nicht mehr bei ihm ist, hier im Bad. Tjorvens Stimme müht sich kraftlos durch die Wohnung, aus dem Bad, über den Flur, ins Schlafzimmer, zum Bett, da liegt Lea und sagt:
Komm zurück.
Sie hat es geschafft, sie hat ihn erlöst, sie ist die Beste. Er kann sich losreißen, hinter sich wirft Tjorven die Badezimmertür zu. Sie fällt ins Schloss, gleichzeitig hat er das Bett erreicht, mühsam beherrscht steigt er hinein und findet zum Glück gleich Leas Hand unter der Decke.
Wir schlafen,
sagt sie leise.
Mh.
Tjorven behält für sich, dass Ben in Gefahr ist, dass sie jetzt nicht schlafen sollten. Er ist müde.
Morgen,
flüstert er und schläft ein.
Morgen putze ich das Badezimmer mal ganz gründlich,
wollte er sagen und:
Überall.

39

Herr Schmitt tritt hinein in die Wohnung. Er hat versucht, das Licht anzuknipsen, aber die Glühbirne ist wohl kaputt. Man hat ihm gesagt, er würde hier seinen Sohn finden, vor einiger Zeit war das. Glauben kann er daran auch jetzt nicht, sagen wird er es niemandem. Herr Schmitt hat sich das folgendermaßen vorgestellt: Er betritt die Wohnung, in der sein Sohn sich nicht befindet, weil er nämlich nie in solch einem Gebäude einziehen würde. Stattdessen, so der Plan, wird er dort einen entfernten Bekannten von Benvolio Antonio Olivio Julio Toto Meo Ho Schmitt antreffen, der ihm Folgendes mitteilt:

Ihr Sohn, Herr Schmitt, ist aus beruflichen Gründen sehr beschäftigt. Momentan befindet er sich auf einer Geschäftsreise nach London oder Paris oder Madrid. Er hätte sich bei Ihnen gemeldet. Aber er hatte doch eine Überraschung geplant für Weihnachten. Auch die Liebe seines Lebens wird dabei sein. Wissen Sie, Herr Schmitt, Sie werden als große Familie nach Bornholm reisen.

Dann schlägt der etwas dümmliche entfernte Bekannte seines Sohnes erschrocken die Hand vor den Mund, nimmt sie irgendwann wieder weg und sagt:

Ach, bin ich dumm. Ich sollte doch nichts verraten. Ihr Sohn hat sich doch so sehr darauf gefreut, Sie und Ihre Frau über Weihnachten und bis in das neue Jahr nach Bornholm einzuladen. Da hatte er schon im Frühjahr ein kleines Haus gemietet und dort wollte er mit Ihnen und Ihrer Frau –

An der Stelle will Herr Schmitt den entfernten Bekannten seines Sohnes unterbrechen, ihm ein bisschen Geld in die Hand drücken und diesen Ort möglichst schnell wieder verlassen. Frau Schmitt erzählt er selbstverständlich nichts, Bornholm soll eine Überraschung werden. So weit die Pläne.

Hier, in der Wohnung, ist niemand, es ist so dunkel, dass Herr Schmitt die Bilder von Lea an der Wand nicht sehen kann. Er

dreht ein paar Runden und ist sich sicher, dass ihm Blödsinn erzählt wurde und sein Sohn an den Ort hier nie einen Fuß gesetzt hat.
Auf Geschäftsreise. Keine schlechte Idee,
sagt Herr Schmitt in die Stille hinein, die sein Sohn für ihn zurückgelassen hat. Das kann er auch Frau Schmitt erzählen und das war es dann mit den Sorgen und das Warten auf eine Postkarte oder einen Anruf beginnt.
Aber der Junge hat in seiner Position selbstverständlich viel zu tun und bald gibt es auch noch eine Überraschung. Ich sage nur: Bornholm.
Pfeifend verlässt Herr Schmitt die Wohnung, so ist doch alles gut gegangen, es gibt immer eine Erklärung und seine ist wunderbar.

40

Lea liegt wach, während Tjorven ruhig atmet. Er ist zurückgekommen, nicht für immer verschwunden. Vielleicht meint er es ernst mit ihr, aber sicher kann man sich da nie sein.

41

In der dunklen Wohnung steht noch immer der Spiegel. Einen Schritt zu viel, in dem Moment, in dem die Nase das kalte Glas berühren müsste und die Augen zu nah am Gesicht wären, um es zu erkennen, in dem Augenblick, der weiter reicht als jeder andere in spiegelndes Glas je zuvor, gibt es keine Beule auf der Stirn.

*

Er kommet,
sagt der ehemalige Held und sinkt im Kerker in sich zusammen. Er hat seine Aufgabe erfüllt.

OLIVIO

orinio

In einem goldglänzenden Raum, ein gewendetes Blatt, ein Buch im Licht. Er öffnet den schweren Deckel. Ein dünnes Blatt Pergamentpapier segelt ihm entgegen.
Das ist die Liste.

DIE LISTE

I. *Finde das Schloss*
II. *Erhalte deine Aufgabe*
III. *Wehre dich gegen die Aufgabe*
IV. *Akzeptiere die Aufgabe*
V. *Finde einen Freund und Helfer*
VI. *Bereite dich vor*
VII. *Mache dich auf den Weg*
VIII. *Suche und Finde*
IX. *Erledige die Aufgabe*
X. *Lebe glücklich und zufrieden bis an dein Lebensende.*

Ok.

I. FINDE DAS SCHLOSS

Das ist nicht schwer, das Schloss steht direkt vor ihm auf einem Berg. Aber: Er trägt immer noch alte Jeans und T-Shirt, so kann er nicht in einem Schloss auftauchen. Andererseits gibt es keinen Punkt *I.1: Zieh dir vorher was Vernünftiges an.* Also zum Schloss. Die meinen doch ihn mit der Liste, hofft er. Er nimmt das Buch mit, behält die Liste in der Hand, falls er schnell nachsehen muss, was die nächste Aufgabe ist. Zwei Schritte und vor ihm taucht im Gras ein breiter Pfad auf, da steht ein Holzschild, darauf ein roter Pfeil. Er vermutet, da geht es lang. Die Luft ist lauwarm, das Laufen macht Spaß, er fängt an zu singen. Vor ihm auf dem Berg wird das Schloss immer größer. Unzählige Türme, ein Tor, ein Graben und Schießscharten.

Der Weg führt durch Tannenwälder, die Nadeln sind golden wie im Herbst das Laub, die Temperatur sagt Sommer, die Luft riecht nach Frühling. Der Winter fehlt. Irgendein Blatt weht auf seinen Kopf und verfängt sich im Haar, er prüft: tatsächlich Blattgold. Ihm begegnen Vögel, Hasen, Rehe und ein Wildschwein, die Tiere lächeln ihn an, er lächelt zurück. Als er sich für eine Pause auf einen Stein setzt, versammelt sich eine Eichhörnchenfamilie um ihn.
Ich wusste nicht, dass ihr als Familien zusammenlebt.
Die Tiere nicken hektisch und Olivio setzt seinen Weg fort. Das Schloss hat er irgendwo schon einmal gesehen, da ist er sich sicher. Er denkt an Dracula, an König Ludwig (Frankreich und Bayern), er denkt an einen Freizeitpark, aber das hier ist doch anders, größer, echter und irgendwie doch unwirklich. Er ist angekommen. Olivio legt eine Hand auf den kühlen Stein des Zugbrückentores, er ruft:
Ich habe das Schloss gefunden.

II. ERHALTE DEINE AUFGABE (RETTUNG DER PRINZESSIN USW.)

Über die Mauer lehnt sich ein Wachmann, er trägt Helm und Lanze.
Er isset da,
ruft der Wachmann.
Wer isset da?
Na, er isset da.
Er isset da,
echot es aus dem Schloss. Die Zugbrücke wird hinabgelassen. Olivio betritt vorsichtig die Brücke, das Wasser im Graben ist schlammig und wer weiß wie tief. Die Brücke schwankt an den Eisenketten, Olivio wird es übel. Stur blickt er geradeaus, vor ihm öffnet sich das Tor.

Komme herein.
Er kommt herein in einen runden Hof, ein Wächter mit Lanze weist ihm den Weg ins Innere des Schlosses. Vorbei an Gemälden, leeren Rüstungen (er klopft versuchsweise an einem imposanten Krieger an) und schweren Wandbehängen mit Kriegsszenen geht Olivio durch das Schloss, auf eine zweiflüglige Tür zu. Er beeilt sich, der Boden ist kalt und dreckig, nicht besonders angenehm, er friert. Der Winter findet im Schloss statt. Als er durch die Tür treten will, versperren ihm zwei Wachen den Weg. Sie fragen:
Wer seied Ihr?
Er schwenkt die Liste, die Wachen reagieren nicht.
Wer seied Ihr?
Olivio.
Der Weg bleibt versperrt, doch er sieht einen riesenhaften, hell beleuchteten Saal. Ein Mann kommt gelaufen, seine Kleidung ist altmodisch auf eine ganz unbestimmbare Weise, unter dem Arm trägt er Pergamentrollen, sein Gesicht ist rot, als laufe er schon lange.
Lasset ihn durch,
ruft der Mann und bremst kurz vor den gekreuzten Lanzen der Wächter.
Komme herein,
befiehlt er Olivio atemlos und die Lanzen öffnen sich. Die Halle ist der größte und prunkvollste Raum, in dem Olivio sich je in seinem Leben befunden hat. Staunend steht er auf der Schwelle und versucht das Bild, das sich ihm bietet, zu erfassen.
Komme,
ruft der rotgesichtige Mann und greift seinen Arm.
Komme mit, es eilet. Dort wartet der König, nun erhaltest du deine Aufgabe.
Olivio will seine Aufgabe nicht erhalten, das alles ist einige Nummern zu groß für ihn.

Nein,
ruft er deshalb.
Noch nicht,
schreit der rote Mann:
Noch nicht. Das isset zu früh, erst mussest du die Aufgabe bekommen, danach wehrest du dich. So gehet das nicht.
Er zieht Olivio weiter. Olivio blickt an die Decke, versucht etwas durch die hohen Fenster zu erkennen, irgendwas hält ihn davon ab, nach vorne zu blicken, dahin, wohin ihn der ungeduldige Mann schleift. Durch ein hohes Fenster ganz weit oben segelt etwas, das aussieht wie ein fliegendes Krokodil. Olivio kneift die Augen zusammen und erkennt einen Drachen. Umgehend lässt er sich auf den Boden fallen, bedeckt seinen Kopf mit den Händen. Im Nacken hat er eine Gänsehaut und an den Armen fühlt er einen Luftzug. Ihm ist bewusst, dass das Tier, wenn es denn ein Tier ist, direkt neben ihm gelandet sein muss. Jetzt lacht jemand, tippt ihm auf die Schulter, er zuckt zusammen. Das Lachen klingt nicht freundlich. Als er die Arme zur Seite nimmt und sich vorsichtig hinsetzt, ist da kein Drache.
Was isset denn das,
dröhnt es ihm entgegen.
Das isset der Held,
sagt neben ihm der hochrote Mann. Er zieht Olivio auf die Beine.
Beherrsche dich,
zischt er ihm ins Ohr.
Beherrsche dich und erwarte deine Aufgabe, wie es einem Helden geziemet.
Ok,
sagt Olivio schwach.
Mach ich.
Wenn er die Augen zusammenkneift, kann er im goldenen Licht einen Thron erkennen, auf dem Thron sitzt ein erstaun-

lich dicker Mann mit einer mächtigen Krone. Der gewaltige Mann spricht jetzt:
Ich binne der König des Landes, ich gebe dir deine Aufgabe. Schweige, lausche stille.
Der König im Licht hebt huldvoll die Hand, auf sein Zeichen setzt sich der rote Mann in Bewegung und positioniert sich neben dem Thron.
Deine Aufgabe,
dröhnt der König:
Rette die Prinzessin aus dem hohen Turm, in dem sie isset.

III. WEHRE DICH GEGEN DIE AUFGABE

Olivio rührt sich nicht und schweigt weiterhin still.
Los,
brüllt der König.
Er weigeret sich,
sagt neben dem Thron der rote Mann, der rote Mann ist jetzt ganz blass.
Bringet ihn in den Kerker, da solle er sich sammeln, da solle er sich entscheiden.
Moment,
flüstert Olivio, als ihn die Wachen an den Armen greifen.
Stille,
brüllt der König.
Schweige, denn du hast dich geweigeret, du willest nicht helfen, dass alles wieder gut werde.
So wird Olivio in den Kerker gebracht.

IV. AKZEPTIERE DIE AUFGABE

Der Boden, auf dem er aufwacht, ist nass und schwarz im schwachen Licht, das durch ein mageres Gitterfenster schwappt.

Olivio denkt:
Bastille,
und dann:
Alcatraz,
und schließlich:
Folsom Prison,
und jetzt hat er einen Ohrwurm, den er leise summen kann, und begleitend klappern seine Zähne. Seine Augen gewöhnen sich an das Dämmerlicht und an der Wand taucht jetzt ein Skelett auf, es hängt an Ketten. Olivio hat noch nie zuvor einen Toten gesehen. Der Abstand zwischen ihnen beiden sollte riesengroß sein, aber das ist unmöglich, denn die Zelle ist winzig klein, er hat sich in die entfernteste Ecke gedrückt und dennoch können es nicht mehr als ein, zwei Meter sein, die ihn von dem Skelett trennen. Olivio fängt nach einiger Zeit an, mit dem Skelett zu sprechen:
Mein Name ist Olivio.
Er wartet darauf, dass das Skelett ihm antwortet, durch einen Spiegel ist er hier hineingeraten, da kann so was auch passieren. Doch das Skelett ist still, bleibt tot. Olivio versteht: Hier kann man sterben, es ist ernster, als er dachte. Er kommt aus einer Welt, in der Skelette aus Plastik in den Zimmern von Medizinstudenten stehen und das ganze Jahr hindurch eine Weihnachtsmannmütze tragen müssen. Die echten sind gesellschaftlich nicht akzeptiert und fristen ein Dasein unter der Erde, niemand will sie sehen. In der Zelle aber ist jemand gestorben und hat sich aufgelöst, und was nicht rauskonnte aus dem Gefängnis, sieht traurig aus. Olivio will weg, er hat Angst, sich aufzulösen. Olivio ruft mehrmals:
Hallo.
Das hört sich kläglich an und niemand reagiert, nichts ändert sich. Vielleicht hat sich die ganze Märchenwelt da draußen aufgelöst, vielleicht gibt es auch die Welt zu Hause, in der ir-

gendwo Tjorven, Vater, Mutter und – Lea herumlaufen, nicht mehr, vielleicht steckt er im Spiegelglas fest. Es war eventuell nicht so klug, da hineinzusteigen.
Es reicht,
flüstert Olivio.
Ich muss etwas tun.
Er bewegt sich nicht, während er das sagt, und danach auch nicht. Olivio weiß nicht, wie das funktioniert, etwas tun. Wenn die Welt nicht auf einen wartet, kann man auch sitzen bleiben und sehen, ob sich so was ändert, ob jemand kommt, der was will, der sagt, was er tun soll.
Aber sterben möchte ich nicht,
sagt Olivio zu dem Skelett, das kann ihn, da ist er sich sicher, gut verstehen. Bestimmt hat es sich das mit dem Leben ganz anders vorgestellt, da gab es noch Pläne und auf dem Boden liegt ein Ring, vielleicht wartet irgendwo jemand auf den Toten. Olivio hat einen Vorteil, nämlich keine Pläne. In ihm geht in dem Moment, in dem ihm klar wird, dass er hier sterben könnte, nichts kaputt. Warten und sitzen hat er gelernt, in dem grauen Turm. Und: Hier ist er sicher vor Lea, oder besser: sie vor ihm, hierhin wird sie nicht kommen. Dermaßen festgesetzt kann er nichts falsch machen.
Rettest du die Prinzessin,
fragt jemand durch die Luke in der Tür.
Ok,
sagt Olivio unvorsichtigerweise.

V. FINDE EINEN FREUND UND HELFER

Die Tür wird tatsächlich geöffnet, das Licht einer Fackel fällt in die Zelle. Olivio blickt an dem Skelett vorbei an die Wand. Durch die Tür treten zwei Männer, wieder wird er an den Armen gegriffen, hochgezogen und mitgeschleppt. Er könn-

te selber laufen, na klar, wenn sie ihm nur ein bisschen mehr Zeit geben würden. Doch die Männer warten nicht, sie sagen:
Komme, komme,
und damit meinen sie wahrscheinlich ihn und einander, damit alles schneller wird. Olivio wird fast getragen und er schließt die Augen gegen das Licht, das sich ausbreitet, sobald sie den Keller verlassen haben, es kann nicht viel Zeit vergangen sein, seit man ihn einsperrte, es ist hell wie zuvor. Die Schritte hallen laut und Olivio sieht auf den Augenlidern ein Kaleidoskop aus Farbpunkten. Ihm ist schlecht.
Darf ich bitte gehen,
hört er sich fragen, doch da ist er wohl der Einzige, der das hört, die Wachen antworten ihm nicht.
Er tuets,
sagt irgendwann einer.
Gut,
sagt ein anderer, Olivio erkennt die Stimme des roten Mannes und öffnet die Augen.
Gut, dass du es tuest,
sagt der Mann und schlägt ihm auf die Schulter.
Ja,
sagt Olivio und versucht, sich daran zu erinnern, was er tut.
Komme mit,
sagt der rote Mann, sein Gesicht ist jetzt fast hautfarben, kurz vor normal. Olivio folgt ihm durch Gänge und Säle, sie besteigen einen Turm, der hautfarbene Mann zeigt ihm die Welt.
Von hier oben siehest du, wie groß alles isset. Unermesslich.
Aber da ist eine Wand,
sagt Olivio, und damit hat er recht. Man sieht Wälder, Felder, Wiesen und Seen und in der Ferne verschwindet die Landschaft im Schwarz.
Der hautfarbene Mann schluckt und spricht:

Hier verlaufet die Trennlinie zwischen Gut und Böse. Bei Böse isset momentan Nacht, und wenn es dort Tag isset, endet er hier. Damit die Grenzen klar seien, gebet es keine Übergänge, nur ein Entweder oder ein Oder.
Und was ist böse?
Der Mann sieht Olivio traurig an:
Das werdest du noch früh genug erfahren, bald schon mussest du nach drüben.
Oh,
sagt Olivio und:
Bist du der Freund?
Welcher Freund?
Der Freund und Helfer.
Olivio zeigt auf die Liste, malt mit dem Finger eine unsichtbare Linie unter Punkt V.
Ich binne der Chronist, nur ein Beobachter. Ich kanne nicht helfen. Komme mit.
Der Chronist führt Olivio wieder hinab, sie laufen über den Schlosshof und Olivio sieht sich kurz den Ziehbrunnen an.
Ganz schön tief.
Komme.
Sie betreten die Ställe. Hier stehen neben Pferden noch so einige andere Tiere, ein paar von ihnen würde Olivio spontan als Ungeheuer bezeichnen. Vor einer Box bleibt der Chronist stehen.
Guten Tag,
sagt er.
Guten Tag,
antwortet das geflügelte Pferd.
Olivio kennt das aus Filmen.
Hallo,
sagt er zu dem Pferd.
Das isset Schädöh, dein Freund und Helfer.

Ok,
sagt Olivio.
Komme.
Der Chronist zieht ihn wieder aus dem Stall, dabei hätte er das Pferd gerne noch näher kennengelernt, so richtig befreundet kommt Olivio sich noch nicht vor.
Schnelle jetzt, schnelle.
Olivio stolpert dem Chronisten hinterher. Er hat sich lange nicht mehr so unsicher gefühlt.

VI. BEREITE DICH VOR

Du mussest dich nun vorbereiten,
sagt der Chronist, während sie im Laufschritt über den Hof zurück in das Schloss eilen.
Sonst werdest du scheitern und sterben.
Sterben?
Natürlich.
Der Chronist schiebt Olivio in einen verhältnismäßig kleinen Raum, dicke Teppiche dämpfen ihre Schritte, durch die milchigen Fensterscheiben sickert das Licht. In der Mitte des Raumes steht eine wuchtige Badewanne mit riesenhaften Klauenfüßen.
Kommet,
ruft der Chronist und zwei alte Frauen betreten den Raum.
Helfet ihm beim Waschen.
Die beiden Frauen treten freundlich lächelnd auf Olivio zu.
Äh,
sagt Olivio.
Was,
fragt der Chronist.
Das kann ich doch allein.
Unsinn,

ruft der Chronist.
So ein Unsinn. So isset es vorgesehen, so musset es sein.
Nein,
sagt Olivio. Der Chronist ist jetzt wieder rot im Gesicht und sucht irgendwas in seinen Pergamenten.
Hier,
brüllt der Chronist und Olivio versucht zu erkennen, was da auf dem Pergament steht, das ihm der Chronist direkt unter die Nase hält. Er entziffert: *Der Held wäschet sich mit Hilfe der beiden Waschfrauen (alt) in einer wuchtigen Badewanne mit riesenhaften Klauenfüßen.*
So,
sagt der Chronist zufrieden und reißt Olivio das Pergament weg.
Schnelle, schnelle jetzt.
Plötzlich sind seine Kleider weg und Olivio sitzt im eiskalten Wasser der Badewanne und lässt sich den Rücken schrubben. Seine Boxershorts hält er fest. Olivio sitzt plötzlich im eiskalten Wasser der Badewanne und lässt sich den Rücken schrubben. Seine Boxershorts hält er fest. Der Chronist schüttelt den Kopf, die Waschfrauen zwinkern sich zu. Olivio starrt in das Wasser, da schwimmen Rosenblüten. Olivio denkt an das Superduschgel und daran, dass es vielleicht verflucht war.
Dünn,
sagt die eine Waschfrau und Olivio denkt an das Skelett im Kerker.
Und sehr groß isset er,
sagt die andere Waschfrau.
Jaja,
sagt Olivio. Sie lassen ihn aus der Badewanne steigen und er nutzt die Chance, um hinter einen kunstvoll bemalten Paravent zu flüchten. Warum er sich so schämt, weiß er nicht. Jemand wirft Kleidung über die Schutzwand.

Kleide dich an,
ruft der Chronist:
Und beeile dich.
Olivio behält die nasse Boxershorts an, da ist nichts, was er sonst unterziehen könnte. Sein Portemonnaie schiebt er zwischen Gummibund und Bauch, das darf er nicht verlieren, das muss mit, auch wenn es sich auf der Haut ziemlich eklig anfühlt. Er zwängt sich in die Strumpfhose, es gibt auch einen Spiegel. Olivio versucht sich zusammenzureißen, bekommt aber einen Lachanfall.
Was sollet das denn?
Der Chronist sieht hinter den Schirm. Olivio deutet auf sich, deutet auf den Spiegel, der Chronist versteht nicht.
Beeile dich.
Als Olivio einen Schritt in Richtung des Spiegels macht, fällt der um, noch bevor er ihn berührt hat. Der Spiegel zerbirst in tausend Scherben.
Keine Fluchtversuche, kapieret? Beeilung.
Olivio ist sich nun ziemlich sicher, dass der rote Chronist nicht sein Freund und Helfer ist. Schnell zieht er sich die Hose aus grobem Stoff an, sie reicht nur bis zum Knie, aber das muss wohl so sein. Ein weißes Leinenhemd, darüber eine braune Weste, um die Hüfte bindet er den breiten Gürtel. Die Schuhe sind aus Leder und haben einen kleinen Absatz. Erstaunlicherweise passen sie wie angegossen. Als er hinter dem Paravent hervortritt, klatschen die Waschfrauen und der Chronist:
Sehr gut!
Der Chronist entspannt sich wieder, die Hautfarbe wechselt. Er schlägt Olivio auf die Schulter. Die Waschfrauen verlassen flüsternd den Raum.
Jetzt mussest du üben. Herein!
Herein tritt ein Hüne, das Schwert in seiner Hand ist ziemlich beeindruckend.

Komme,
sagt der Hüne.
Kämpfe.
Olivio blickt sich zu dem Chronisten um, der wird wieder rot.
Entschuldige, wie dumm von mir.
Olivio atmet hörbar aus, zum Glück hat der Chronist noch rechtzeitig bemerkt, dass es sich hier um einen Irrtum handelt, dass er unmöglich gegen den Hünen kämpfen kann. Der Chronist läuft zu einer eisenbeschlagenen Kiste und hebt ein Schwert heraus.
Hier.
Oh,
sagt Olivio.
Jetzt kämpfe,
brummt der Hüne. Olivios Schwert ist sehr schwer und erst denkt er, dass es auch ziemlich riesig ist. Im Vergleich zu dem Hünenschwert ist es jedoch sehr, sehr klein und auch Olivio, der große Olivio, fühlt sich im Angesicht des Hünen mickrig.
Ich will nicht,
sagt Olivio.
Die beiden Männer blicken einander an, dann ihn.
Du mussest dich nun vorbereiten,
sagt der Hüne.
Du mussest die Prinzessin retten,
sagt der Chronist.
Der Hüne beginnt, mit seinem Schlachtschwert auf Olivio einzuschlagen, und Olivio springt hin und her, um nicht getroffen zu werden. Er ist ganz gut, er hat aber auch ziemlich große Angst.
Du mussest dich wehren,
keift der Chronist. Olivio hebt sein Schwert und macht einen Schritt auf den Hünen zu, aber auch der hebt sein Schwert und jetzt tritt Olivio den Rückzug an, springt in die Kiste.

Feigling,
schreit der Chronist.
Kämpf doch selbst,
murmelt Olivio in der Kiste. Doch der Hüne zieht ihn an den Armen heraus und es geht weiter. Olivio wird müde und immer langsamer. Rechts und links von ihm schlägt das Schwert auf den Boden, das Holz splittert.
Aufhören,
ruft Olivio.
Schwächling,
ruft der Chronist und der Hüne lacht, es klingt wie eine Lawine. Dann geht mit einem Mal das Licht aus.
Was,
fragt Olivio, er kann nichts mehr sehen. Das Schwert des Hünen saust auf seinen Kopf hinab und dann liegt er auf dem Boden. Blackout.
Verzeihung,
sagt der Hüne.
Er isset vorbereitet,
sagt der Chronist zum Hünen. Wachen betreten den Raum, sie bringen Olivio durch die dunklen Gänge des Schlosses. Die Lakaien entzünden die Fackeln und in ihrem Schein tanzen an den Wänden die Schatten, die der Tag unsichtbar machte. Man legt Olivio in ein riesenhaftes Bett. Aus einer Platzwunde sickert Blut.
Loch im Kopf,
sagt der alte Arzt und verbindet die Wunde. Dann wird Olivio allein gelassen. Im Zimmer ist es still, er atmet gleichmäßig und ruhig und durch das Fenster, ganz oben im Gebälk, segelt ein Drache, so groß wie ein sehr kleines Krokodil. Er lässt sich auf der Decke aus rotem Damast nieder und wacht. Bei jedem seiner Atemzüge tritt eine kleine Flamme aus seinen Nüstern und jede Sekunde besteht jetzt die Gefahr, dass die

Decke Feuer fängt. Der Drache ist wachsam, er hat nicht vor zu schlafen, er passt gut auf. Über Jahrhunderte hin hat er gelernt zu beobachten. Vor dem Fenster stürmt es und der Sturm fliegt durch beide Welten, durch Gut und Böse und wirbelt alles auf, was nicht fest verankert ist. Hier draußen wird nichts zur Ruhe kommen, aber im Schloss, da schlafen alle außer dem einsamen König. Bewacht wird von den Türmen aus, auch vor dem Tor stehen Wächter in eiserner Uniform. Es stürmt, wer lebt, atmet und ansonsten herrscht im Königreich die Stille.

VII. MACHE DICH AUF DEN WEG

Als er aufwacht, ist es immer noch dunkel. Er sucht die Toilette und findet in einem kleinen Nebenraum ein Plumpsklo. Sein Kopf ist schwer und schwankt beim Laufen. Aus sicherem Abstand betrachtet er sich im Spiegel. Wenn er das tut, so ist das nicht durch Eitelkeit motiviert, sondern durch die Frage:
Bin ich noch da?
Es ist gut, sich im Angesicht des eigenen Körpers in den linken Arm zu kneifen, mit dem Spiegelbild zusammen verzieht er das Gesicht. Er ist somit noch vorhanden und jetzt entdeckt er, dass die Zeit hier schneller vergeht, oder aber, dass etwas mit seinem Zeitgefühl nicht stimmt. Seine Haare sind lang geworden, sie reichen ihm bis in den Nacken und stören vor den Augen. Aus dem Spiegel blickt er sich an und außer ihm ist da noch ein zerwühlter Mensch im groben Leinenhemd.
Auch ich,
sagt Olivio.
Eine Scheibe zerbirst im Schlafzimmer. Als Olivio den Raum betritt, haben sich die Äste eines riesigen Baumes im Zimmer ausgebreitet, er kann nicht zurück in sein Bett.

Los,
flüstert der Baum mit ersterbender Stimme.
Rette sie, es eilt.
Lea wird sterben,
sagt Olivio leise. Das ist ihm so rausgerutscht.
Los,
presst der Baum aus seiner Rinde hervor.
Ich kann das nicht. Ich weiß nicht, was ihr alle wollt.
Die Zeit rast jetzt. Sie liebt die Geschwindigkeit. Vor dem Fenster fliegen solidarisch mit ihr, oder weil sie selbst willenlos sind, die Tageszeiten. Hell und dunkel wechseln sich ab und würden sie noch ein wenig schneller, könnte man die beiden Welten nicht mehr unterscheiden. Dann käme es zur Katastrophe.
Irgendjemand hämmert jetzt an die Tür, das Holz splittert.
Zu spät,
hört Olivio.
Es isset zu spät. In den Kerker mit ihm.
Die meinen dich,
sagt der Baum.
Der Baum seufzt. Olivio steht vor dem liegenden Wald in seinem Zimmer, starrt auf das splitternde Holz der Tür, hört die Rufe und den kreischenden Wind. Durch das Loch in der Tür blicken ihn wütende Gesichter an, auch ein rotes Chronistengesicht. Sie schreien und keifen und Arme greifen nach ihm und er will hier weg. Im Bad springt er gegen den Spiegel. Jetzt blutet seine Hand.
Lass mich raus,
fleht Olivio den leeren Spiegelrahmen an. Der schweigt. Olivio entscheidet sich. So schnell es geht, quetscht er sich zwischen den Zweigen des sterbenden Baumes hindurch. Die Äste schlagen ihm ins Gesicht, der Baum spricht nicht mehr, seufzt nur noch. Im Wechsellicht flackert auf einem Sessel Olivios

Kleidung auf, er schlüpft in seine Hose, schiebt das Portemonnaie wieder unter den Gummizug, zieht sich die Weste über, die Schuhe an, bindet den Gürtel um. Schwert- oder Lanzenspitzen stechen in den Raum, das Loch in der Tür wird größer. Jetzt benutzen sie Äxte. Er kann damit nicht umgehen, aber dennoch möchte er gerne sein Schwert mitnehmen. Zur Sicherheit. Hier scheinen alle Schwerter zu besitzen.
Fanget ihn, greifet ihn, werfet ihn in den Kerker.
Draußen keift der Chronist und jetzt findet Olivio das Schwert, es lehnt griffbereit neben seinem Bett an der Wand. Unschlüssig blickt er zwischen Fenster und Tür hin und her.
Der Baum meldet sich:
Deshalb liege ich doch hier. Los jetzt, rutsch.
Olivio schiebt sich den rauen Stamm hinab, die Hose reißt, fast hätte er sein Schwert fallen gelassen. Wenn er jetzt fällt, ist das nicht so schlimm. Besser als Kerker erscheint ihm ein Genickbruch. Hinter ihm folgen schon die Wachen, bis an die Zähne bewaffnet. Dort flieht, wen sie sich am sehnlichsten in ihr Land gewünscht haben. Die Wachen bemühen sich, aber noch ist Olivio ihnen voraus. Er ist zornig und er hat Angst, das macht ihn schnell. Und auch die Zeit übertrifft sich selbst. Sie schafft es, dass zwei Welten sich treffen. Die unüberschreitbare Grenze ist verschwunden und hier ist sie, die Katastrophe:

Der Wind tobt und alles ist dunkel, die Welt durchziehen lange Fäden aus Feuer. Es sind die Drachen, verwirrt wie Vögel bei einer Sonnenfinsternis, ihr Feuer richtet sich allein gegen den Mond, der sich selbst in das Gesicht sehen muss. Und der freundliche Mond sieht seinen Zwilling, den bösartigen, er denkt, das sei sein Spiegelbild, und was er sieht, stimmt nicht mit dem überein, was er fühlt und zu zeigen meint. So wechseln die Monde ihre Gesichtsausdrücke und sind verzerrte Fratzen am Himmel, von denen ein Zwerg eine Foto-

grafie zu machen versucht. Aber als der Apparat ausgerichtet ist, wagt er es nicht abzudrücken. Jammernd sucht er Schutz, zusammen mit seiner Geliebten, im Stumpf der alten Eiche, auf deren Stamm Olivio vielleicht um seine Freiheit, vielleicht um sein Leben klettert.
Es wird alles gut, meine Liebe, und wenn es nicht gut wird, so ist das auch in Ordnung.
Die Dame, ein Eimer aus Plastik in Gelb, stimmt ihm zu, ihr ist die Welt schon lange zu viel geworden und nur an seiner Seite hat sie Sinn gemacht und das war gut, aber jetzt hat sie auch genug. Im Eichenstumpf drückt der Zwerg auf den Selbstauslöser und auf dem Foto wird man im Hintergrund den Weltuntergang sehen.

Olivio hat es geschafft, den Boden erreicht. Er muss sich beeilen, die Wachen folgen ihm, er hört sie rufen, dreht sich aber nicht um, er will nicht wissen, wie nah sie ihm sind. Am Brunnen vorbei läuft er zum Stall.
Na endlich,
sagt Schädöh.
Hilfe bitte,
keucht Olivio.
Machst du mir die Stalltür auf?
Olivio sammelt alle Kraft und zieht den rostigen Riegel auf, das Pferd geht an ihm vorbei.
Komm mit, Olivio,
sagt das Pferd.
Kein Sattel?
Was bitte?
Olivio sieht sich nach etwas um, was ihm auf das Pferd hilft.
Spring,
sagt Schädöh.
Olivio springt.

War nur ein Witz,
sagt das Pferd und legt sich auf den Boden.
Komm Olivio, wir müssen uns auf den Weg machen.

VIII. SUCHE UND FINDE

Schädöh ist so schnell wie die Zeit und beim Fliegen gibt er acht, dass Olivio nicht herunterfällt. Wenn der Held unzurechnungsfähig und geschwächt ist, muss das Pferd die Führung übernehmen.
Danke,
sagt Olivio.
Bringst du mich nach Hause?
Ich bringe dich zu deiner Aufgabe. Wir suchen den Turm und wir finden den Turm.
Olivio schluckt und schätzt ab, wie weit es bis zum Boden ist.
Hier war mal die Grenze,
sagt das Pferd und stockt kurz, in der Luft war ein Rest Welttrennungswiderstand geblieben. Jetzt sind sie dort, wo früher drüben war, es ist kälter, sonst ist alles gleich, man sieht aber auch nicht viel. Der Wind greift nach Olivio, der Atem weht im Flug wie ein Schleier.
Wenn du die Luft anhältst, wird dir wärmer,
sagt Schädöh.
Wenn ich die Luft anhalte, ersticke ich,
sagt Olivio.
Kann sein, du musst dich entscheiden, was besser ist.
Olivio entscheidet sich fürs Frieren. Kurz stellt er sich vor, dass er unterwegs ist, um Lea zu retten. Aber die braucht seine Hilfe nicht, die braucht vor allem ihn nicht, die gehört in eine andere Welt und nicht zu einem verrückten König. Was Lea rettet, ist der Abstand. Für sie wäre es besser, wenn es ihn nicht gäbe, er hat ihr Schicksal in seinem Kopf.

Ich will nicht, dass du stirbst,
sagt Olivio.
Mach ich doch nicht,
sagt das Pferd.
Gut,
sagt Olivio, obwohl er nicht das Pferd gemeint hat.
Du bist in Gefahr, nicht ich.
Was,
fragt Olivio.
Gefunden. Hier ist der Turm,
sagt Schädöh und landet.

IX. ERLEDIGE DIE AUFGABE

Steig ab,
befiehlt das Pferd und Olivio rutscht an den Flügeln vorbei auf den Boden. Seine Beine versinken bis zu den Knien im Schnee, sein Kopf dröhnt, der Wind fegt durch ihn hindurch. Olivio zittert, ihm ist schlecht, er will jetzt doch gerne nach Hause, sein Bein fühlt sich an, als würde es zerreißen.
Ganz schön kalt hier,
sagt er zu dem Pferd, sein Atem verwandelt sich in der Luft zu Eissternen, die fallen klirrend auf die Schneedecke. Olivio denkt an Filme, in denen alles gut geht.
Das ist real,
sagt das Pferd.
Da musst du jetzt durch. So steht es geschrieben. Nimm dein Schwert.
Aus dem Nichts fällt das Schwert herab und bleibt vibrierend neben Olivio im Schnee stecken.
Du wirst die Prinzessin in dem Turm finden und du musst sie retten, so steht es geschrieben. Los.
Olivio will wirklich los, aber sein rechtes Bein gibt unter ihm

nach. Er sieht das Pferd an.
Das ist nicht gut, Olivio.
Nein, es tut auch weh.
Du bist ein seltsamer Held. Wo kommt das her, das Es-tut-auch-Weh? Du hast die Liste, du weißt, was zu tun ist. Warum hast du jetzt Schmerzen?
Ich vermute, ich hab mir was gezerrt oder gerissen, als ich auf den Boden gerutscht bin.
Das verstehe ich nicht, es steht nicht geschrieben. Am besten ignorierst du diesen seltsamen Umstand. Es gibt nur, was geschrieben steht, und da steht kein Schmerz.
Ok,
sagt Olivio, sieht das Pferd traurig an und zieht die Augenbrauen hoch.
Das hilft bei mir nichts, Olivio. Du darfst nicht vergessen, ich bin ein Pferd, ich reagiere darauf nicht. Ich kann auch nicht mit, selbst wenn ich wollte, und ich will, aber ich kann nicht. Der Held muss alleine gehen. Sieh auf die Liste.
Olivio sieht auf die Liste und da steht jetzt bei Punkt *IX.*: *Der Held musset alleine gehen.*
Viel Glück,
sagt das Pferd, stößt ihn mit der Schnauze an und Olivio fällt um.
Du musst ein bisschen entschlossener sein, Olivio. Nimm die Sache ernst. Ich weiß ehrlich gesagt nicht, wie ich mit dir umgehen soll, wenn du so seltsame Dinge machst.
Schädöh schnaubt durch die Nüstern:
Los jetzt.
Olivio stellt sich hin, belastet beide Beine und ignoriert, das Schwert ist sein schwerer Krückstock.
Es gibt Helden, die sind beeindruckender als du,
murmelt das Pferd, als es beobachtet, wie Olivio auf den Turm zuhumpelt.

Aber vielleicht wächst du in die Rolle hinein, und wenn nicht, wenn du dann tot bist, hast du es zumindest versucht.
Schädöh beobachtet, wie Olivio wankt und wackelt, und das Pferd flüstert:
Wenn du noch einmal umfällst, schaffst du es nicht, dann wirst du hier liegen bleiben und erfrieren und das Warten, die ganze Zeit, war umsonst und vergebens.
Olivios Augen tränen vom Wind und vom Schmerz, er versucht, sie mit den Armen zu schützen, aber so kann er das Gleichgewicht nicht halten und er lässt die Augen frei und rot werden. Rund um ihn herum findet der Weltuntergang statt, die Farben und Geräusche liegen im Wettstreit miteinander, wer gewonnen hat, entscheidet sich erst ganz am Ende und dann zählt es nicht mehr. Unter seinen Füßen knirscht der Schnee, er bekommt eine Gänsehaut und immer wieder sinkt er ein.
So schlimm war der Flur nicht, denkt Olivio. Seine Lippen sind aufgesprungen, er schmeckt Blut im Mund und das ist süß, er denkt an Brombeermarmelade und an früher, er erinnert sich an den Besuch im Zoo, als sein Vater ihm die Lamas zeigte und den Finger verlor, er denkt an seine Mutter beim Schlittschuhfahren, eiskalt war es da und sehr besonders, sie hatte Kakao mit Rum in einer Thermoskanne, den durfte er trinken, er war erst vier oder fünf oder so. Lea wird sterben und:
Ich rette eine Prinzessin.
Du musst dich beeilen,
ruft das Pferd, Olivio flucht. Das kann er nicht, schneller gehen. Olivio brüllt gegen den Wind, bei dem Pferd kommt nichts an, das sieht nur, dass er nicht schneller wird, und vermutet, dass er nicht schneller kann, und damit liegt es richtig. Über Olivios Haar flattert einer der winzigen Raben des anderen Landes. Er ist seinem Gänseblümchen gefolgt, als der Wind es aus der Erde gerissen hat. Jetzt sucht der Rabe eine neue Heimat und findet sie in Olivios dichtem Haar. Der bemerkt nicht, dass auf

seinem Kopf ein Optimist den Neuanfang in sein Nest einbaut. Olivio hat es fast geschafft, streckt einen Arm aus, versucht mit einer Hand die vereiste Türklinke zu erreichen. Der Wind hält dagegen und das Pferd flüstert:
Nur nicht wieder umfallen.
Olivio lässt sich fallen, mit ausgestreckten Armen, und da ist ein bisschen Rabe und damit etwas Glück auf seinem Kopf und so bleibt die Hand auf der Klinke liegen. Olivio zieht sich an ihr hoch, vom eiskalten Boden weg. Hinter ihm ruft das Pferd:
Tschüss,
und:
Viel Glück,
und:
Mach es gut!
Schädöh verschwindet, hinter ihm schließt sich der Vorhang aus Dunkelheit.

Olivio tritt in den Turm, die Tür fällt schwer ins Schloss. Es ist vollkommen dunkel. Von der Decke tropft Wasser, der Boden ist weich und glitschig,
Moos, hofft Olivio.
Hallo,
ruft er in die Dunkelheit hinein. Nichts.
Hallo?
Olivio lauscht.
Hier,
hört er. Die Stimme muss sehr weit weg sein, ganz oben im Turm.
Kannst du nach unten kommen?
Darauf gibt es keine Antwort. Olivio beschließt, wieder zu gehen. Er greift nach der Türklinke, aber da ist nichts mehr, nur nasser Stein und, hoffentlich, Moos. Vorsichtig tastet er

sich an der Wand entlang, da ist nichts. Die Tür ist verschwunden. Er greift in etwas, das sich anfühlt wie ein, ja, wie ein Skelett. Olivio brüllt los, schlägt die Hände über dem Kopf zusammen, nimmt eine Verteidigungsstellung ein.
Bitte nicht,
flüstert er:
Bitte nicht lebendig werden.
Olivio entscheidet sich, dass es jetzt so weit ist, die Treppe in Angriff zu nehmen. Die Stufen sind nass und glitschig, wie alles in dem Turm wie – wie das Skelett. Vorsichtig klettert er höher. Die Stufen, die er hinter sich lässt, wachsen vor ihm nach. Er kommt nicht weiter.
Ich komme nicht weiter.
Die Feststellung richtet sich vage nach oben, kommt aber nicht weit. Sein Herz hämmert, er keucht, die Stimme ist weg, sein rechtes Bein mittlerweile keine Hilfe mehr, sondern lediglich ein beißendes Anhängsel. Der Rabe im Haar hat sich zur Ruhe gelegt, der Tag, der sich mit der Nacht zusammengetan hat, war sehr anstrengend.
So ein Mensch ist praktischer als eine Blume. So ein Mensch kann sich frei bewegen und überall hin und mich nimmt er mit. Menschen sind super,
sagt sich der Rabe und schläft ein. Er ist jetzt vollkommen unbeteiligt. Olivio rutscht an der nassen Wand hinab auf die Stufen. Eine Pause. Nur eine kurze Pause.
Entschuldigung,
sagt, ganz in seiner Nähe, eine dunkle Stimme.
Olivio steht jetzt wieder.
Wer ist da?
Sag ich nicht. Nur so viel: Beeil dich.
Kann nicht mehr.
Musst du aber.
Die Stimme kommt Olivio bekannt vor.

Lauf weiter, Olivio. Ich erzähle dir was, das lenkt dich ab. Dein Bein ist kaputt, oder?
Herr Johansdorf,
fragt Olivio und:
Waldemar?
Ich erzähle dir was. Die Stufen des Turmes hat niemand gezählt, und während seines Baus sind Generationen von später für unsterblich erklärten Baumeistern gestorben.
Toll.
Der Mann, der die letzte Stufe einsetzte, hat sich nach der Vollendung hinabgestürzt. Er war im Grunde genommen ein fröhlicher Mensch, es war ihm allerdings bewusst, dass sein Leben ihm nicht mehr genügend Zeit geben würde, wieder hinabzusteigen. Und da ist er lieber gesprungen, man erzählt sich, dass der Flug hinab so großartig war, dass er dabei gedacht hat: Das hat sich gelohnt.
Das freut mich,
sagt Olivio und überlegt, was Herr Johansdorf hier drüben macht, und warum er denkt, derartige Geschichten würden ihn aufheitern oder gar ermutigen. Olivio sitzt schon wieder, jetzt schließt er die Augen.
Über dir befindet sich unendlich so viel Turm, wie du bereits hinter dir gelassen hast. Du bist mit der Ewigkeit konfrontiert, die kann einen Menschen zur Verzweiflung bringen. Sieh mich an.
Das Skelett hat sich neben Olivio auf die Treppe gesetzt. Es hält die Reste seiner Hand vor Olivios Gesicht. Der atmet schwer, versunken eher im Koma als im Schlaf.
Es gibt keine Tricks und keine Zaubersprüche, du musst wach bleiben und immer weiterklettern und, vor allem, am Leben bleiben.
Das Skelett sieht aus wie der Tod, es trägt aber keinen Mantel und keine Sichel. Jetzt schüttelt es Olivio, um ihn, das würde

der Tod nie tun, wieder ins Leben zurückzuholen. Olivio liegt und lebt, aber das allein hilft nicht weiter. Aus seinem Gesicht ist jede Farbe gewichen, sein Haar klebt nass auf der Stirn, beginnt zu Eis zu werden.

Wenn du nicht weitergehst, wirst du an den Stufen festfrieren.

Der Rabe niest und schläft weiter, ihm kann die Kälte nichts anhaben. Er ist resistent gegen Temperatur und Tod, ein Rabe lebt, so lange er möchte, und Olivio erwacht nun.

Endlich,

seufzt das Skelett.

Du musst weiter. Es sind schon Menschen gestorben. Prinzen, Bauern und andere, die sich für Helden gehalten haben oder auch nur zu Helden erklärt wurden. Der König wird langsam wahnsinnig, er vermisst seine Tochter. Der ganze Hof wird verrückt. Und nun ist auch noch die Zeit durchgedreht, das Königreich, die ganze Welt gerät da draußen aus den Fugen und dich haben sie mit hineingezogen. Es ist purer Größenwahn, anmaßend, so etwas von dir zu verlangen. Macht dich das wütend? Bei so einem Wahnsinn draufzugehen?

Ich weiß nicht,

keucht Olivio und:

Ich kann nicht mehr. Warum sind Sie ein lebendes Skelett, Herr Johansdorf?

Ich habe versucht, ein Held zu sein. Denk nicht an früher, an drüben, an zu Hause,

sagt Herr Johansdorf.

Du wirst enden wie ich, wenn du versagst und aufgibst. Du stirbst, die Prinzessin bleibt, wo sie ist, der König auch und alle sind dem Wahnsinn ausgesetzt. Mach es gut.

Olivio überlegt kurz, wie das wäre, jetzt zu sterben. Kann er sich nicht vorstellen. Das Skelett folgt ihm schweigend, als er sich aufrappelt und weiterstolpert. Es hat seine Aufgabe erledigt. Olivio sammelt alle Kräfte, ignoriert sein überflüssiges rechtes Bein, geht erst, rennt dann. Er sieht die Stufen, die noch vor ihm liegen, es ist überhaupt nicht schwierig, sie zu überwinden. Wieder denkt Olivio an seinen Vater, der jahrelang erwähnte, wie er damals im Zoo seinen rechten Daumen verlor, als er ihm die Streichelwiese erklärte, auf der ein Lama stand, und wieder denkt Olivio an seine Mutter, die ihn aus dem Eiswasser zog, als er mit dem Schlittschuhfahren zu früh dran war. Niemals hat sich jemand beschwert, Olivio ist ab jetzt tapfer. Er läuft die Unendliche Treppe hinauf und das Skelett kann ihm folgen, seine durch den Tod entstandene zweifelhafte Nichtexistenz hilft ihm heute, wo er einst scheiterte.

Unglaublich,

sagt das Skelett zu sich selbst.

Unmöglich.

Das Skelett singt sein trauriges Lied aus der Unterwelt, die sich hier nach oben gekehrt hat. Die Stimme bildet den Resonanzraum in der Erinnerung an ihren Körper. Obgleich Olivio rennt, verschluckt die Treppe die Zeit wie ein rasendes Tier, Olivios Haar reicht nun bis auf die Schultern. Er denkt an Tjorven, an die Nacht im Flur vor dem Freitag, als seine Eltern in die Stadt kamen.

Ein Held,

keucht Olivio.

Ein Held, ein bisschen.

Jetzt ist da die letzte Stufe, auf ihr bleibt er stehen, blickt in den riesigen Raum, dessen Außenwände mit den rasenden Wolken zusammenstoßen.

Komm zu mir,

sagt Lea.

X. LEBE GLÜCKLICH UND ZUFRIEDEN BIS AN DEIN LEBENSENDE.

Nein,
schreit Olivio.
Was ist das hier? Wo befindet sich diese Welt? Das alles passt doch unmöglich in den Rahmen eines Spiegels.
Das isset eine ganz normale Welt, die einzige Welt, die es gebet. Jetzt. Bevor die Zeit begannet, verrückt zu spielen, gabet es zwei Welten. Heute isset alles verschmolzen, und was das für eine Welt isset, weiße ich noch nicht. Aber es isset die richtige, und wenn du auf eine richtigere wartest, isset das vergeblich. Würdest du mich küssen?
Nein.
Lea lacht.
Aber warum denn nicht? Es bietet sich an, wir weilen zu zweit allein in einem Turm, den so schnell niemand wieder erklimmen wird. Draußen gehet die Welt unter, habest du das vergessen? Du mussest mich küssen. Wir könnten auch miteinander schlafen. Lea zwinkert ihm zu und grinst.
Dann ist es aber kein Märchen mehr.
Olivio weicht einen Schritt zurück, während er das sagt.
Dann wird nicht alles gut, dann lebt niemand glücklich und zufrieden bis an sein Lebensende.
Höre auf damit. Alles isset, wie es isset, und damit gut oder schlecht. Das entscheiden doch wir. Wir sagen, es isset gut, und damit isset es das. Wer könnte da widersprechen? Komme, küsse mich, schlafe mit mir. Vergisse alles.
Vergiss alles,
ruft aus dem Dunkel des Turmes das Skelett.
Küsse mich, das isset der Schlüssel. Das isset immer die Lösung. Du mussest mich küssen. Du kennest doch die Geschichtsbücher.

Natürlich kennt Olivio Märchen, da wird geküsst und glücklich gelebt bis ans Ende. Aber das hier ist kein Märchen, das ist real, das wurde ihm versichert, das weiß er selbst. Dass Lea hier steht, ist aber auch zu wunderbar, um wahr zu sein. Sie lebt.
Komme,
sagt Lea.
Warum tuest du nichts?
Weil er nicht will. Weil er das Gefühl hat, in eine Falle gelockt worden zu sein, weil sie irgendwie anders ist als die Lea, die er schon zu oft getroffen hat, weil sie auch so merkwürdig spricht und weil der Kuss am Ende eines Märchens bedeutet, dass Held und Prinzessin glücklich leben, zusammen leben. Aber Märchen enden nach diesem Satz, und wer weiß, was danach kommt. Vielleicht doch der Tod? Was passiert, wenn er glücklich ist? Bleibt er das dann? Zeit und Wind peitschen gegeneinander und prallen im Kampf gegen den Turm. Olivio geht auf Lea zu. Er hat Heimweh nach der echten Lea, nach der richtigen Welt, nach seiner Welt. Olivio gibt der Prinzessin, die sich Lea nennt, einen Abschiedskuss auf die Wange. Selbst das fühlt sich nicht richtig an. Dann wünscht er sich nach Hause. Für Olivio geht hier eine Welt unter.

ES WAR MAL WIEDER

Die Welt ist ganz ruhig und die Zeit bleibt stehen und der Wind zieht alleine weiter und sucht nach einem Gegner für den Kampf, denn in der Ruhe liegt nicht seine Kraft. Zwischen zwei Welten entsteht eine Wand. Sie trennt Gut von Böse und Hell von Dunkel und sie ist auf den ersten Blick und die einfachste Lösung und das älteste Klischee gebaut. Alles springt hier wieder auf Anfang, der König aalt sich in Sehnsucht, die Sonne scheint, sie soll locken. Der Held lebt nicht glücklich und zufrieden mit der Prinzessin, der König sorgt sich noch immer, der nächste Held muss kommen, muss richtig retten und den Sturm ein für alle Mal legen. Die Treppen hochzusteigen reicht nicht, auf die Wange küssen ist nicht genug und dann wieder abhauen geht gar nicht und macht alles kaputt. Der König will sein Kind sehen, will es glücklich wissen, will selbst endlich zufrieden, will komplett sein. Alle warten.

JULIO

OIJUG

Der Blick von oben, es ist eine Insel, wenig Land, umgeben von Wasser, und darauf leben Menschen, aber nicht sehr viele. Die Zeit: gegen fünf Uhr am späten Nachmittag. Die Frau beugt sich nach unten und entscheidet: Er braucht eine Geschichte.
Nach getaner Arbeit verlässt sie den Friedhof und fährt mit ihrem blauen Fahrrad durch das Dorf zurück zum Hotel, fast am Strand. Unterwegs überlegt sie, was der steinerne Fisch auf dem Grab bedeuten könnte, ein Fischer vermutlich. Morgen will sie zurückkommen und einige Krabben in seiner Gesellschaft essen. Sie rechnet, er war noch nicht fünfzig, als er starb.

1

Als Herr May das Badezimmer betritt, erschrickt er. Dort steht windschief und in altertümlicher Kleidung:
Ein Jüngling.
Flüsternd, fast hätte er es laut gesagt. Herr May zieht sich zurück, schließt vorsichtig die Tür und setzt sich in seinen Sessel am Fenster. Er muss nachdenken. Im Bad ein Poltern. Herr May sitzt still, versucht sich zu erinnern. So schnell ist ihm das nicht möglich, er wird unruhig, als er bemerkt, dass es draußen dämmert. Sie ist sehr ungewöhnlich, die Situation, mit ihr hat er selbstverständlich nicht gerechnet.
Schnell, hurtig, schnell, alter Sack,
sagt Herr May sich, mit der Geduld am Ende.
Tu etwas.
In der Schublade, der großen, findet er das raue weiße Papier für besondere Fälle. Herr May schreibt einen Brief an den Postboten. Darin fragt er, was nun zu tun sei. Er faltet den Bogen zweimal und steckt ihn in den Umschlag, für morgen. Herr May sitzt wieder und an die Tür klopft der nette Mann, ein Pfleger.

Ich habe keinen Hunger, vielen Dank,
ruft er nach draußen. Hier soll niemand rein, nicht jetzt, wo er Besuch hat. Der Pfleger macht sich Sorgen, alte Menschen müssen essen, wer nicht isst, kann morgen schon aufhören zu atmen. Fehlender Appetit entspricht dem fehlenden Lebenswillen. So geht hier die Mär.
Ich komme sofort wieder, lieber Herr May, und dann bringe ich Ihnen das Essen mit. Sie wollen wohl heute nicht mit den anderen speisen?
Nein, nein.
Herr May läuft im Kreis, bleibt stehen, holt Mut und öffnet die Tür zum Bad. Da ist er immer noch:
Der Jüngling.
Nein:
Der junge Mann.
Der sitzt nun auf dem Boden, an die Badewanne mit der Einstiegshilfe gelehnt, und seine Augen sind fast geschlossen, seine Haut leuchtet in allen möglichen Farben, Schürfwunden, tiefe Schnitte, Dreck. Das eine Bein liegt in einem merkwürdigen Winkel, unter die Augen haben sich dunkle Schatten gegraben, die Haare sind zu lang für die Gegenwart. Junge Menschen tragen sie anders.
Er kommt soeben aus einer großen Schlacht,
denkt der alte Herr May. Da der junge Mann sich nicht rührt, übernimmt er die Initiative.
Entschuldigen Sie bitte, kann ich Ihnen vielleicht helfen?
Der junge Mann öffnet die Augen, Herr May hat schon so viele Verwirrte gesehen, er erkennt sie sofort, er selbst gehört nämlich noch nicht dazu.
Möchten Sie in Ihr Zimmer?
Die Frage findet Herr May gut gestellt. Sie impliziert einerseits, dass dieses Zimmer nicht das Zimmer des jungen Mannes in dem desolaten Zustand ist, andererseits ist sie nicht zu

unhöflich. Der junge Mann reagiert nicht, trotz der guten Frage.

Möchten Sie ein Butterbrot?

Der junge Mann nickt heftig.

Und einen Schnaps?

Ohne Zögern, eine deutliche Kopfbewegung. Herr May nickt ebenfalls und holt ein Butterbrot und einen Schnaps.

Das ist ein sehr dünner und ungepflegter junger Mann, denkt Herr May und erinnert sich an die Zeit, als er jung war und kräftig, da sah er anders aus. Wie schade für den jungen Mann. Schnell gibt er ihm Brot (in Butterbrotpapier lagert er es für schlechte Zeiten im Sekretär, jede Woche wird es erneuert) und Schnaps (geheim und mit Glas und das mit dem Aufdruck eines Berges, den Herr May an seinem Flitterwochenende vor ungefähr hundert Jahren bestieg, damals nicht keuchend). Herr May sieht fasziniert zu, wie der junge Mann isst. Seine Bewegungen sind fahrig und unsicher, und nun fällt ihm das Glas aus den Händen und verteilt sich in Splittern auf dem gekachelten Boden. Der junge Mann senkt den Blick und beginnt, die Scherben mit der Hand zusammenzuwischen.

Das ist nicht schlimm,

lügt Herr May und fragt sich dabei, ob die Lüge wirklich eine Lüge ist. So ein Glas ist doch ein sehr armseliger Zeuge der Vergangenheit. Dann fliegt ihm etwas um die Ohren und heraus aus dem Bad. Herr May lässt sich mit krachenden Knien zu dem jungen Mann auf den Boden fallen.

2

Die Lage im Haar hat sich verschlechtert, der Rabe ist wieder auf dem Weg. Ein Fenster steht offen, hier will er weg. Mal sehen, was die neue Welt bietet.

3

Als die letzte Insel in Sicht kommt, erhält der Postbote einen Anruf von seinem Nachbarn. Der hat für ihn den privaten Briefkasten geleert und unterrichtet ihn nun von der fristlosen Kündigung. Der Postbote hat so lange nach seiner Frau gesucht, dass er kurz vor dem Ende der Suche kein Postbote mehr ist.

4

Erzähl mir,
sagt Herr May mühsam beherrscht und dann fragt er:
Willst du mir sagen, was passiert ist?

5

In der Umkleidekabine hat sie den Anbruch des neuen Tages nicht gesehen. Sie wacht auf, als ihr jemand einen Mantel vor das Gesicht hängt. Man hat sie zunächst nicht bemerkt, zum Schlafen sitzt sie auf dem Boden. Der Mantel wird weggenommen, der Vorhang wieder geschlossen, sie ist allein. Leas Mutter steht langsam auf. Den Blick starr auf den Vorhang gerichtet, ordnet sie ihre Kleider, setzt den gelben Tütenhut auf. Dann verlässt sie die Kabine. Noch einmal greift sie hinein, zieht ohne hinzusehen den blauen Müllbeutel hinaus, mit dem sie den Spiegel verhängt hatte.

6

Der Pfleger klopft erneut, niemand antwortet ihm und so ist er befugt, den Raum zu betreten. Im Wohnraum ist niemand, das Fenster steht offen, der Pfleger schließt es. Im Bad findet er Herrn May und einen jungen Mann in zerrissener Kleidung mit verschmutztem Gesicht, dem fällt selbst das Sitzen schwer. Sein Kopf lehnt an der mickrigen Schulter des alten Mannes. Die Augen sind weit aufgerissen. Der Pfleger wird angestarrt.

Was,
fragt der Pfleger.
Ganz ruhig,
sagt Herr May zu dem Wrack an seiner Schulter. Der Pfleger hat ihn noch nie so zufrieden gesehen.

7

Wie die Zeit vergeht, und ab nächster Woche arbeitet Lea endlich richtig, sie mussten nicht umziehen, es gab doch was in der Stadt. Lea macht jetzt dreimal die Woche Sport und guckt manchmal abends die Nachrichten. Nachts träumt sie oft schlecht und morgens kann sie sich nicht an die Träume erinnern. Tjorven küsst sie auf die Schläfe, streichelt ihren Bauch, wirft ihr sein Kissen ins Gesicht und geht los, das Frühstück machen. Sie leben ihr Leben und auf irgendwas wartet Lea. Mit der Post kommt es nicht.
Was nur,
fragt sie sich.

8

Der junge Mann ist von einer Sekunde auf die andere eingeschlafen, der Kopf wurde auf ein altrosafarbenes Handtuch gebettet. Der Alte grinst stolz:
Er bleibt hier, er ist höchstwahrscheinlich ein Held. Er will mir alle Details erzählen, wenn er wieder wach ist, wenn er sich ausgeruht hat.
Das wird er,
sagt der Pfleger mit überaus sanfter Stimme.
Das wird er sicher, Herr May.
Der Pfleger beugt sich zu dem alten Mann, er will ihm auf die Beine helfen.
Und jetzt gehen wir erst einmal in den Aufenthaltsraum, da findet momentan der Singabend statt.

Ach was. Singabend. Ich habe Besuch. Für heute Abend lasse ich mich bei den Herrschaften entschuldigen. Was soll ich denn auf dem Singabend,
fragt Herr May und schlägt mit der Hand auf den Boden.
Der Pfleger lacht:
Singen, Herr May, singen. Die Alten brauchen Sie doch.
Der Pfleger führt Herrn May am Arm hinaus aus dem Bad, mit einer beiläufigen Handbewegung schließt er die Tür hinter sich ab. Über den Flur führt er Herrn May in das Gemeinschaftszimmer. Dort singen die anderen bereits:
Hoch auf dem gelben Wagen.
Herr May schnauft und rollt die Augen:
Singabend.
Er wird auf seinen Platz gestellt und erhält sein Notenpapier. Er ist ruhig, während die anderen im Kanon probieren.

9

Sie hat einen Kuchen gebacken und Kerzen in den Zuckerguss gesteckt, sie hat zwei Geschenke gekauft und eins gebastelt, etwas Persönliches. Lea reproduziert Erinnerungsfetzen, stopft die Löcher mit Selbstgemachtem und Tjorven lungert vor der Küche rum.
Nicht jetzt,
sagt sie.
Noch nicht.
Das ist wie früher,
ruft Tjorven, als Lea von innen die Tür zuschließt. Mit dem großen Küchenmesser steht sie über die Torte gebeugt und überlegt, ob das früher so war wie jetzt. Sie kann sich nicht erinnern. Lea hat das Gefühl, dass sie hier einen Kinderfilm nachspielt. Einen, der mit Weihnachten beginnt und am Abend des Geburtstags endet. Dann, wenn alle Geschenke ausgepackt sind und alle Überraschungen offengelegt und auch das Kind

vor dem Fernseher keine Fragen mehr hat. Wenn das heute so wäre wie früher, müsste sie jetzt heulen. Dann gäbe es keinen Kuchen. Sie würde draußen sein, auf der Suche, wie immer und wie an jedem anderen Tag. Dann würde die Oma sagen: Vergiss sie, Kind.
Zum Glück ist das heute nicht so wie früher.
Kann ich reinkommen,
fragt Tjorven draußen. Er spielt die Aufregung nicht nur, er lebt das alles gerade richtig aus. Da ist nichts falsch. Tjorven ist echt und ganz da. In diesem Moment glaubt Lea tatsächlich daran, dass man konsequent lieben kann.
Mach auf,
ruft Tjorven und Lea macht die Tür auf, obwohl der Kuchen noch gar nicht geschnitten ist, obwohl die Kerzen noch nicht brennen.

10

Vorsichtig öffnet der Pfleger wieder die Tür. Der Typ, den er aus Sicherheitsgründen eingeschlossen hat, schläft nicht mehr. Er liegt und starrt ihn wieder an. Unheimlich sieht er aus, aber auch so, als würde er dringend einen Arzt brauchen.
Wer sind Sie,
fragt der Pfleger und tritt ins Bad. Der Mann auf dem Boden schweigt.
Können Sie sich ausweisen?
Der Mann schweigt.
Wo kommen Sie her?
Der Mann da unten hebt den Arm ein Stück, er deutet nach oben.
Von der Decke?
Der Pfleger lacht.
Ich glaube, ich habe Sie falsch verstanden. Noch mal, bitte.
Wieder zeigt der Mann nach oben, lässt die Hand auf den

Boden fallen, bewegt die Lippen.
Was?
Spiegel.
Ja, der Spiegel ist kaputt, da haben Sie recht. Waren Sie das, mit dem Spiegel?
Ja.
Sie sind sicherlich versichert, den kann man ersetzen. Aber wie sind Sie hier hineingekommen? Wo kommen Sie her, wer sind Sie und was wollen Sie?
Der Pfleger bekommt eine Antwort auf die letzte Frage, der Mann will wohl aufstehen. Er steht schon fast, als sein Bein unter ihm wegknickt. Auf seiner Stirn steht Schweiß, die Augen sind, das kann man wirklich so sagen: tellergroß.
Der Pfleger kniet sich neben den Irren, den er unten am Boden sieht. Falls er angreift und gewalttätig wird, hat er im Notfall immer noch den Pieper. Der Pfleger will an die Geldbörse in der Hand des Kerls, will den Ausweis suchen.
Ich komme von drüben,
flüstert der Irre.
Drüben?
Aus dem Spiegel, von drüben.
Ach so,
sagt der Pfleger.
Ich hole einen Krankenwagen.

11

Auf die Nachricht von der Kündigung folgt bei Herrn Mueller eine Krise. Doch die Krise währt nicht lange, denn am Krisentag findet er endlich seine Frau wieder. Sie treffen sich im Gemischtwarenladen des kleinen Dorfes auf der letzten Insel, die Herr Mueller durchsuchen will. Sarah kauft Eier und Butter für einen Kuchen, Herr Mueller sieht sich nur mal so um.
Du,

sagt Sarah.

Ja,

sagt Herr Mueller.

Komm mit,

sagt Sarah.

An dem Tag der Krise wegen Kündigung geht Herr Mueller mit seiner Frau zum Friedhof.

12

Ich heiße Julio,

ruft er, als sie ihn in den Krankenwagen schieben. Ob er sich an seinen Namen festhalten kann, will er ausprobieren. Der nächste Name:

Julio.

Gut,

sagt der Sanitäter.

Das ist lustig. Ich heiße Julian. Das klingt so ähnlich.

An Namen kann man sich nicht festhalten,

denkt Julio oder Olivio oder Antonio oder Ben oder Benvolio oder wie auch immer. Nur nicht das Portemonnaie wegnehmen, nicht den Ausweis.

Bitte nicht,

flüstert er, aber sie hören ihm nicht zu.

13

Geht es dir nicht gut?

fragt Herr Schmitt seine Frau.

Mir geht es gut,

antwortet Frau Schmitt ihrem Mann.

Du vermisst ihn,

sagt Herr Schmitt.

Sehr,

sagt Frau Schmitt.

Er kommt zurück, er kommt wieder. Er hat viel zu tun. Weihnachten Bornholm. Erinnerst du dich?
Ja,
sagt Frau Schmitt jetzt und:
Ich erinnere mich. Ich freu mich schon sehr. Wir nehmen deine Kamera mit und machen endlich ein neues Foto mit uns allen. Ich habe nur alte Bilder von der ganzen Familie.
Herr Schmitt sagt:
Er war ein sehr hübsches Baby.
Er ist ein wunderbarer Junge.
Junger Mann,
sagt Herr Schmitt.
Er ist jetzt eigentlich schon ein Mann.
Weißt du noch,
fragt Frau Schmitt ihren Mann.
Ich weiß,
sagt Herr Schmitt, und jetzt kommen auch schon wieder die Nachrichten.

14

Walfänger, Kaufleute, vielleicht Piraten aus alter Zeit liegen auf der Insel begraben. Schmal und hoch sind ihre Grabsteine und sie berichten von den Leben, die diese Menschen geführt haben, von Kämpfen mit den größten Lebewesen, die damals vorstellbar waren, von im Kampf verlorenen Körperteilen. Auf den Grabsteinen verwittern Geschichten von Reichtum und Macht, von Ansehen und Würde, da steht nichts Schlechtes, nichts Schlimmes. Gestorben sind die Menschen aber am Ende doch. Die Grabsteine erscheinen als die einzige Niederlage ihres Lebens. Auf einigen der Grabsteine sind nur noch einzelne Wörter zu sehen, hier muss der Betrachter die Geschichte selbst finden. Ganze Generationen von Seeleuten und Inselbewohnern sind hier versammelt.

Im Winter besucht fast niemand die Grabsteine. Auf dem Friedhof gibt es noch eine zweite Abteilung, sie wird von den Sommergästen nur selten, von den Inselbewohnern umso häufiger besucht. Die Grabsteine hier machen das, was ihnen an Höhe fehlt, durch ihre Breite wett. Die Steine sind geschliffen und glänzend, man findet auf ihnen keine Geschichten, auf diesen Grabsteinen wird lediglich Ende und Anfang vermerkt, dazu kommen Namen. Tannenzweige und Muscheln, Steine und Gänseblümchen liegen auf den Gräbern, die Geschichte wird durch die hier immer spürbare Trauer ersetzt.
Als Sarah und ihr Mann sich wiedertreffen, sagt Sarah:
Komm.
Sie gehen aus dem Gemischtwarenladen durch die verschneite Ulmenallee auf die Kirche zu. Herr Mueller betrachtet ihren Nacken, sie ist schneller als er und ab und zu blitzt die Haut unter dem Schal auf. Herr Mueller sieht feine Härchen, die sich aus ihrem Zopf gelöst haben, er sieht auch, dass die Haare sehr blond, fast weiß geworden sind. Herr Mueller fragt sich auf dem Weg zum Friedhof, ob sie beide schon so alt sind. Von der Friedhofsmauer faucht ihnen eine zerrupfte Katze entgegen und dann öffnet Sarah das Tor und sie treten ein.

15

Alles, was sie über ihn wissen, steht auf seinem Ausweis. Sie haben Julio dabehalten. Er wurde geröntgt, operiert, verbunden und musste zwei Wochen still liegen. Sie haben ihn gemustert, manchmal waren mehr als zehn Leute im Raum. Die standen vor seinem Bett und haben lateinische und griechische Wörter gemurmelt, weil sie sich so am besten verstehen, nicht, damit er nichts verstand.
Eine Form von Schizophrenie,
hat er sich gemerkt. Vielleicht haben sie recht. Er beginnt zu vergessen. Olivio war einmal, Julio ist jetzt, aber eigentlich

egal. Eines nachts versucht er aufzustehen. Er will weglaufen. Also, nicht weg, sondern hin. Hin zu Lea. Lea gucken, natürlich heimlich. Obwohl sie eigentlich nicht zu ihm gehört, obwohl die Begegnungen mit ihr auf Bens Kappe gehen, ist sie in seinem Kopf. Ben hat sie fast umgebracht, er will sie retten. Er kann retten, er hat schon mal. Nein, das war Olivio. Aber er hat auch Olivios Wunden und Schmerzen und warum sollte er nicht auch seinen Mut, seinen Wahnsinn, sein was auch immer haben. Julio will wirklich helfen. Er schafft es, sich aufzusetzen, er schafft es, die Decke umzuschlagen, er schafft es, die Beine über die Bettkante zu schieben. Im Kopf fahren Leben, nicht Karussell, eher Kaleidoskop. Er schiebt sich vor, berührt mit beiden Füßen gleichzeitig den Linoleumboden. Er will sich jetzt wirklich hinstellen. Er will zu Lea gehen und sie irgendwie küssend aus seinem oder doch in sein Leben schieben. Aus all seinen Leben, die nur amputierte Namen sind, in sein Leben, das er noch nicht gefunden hat. Er will, dass sich herausstellt, dass er eine Form von Schizophrenie hat. Dass er spinnt. Dass er sich das alles von Anfang an nur eingebildet hat. Julio fürchtet, aus Sehnsucht nach Lea zu sterben. Julio fürchtet, aus Sehnsucht nach jemandem zu sterben. Julio fürchtet, sich in Luft aufzulösen. Er stellt sich hin, schreit, erst wird alles schwarz, dann ganz hell. Sie heben ihn hoch, legen ihn auf das Bett. Sie sprechen über ihn. Er wird am Bett festgeschnallt.

Danke,

sagt er zu dem kräftigen Pfleger, der das macht.

Ich wär fast zu ihr gegangen.

Das glaube ich nicht,

sagt der Riese.

Du gehst erst mal lange Zeit nirgendwohin.

16

Es liegt Schnee und jemand hat den Kiesweg freigeräumt und auch gestreut. Auf den kleineren Wegen, die bei Tauwetter schnell matschig werden, liegen Tannenzweige.
Die Tanne aus der Kirche wird nach Neujahr immer auf den Wegen verteilt,
sagt Sarah zu Herrn Mueller.
Sie holen den Baum jedes Jahr extra vom Festland. Guck,
sagt sie und zeigt ihm, was aus der Tanne geworden ist.
Eine gute Idee,
sagt Herr Mueller und will ihre Hand nehmen.
Noch nicht,
sagt Sarah.
Warte bitte.
In Ordnung. Klar,
sagt Herr Mueller. Sarah biegt in einen der Nebenwege ab und sie gelangen in den neueren Teil des Friedhofs, den mit den geschliffenen Steinen. Vor dem Grab mit dem Fisch hockt eine Frau, mit beiden Händen hält sie eine Tüte mit Krabben, neben dem Fisch liegen ein Notizbuch und ein Stift und über der Frau in der Luft segelt eine Möwe.
Noch keine fünfzig war er also,
sagt die Frau, als sie Sarah und Herrn Mueller entdeckt. Sarah hat das Gefühl, dass die Krabbenfrau sich kurz nach einem Fluchtweg umsieht, dann aber erkennt, dass es für eine Flucht zu spät ist. Sarah versteht nicht, was die Frau mit ihren Krabben und dem Stift und dem Notizbuch vom Fischverkäufer will, warum sie da steht, in ihrem weißen Mantel, und warum sie das Gespräch, das sie hier mit Herrn Mueller führen will, so schwierig macht. Sarah zeigt auf das Grab, auf den Fisch:
Mit einem Mal war er tot.
Sie dreht sich zu Herrn Mueller um. Der steht da, mit hängenden Schultern und einer roten Nase und viel zu dünn

angezogen und bestimmt sechs Kilo schwerer, als sie ihn in Erinnerung hat, und ein bisschen älter ist er auch. Er steht da und sieht sie an und nicht den Fisch, nicht das Grab, wie sie sich das vorgestellt hat. Herr Mueller sagt:
Ich habe dich gesucht.
Sarah dreht sich zu der Frau in dem roten Mantel um, die Möwe segelt jetzt tiefer, die Frau bemerkt nicht, dass ihre Krabben in Gefahr sind, sie klappt den Mund auf, macht ihn zu und öffnet ihn wieder, nur um zu sagen:
Tja, ich will nicht stören.
Die Frau schiebt die braune Krabbentüte in ihre Manteltasche, sie nimmt ihr Notizbuch, ihren Stift und geht weg. Falls sie den Friedhof verlassen will, das weiß Sarah, nimmt die Frau einen Umweg in Kauf, um nicht an ihnen, an ihr und Herrn Mueller, vorbeigehen zu müssen. Da stehen sie jetzt und was wollte sie noch mal sagen?
Woher kam die Rose,
fragt Herr Mueller.
Was war das für ein Name,
fragt Sarah.
Was für ein Name,
fragt Herr Mueller.

17
Wo ist er denn,
fragt Herr May von nun an jeden Tag.
Wir mussten ihn wegbringen.
Wohin,
fragt Herr May.
In ein Krankenhaus. Es ging ihm nicht gut, das haben Sie sicher gesehen.
Ich muss ihn besuchen,
sagt Herr May von nun an jeden Tag.

Morgen,
sagt der Pfleger dann immer.

18

Das Frühstück holt sie sich aus den verschiedensten Mülltonnen. Abends immer schon, wenn die Bäckereien und die Cafés schließen. Es ist schwieriger geworden, seit sie die Tafeln gegründet haben. Die guten Sachen gehen dahin. Aber nur die wirklich guten Sachen. Die mittelguten Sachen landen immer noch im Abfall und sie sind gut genug, so dass sie davon satt werden kann. Vorsichtshalber steckt sie immer noch ein, zwei Brötchen, Teilchen, Kanten für das Kind ein, und zwar in die beste Tüte.

19

Du hast die Namen gemurmelt, tagelang hast du nichts gesagt, immer nur die Namen.
Das tut mir leid,
sagt Herr Mueller und schlägt den Mantelkragen seiner lächerlichen Herbstjacke hoch, es schneit schon wieder.
Das muss dir nicht leidtun.
Herr Mueller steht im Schnee und friert und fürchtet sich vor dem, was Sarah ihm gleich sagen wird. Er hat Angst vor Vorwürfen und davor, dass sie ihm sagt, dass er wieder gehen soll. Herr Mueller weiß nicht wohin. Seit Monaten träumt er davon, bei ihr zu sein, jetzt ist er hier, aber alles ist anders als vorgestellt.
Es muss ganz anders sein,
sagt Sarah.
Ich habe neulich für eine Weile gelebt,
sagt sie.
Wenn wir zusammen sein wollen, muss sich das lohnen. Ich will nicht damit aufhören, mit dem Leben.

Er weiß nicht, wie er das schaffen soll, dass es sich lohnt. Dass sie lebt.
Aber du lebst doch,
will Herr Mueller gerne sagen. Das schluckt er herunter. Stattdessen sagt er:
Ich werde mir Mühe geben.
An diesem späten Wintertag im Dämmerlicht verspricht Herr Mueller seiner Frau Sarah, dass er sich bemühen wird. Sie stehen noch eine Weile gemeinsam am Grab des Fischverkäufers und dann gehen sie zu ihr nach Hause, um zu sehen, wie das so ist.

20

Man bringt ihn in ein anderes Haus. Ein Pfleger sagt bei der Übergabe:
Er wird immer humpeln, Probleme mit seinem Bein haben.
Und:
Manchmal versucht er abzuhauen.
Und:
Er kommt zwar nicht weit, aber man muss dennoch aufpassen, er ist ein Risiko für sich selbst.
Und:
Er sagt, man soll ihn Julio nennen.
Und:
Er spricht nicht viel.
Es soll aber Gespräche geben, er auf der Liege, der Boden ein Parkett, die langen Vorhänge sind rot. Julio und ein Mann treffen sich hier jeden Tag. Man praktiziert, nach eigenen Methoden, die Fachwelt streitet, der Ton: direkt.
Sie wollen fliehen.
Eine Feststellung des Mannes.
Es ist wie beim Tennis, er soll reagieren.
Wohin?
Das müssen Sie beantworten.

Julio wird täglich gefragt und er soll reden, weiß aber nicht, was zu sagen ist. Es ist sehr schwierig, den Mann zufriedenzustellen. Der gibt sich Mühe und er doch auch, aber glücklicher wird hier niemand. Dabei hat Julio mehrmals alles berichtet und darauf geachtet, dass er nichts vergisst. Auch das mit Lea erzählt er dem Mann, der sagt, er sei ein Arzt, eines Tages. Er nennt aber nicht den Namen, er erzählt nur, dass er schuld sein wird oder ist an ihrem Tod.

Sie sind sich da sehr sicher?

Ja.

Aber warum? Woher nehmen Sie das Wissen?

Es ist so.

Der Arzt nickt und fragt:

Erscheint Ihnen die Antwort ausreichend?

Wie meinen Sie das,

fragt Julio.

Es ist so sagt alles oder nichts. Wenn das *Es ist so* dein Leben, Ihr Leben bestimmt, dann sollte es doch irgendwie begründet sein, meinen Sie nicht?

Julio versucht nachzudenken. Das *Es ist so* ist das WISSEN, das, was immer schon da war, solange er denken kann, vom ersten Augenblick an. Das *Es ist so* beruhigt und ängstigt ihn zugleich. Das *Es ist so* ist immer bei ihm, das *Es ist so* gibt ihm das Ziel, das *Es ist so* macht, dass er sich weiterbewegt und irgendjemand denken könnte, er wäre beschäftigt.

Das Treffen findet immer zur selben Zeit statt, jetzt liegt es an der Schnittstelle zwischen Tag und Nacht, das heißt, während sie so etwas wie Tennis spielen, wird es draußen langsam dunkel. Der Arzt ist sehr gut in seinem Beruf, aber müde. Noch hatte er keinen Erfolg, er darf nicht ungeduldig sein, auch diesem Menschen kann geholfen werden. Einen Kampf hat er überstanden, so viel ist sicher, sein Körper, der sich langsam erholt, der Beweis. Wer weiß schon, was dem seltsamen Menschen zugestoßen ist, niemand der Anwesenden. Julio sucht nach dem nächsten Satz, in ihm tobt Unruhe, aber die bekommt er nicht raus, nicht hier in dem Raum mit dem Arzt, der Augenblick dehnt sich und –

21

– in diesem Moment stirbt seine Mutter.
Gut,
ist ihr letztes Wort, es hängt noch im Raum und Herr Schmitt ist so froh, dass es:
Gut,
ist und nicht etwas anderes. Niemand außer ihnen beiden war hier, der Tod hat sich nicht angekündigt, mit einem Mal steht er da, er verzichtet auf Schmerzen, nicht für Frau Schmitt, die stirbt ohne Leiden. Ein Seufzer der Erkenntnis, dass das alles war und das Warten auf etwas, was überhaupt? Vorbei.
Gut,
ist ein geeignetes letztes Wort, und weil es so kurz ist, verweilt es nicht lange und mit Frau Schmitt ist es weg und Herr Schmitt sitzt neben dem Sessel, eben *dem* Sessel und wundert sich, wie schnell das alles gehen kann.
Wollen Sie mit,
fragt der Tod, immer noch anwesend und sehr höflich. Er trägt einen Stoffbeutel, Kreise sind nur da, damit und wenn sie sich schließen, und Herr Schmitt überlegt, ob er mitmöchte, und es ist ihm für einen Moment egal. Der Tod hat Verständnis, der Tod kennt sie alle, die Menschen, und es ist ein Witz, wenn der Tod zu sich sagt:
Junge, du hast viel erlebt.
Und noch mal, er betont:
Erlebt, verstehst du?
Und darüber kann er sich stundenlang amüsieren. Totlachen. So auch jetzt, aber dezent. Herr Schmitt wertet nun die Pro-

und-contra-Liste aus. Die Überschrift der Liste ist:
Was für eine Fortsetzung des Lebens spricht und was dagegen.
Hier soll nicht die ganze Liste angeführt werden, wichtig ist, dass Herr Schmitt nach reiflicher und genauer Überlegung und sorgfältiger Auswertung und mit Blick auf das, was dem Daumen fehlt, entscheidet und dem wartenden Tod mitteilt:
Ich bleibe.
Gut,
zitiert der Tod.
Eine gute Entscheidung, Herr Schmitt. Ich wünsche Ihnen alles Gute, wir werden uns eines Tages wiedersehen.
Damit verschwindet er und, von außen betrachtet, beginnt Herr Schmitt jetzt, die Beerdigung zu organisieren.

22

Nur zur Information und ganz knapp zusammengefasst:
Die Erde dreht sich weiter und das, was als Welt bezeichnet wird, das nimmt seinen Lauf.

23

Ein alter Sack humpelt eilig in den Schreibwarenladen. Der alte Sack benötigt ein sehr großes Stück Pappe in Weiß. Außerdem muss er kleine Fähnchen kaufen. Er kennt sie aus dem Fernsehen, man steckt sie dort in Karten, um wichtige Orte zu markieren. Herr May hat eine Mission, er plant eine Rettung, er steht kurz vor der Befreiung.

24

Er weiß nichts vom:
Gut,
seiner Mutter. Julio dehnt sich mit dem Augenblick, fühlt sich noch länger als sonst. Das bisschen Kraft, das er hat, verteilt sich auf gefühlte drei Meter.

Ich kann nicht,
sagt er, der Arzt beugt sich vor, fragt:
Was?
Ich kann nicht hierbleiben und mit Ihnen reden. Ich sollte jetzt los.
Das ist gut,
sagt der Arzt und:
Wohin?
Ich weiß nicht,
sagt Julio und legt sich wieder hin, zurück auf die Liege. Im Grunde genommen ist die sehr bequem. Er sieht rüber zum Fenster, draußen regnet es.
Was ist Ihnen passiert,
fragt der Arzt.
Wann?
Egal wann, erzählen Sie.
Julio weiß nicht, was er erzählen soll, er ist noch so neu, was soll ihm passiert sein.
Mir ist noch nicht besonders viel passiert.
Wo hast du deine Verletzungen her, versuch dich zu erinnern.
Die Stimme des Arztes wird leise, er duzt jetzt. Julio mag es nicht, wenn ihn jemand anflüstert. Er fühlt sich dann unwohl, als wäre er krank.
Ich bin nicht krank,
sagt er.
Was fehlt dir dann,
fragt der Arzt.
Lea,
sagt Julio und da hat er einen Moment nicht aufgepasst, nicht nachgedacht, war fahrlässig, egoistisch und vielleicht auch ein bisschen traurig.
Wer ist Lea,
fragt der Arzt.

25

Wohnt das Kind noch hier,
fragt die Mutter.
Schon länger nicht mehr,
sagt der Mann, der mal neben dem Kind lebte.
Sie ist ausgezogen, schon vor einigen Monaten. Ich denke, zu ihrem Freund.
Oh,
sagt Leas Mutter.
Wo lebt der,
fragt sie.
Das weiß ich doch nicht,
lacht der ehemalige Nachbar.
Geht es ihr gut,
fragt Leas Mutter.
Das weiß ich allerdings auch nicht. Aber damals sah sie zufrieden aus.
Zufrieden,
fragt Leas Mutter.
Vielleicht sogar glücklich,
sagt der Nachbar und:
Entschuldigen Sie mich, ich muss wieder rein.
Sie geht zu der Tür, vor der sie schon einmal stand. Fast hätten sie sich damals getroffen. Das ist alles nichts, so wie das ist zwischen ihnen. Leas Mutter legt die Hand an die Tür und fragt:
Wo bist du?
Aber auf derartige Fragen in den leeren Raum hinein hat noch nie jemand eine Antwort erhalten.

26

Jemand,
sagt Julio.

Jemand, den einmal jemand kannte.
Kanntest du Lea,
fragt der Arzt.
Ich mag die Vorhänge,
sagt Julio und da ist jetzt was in seinem Hals.
Man hat mir gesagt, dass du noch niemanden angerufen hast in der ganzen Zeit, die du jetzt hier bist,
sagt der Arzt und sieht Julio dabei in die Augen. Er will ihn zum Auspacken bringen, er will machen, dass er heulen muss.
Es hat noch nie jemand nach dir gefragt. Auch keine Lea.
Julio beobachtet die Vorhänge und wie draußen die Dunkelheit kommt.
Du erzählst von einem Ben, der eigentlich Benvolio heißt, von einem Antonio, du erzählst mir von Olivio, von Julio –
Das bin ich,
sagt er leise zu den Vorhängen.
So heiße ich,
sagt er zum Boden.
Du erzählst von einem Tjorven, einer Lea. Das sind einige Menschen. Warum melden sie sich nicht bei dir,
fragt der Arzt und er sagt:
Du hast auch gesagt, dass du Eltern hast.
Eltern hat jeder,
sagt Julio zu dem Baum vor dem Fenster.
Das stimmt. Aber nicht jeder weiß, wo sie sich befinden. Manchmal ist es dann, als gäbe es sie gar nicht, manchmal ist es so, als gäbe es niemanden. Manchmal wünscht man sich, dass da jemand ist. Irgendjemand.
Mh,
sagt Julio.
Kann es sein, dass du da was verwechselst? Könnte es sein, dass da niemand ist? Kann es sein, dass du die Menschen, die

es mal gab, denn Eltern hat jeder, da hast du recht, könnte es sein, dass du die Menschen irgendwo auf dem Weg verloren hast?
Der Arzt holt Luft und wartet.
Welcher Weg,
fragt Julio irgendwohin.
Es ist sehr hart, was ich da sage, das weiß ich. Du kannst ruhig wütend sein auf mich. Wütend zu sein, sich zu ärgern, ist nicht schlimm. Vielleicht ist dir etwas sehr Schlimmes geschehen, vielleicht möchtest du das vergessen, aber das ist nicht gesund. Die Menschen, von denen du sprichst, sie helfen dir nicht. Weil es sie nicht gibt. Das musst du erst einsehen, danach kannst du langsam wieder gesund werden.
Ich bin nicht krank,
sagt Julio.
Doch,
sagt der Arzt.
Das bist du.

27

Der Junge, denkt Herr Schmitt.
Ich muss es dem Jungen sagen.

28

Sie haben ihm ein Zimmer gegeben. Es gibt ein Bett, einen Tisch, auf den würde ein Telefonbuch passen, wenn es eins gäbe, es gibt einen Stuhl. Wenn er den Raum verlassen will, soll er klingeln. Am Anfang haben sie ihn bis auf die Toilette begleitet, jetzt warten sie vor der Tür, bis er fertig ist. Er darf aber nicht abschließen. Beim Liegen im Bett sieht ihm eine Videokamera zu. Sie beobachtet ihn auch beim Sitzen, beim Stehen. Mehr tut er nicht. Er hat sich angewöhnt, jede Stunde einmal zu klingeln.

Schon wieder,
sagt die Schwester, sagt der Pfleger. Aber sie lassen ihm seine Überwachungspausen. Meistens sitzt er auf dem Badewannenrand oder er setzt sich auf den Fliesenboden und lehnt sich an die Wanne. Er hätte die Badewanne gerne als Bett in seinem Zimmer. Sie erinnert ihn an den alten Mann und dessen Zuhause. Da wäre er gerne geblieben, der Ort schien ihm sicher. Sie erlauben ihm nicht, im Bad zu schlafen.
Das geht nicht,
sagen sie.
Das ist gefährlich.
Gefährlich?
Zu kalt.
Macht nichts,
sagt er sich morgens, mittags und abends und immer, wenn er die Badewanne wieder verlassen muss.
Macht wirklich nichts.
Manchmal sagt er:
Alles ist gut.
Manchmal ist er traurig genug, um daran zu glauben.

29

Menschen verschwinden plötzlich,
sagt Herr May.
Sie haben viel mitgemacht, nicht wahr,
fragt der Pfleger.
Naja,
sagt Herr May.
So viel nun auch wieder nicht. Und eigentlich auch nicht ich, sondern sowieso die anderen. Ich war der Glückspilz. Hat man mir gesagt. Wo ist er,
hängt er an.
Das habe ich Ihnen bereits mehrfach erklärt, lieber Herr May.

Wir mussten ihn wegbringen. Zu seiner eigenen Sicherheit.
Klar,
sagt Herr May und:
Sicherheit.
Sie steigern sich da in was rein, Herr May. Dem Jungen geht es gut.
Junger Mann.
Ja, dem jungen Mann. Es geht ihm gut. Hören Sie auf, an ihn zu denken.
Das wäre ja noch schöner,
sagt Herr May.
Ganz im Gegenteil: Ich werde an ihn erinnern. Ich werde das alles publik machen. Seine Geschichte.
Machen Sie das, Herr May. Aber vergessen Sie nicht das Weihnachtskonzert. Der Chor braucht Sie auch.
Der Chor,
sagt Herr May. Und noch einmal:
Chor.
Dann geht er in sein Zimmer. Die Informationen hat er eingeholt, seine Aufgabe ist klar, er muss den Plan nur noch in die Tat umsetzen. Dieser Mensch wird nicht einfach verschwinden. Herr May hat noch ein einziges Glas in seiner Sammlung. Die Erinnerungen haben sich aufgesplittert. Er schlägt sie in ein Tuch ein, legt den Beutel in die leere Margarineschachtel. Er sieht sich um im Zimmer. Herr May hat alles zusammen. Er kann losgehen.

30

Nachts fixiert er das grüne Licht der Überwachungskamera. Sie sollen wissen, dass er auch sieht. Nie kann er schlafen. Es wird bemerkt und man gibt ihm Tabletten.
Sie müssen sich ausruhen.
Die Tabletten sind im Essen. Wenn er nicht verhungern will,

muss er sie schlucken. Er hat herausgefunden, dass er nicht verhungern will.
Sie wollen leben.
Das kann sein. In den ersten Nächten mit Tablettenhilfe ist er in einen tiefen Schlaf gefallen, sie mussten ihn wecken, morgens um sieben zum Frühstück. Irgendwann haben die Träume begonnen.
Heul doch,
brüllen ihn nachts die Gesichter an.
Heul doch endlich.
Er sieht Lea und will ihr die Augen zuhalten, sie sagt:
Ich sehe dich.
Sie sagt:
Heul doch.
Er heult die Nächte durch, ohne es zu merken. Am Morgen trinkt er drei Liter Tee. Er denkt, aus Sehnsucht nach der Badewanne. Die Leute hinter der Kamera wissen es besser und sagen es weiter und der Arzt sagt dann und er klingt dabei zufrieden:
Er hat sein Geheimnis.
Der Arzt schreibt in die Akte: *Da ist doch etwas.*

31

Als er noch alle Daumen hatte, nämlich zwei Stück, einen an jeder Hand, wie es sich gehört, da war Herr Schmitt ein großartiger Mensch. Er erinnert sich genau an die Zeit, sie war seine beste. Vermutet er. Im Buchladen hat er sich eine Karte des Landes und der Nachbarländer gekauft. Mit einem Zirkel zieht er Kreise auf der Karte, sie schränken den Suchraum ein. In seiner großartigen Zeit war Herr Schmitt schon einmal auf der Suche, damals verfolgte er seine Frau, die noch seine Frau werden musste. Das ging quer durch die Stadt und mehrere Monate.
Frau Schmitt, S. Schmitt,

wie sie sich nannte, war nicht leicht ausfindig zu machen. Da ist der Junge ganz Sohn seiner Mutter.

32

Ich mach diesen Job jetzt erst mal eine Zeit lang,
sagt Lea.
Und danach seh ich weiter. Im Notfall kann ich immer noch gehen. Jetzt finde ich es ganz nett.
Lea sagt:
Ich arbeite jetzt für eine winzige Firma, die vertreibt Kleinkram, also Accessoires, du weißt, die Sachen, die immer vorne in den Frauenzeitschriften abgebildet sind.
Ah.
Kennst du das? Die kleinen Taschen mit Pailletten oder Schokolade, auf der *Trostpflaster* steht, und auch Blumen aus der Dose.
Aus der Dose?
Ja, zum Verschicken. Ich bin diejenige, die den Kram bei anderen Firmen zusammenkauft.
Ah.

33

Was ist denn da,
fragt der Arzt den Patienten. Der schweigt. Sein blasses Gesicht wirkt unheimlich im Dunkeln, fast sieht er wie ein Toter aus. Noch dünner ist er geworden, seit dem ersten Treffen. Die Haare auch viel zu lang. Er trägt immer denselben Pullover. Er weigert sich, etwas anderes anzuziehen. Wenn sie das Ding waschen wollen, müssen die Pfleger kämpfen. Er wehrt sich, wenn sie ihm den Pullover über den Kopf ziehen, er beißt, schreit und tritt. Auch, wenn das für sein Bein sehr schmerzhaft sein muss. Sie geben ihm jetzt Beruhigungsspritzen am Waschtag, das hat der Arzt angeordnet. Sein Patient ist insgesamt und überhaupt sehr beruhigt worden.

Wie fühlst du dich,
fragt der Arzt.
Sehr gut,
sagt der Patient und dreht sich zur Wand. Eine Weile ist es still, dann räuspert sich der Arzt, er hört ruhigen Atem:
Nicht schlafen.
Er schüttelt den Mann, der Julio genannt werden will.
Wenn du einschläfst bei unseren Terminen, müssen wir die Medikation anders dosieren.
Ich bin ein bisschen müde,
sagt der Patient.
Du bist nicht fröhlich, oder?
Mir geht es sehr gut,
sagt der Patient.
Warum haben sie dir so viele Namen gegeben,
fragt der Arzt.
Der Patient setzt sich auf:
Das weiß ich nicht.
Der Arzt mustert seinen Patienten, der sichtbar in die eigene Welt zurück versinkt. Vielleicht denkt er nach, vielleicht hat der Arzt es immerhin geschafft zu machen, dass er nachdenkt über sich. Das wär schon was, damit ginge es weiter.
Wer sind deine Eltern,
fragt der Arzt.
Ich weiß nicht,
sagt Julio.
Meine Mutter strickt mir Mützen und Pullover, Schals, Handschuhe. Hat sie mal. Mein Vater, ich weiß nicht. Mein Vater kocht Marmelade. Er hat mal Briefmarken gesammelt. Ihm fehlt ein Daumen. Er hat den Daumen irgendwie im Zoo gelassen, hat er immer gesagt. Ich weiß nicht.
Der Arzt sieht, dass der Patient mehr nicht weiß oder vielleicht mehr nur nicht sagen will. Er muss dennoch weiterfra-

gen, jetzt hat er ihn fast:
Hast du ein gutes Verhältnis zu deinen Eltern,
fragt der Arzt.
Sie sind meine Eltern,
sagt Julio.
Das stimmt,
sagt der Arzt.
Na eben,
sagt Julio.
Und,
fragt der Arzt.
Sie waren immer sehr nett,
sagt Julio.
Aber eigentlich finde ich nicht, dass ich Ihnen das alles erzählen muss. Von meinen Eltern. Sie können nichts dafür, dass ich so bin, dass alles so ist.
Zum ersten Mal sieht der Arzt so etwas wie Ärger. Wut oder Zorn ist es noch nicht bei seinem Patienten.

34

Wie waren eigentlich deine Eltern,
fragt Tjorven, als Lea zu ihm in die Küche kommt. Sie bleibt neben dem Kühlschrank stehen und da pult sie am klebrigen Griff.
Hast du ein Foto,
fragt Tjorven.
Warum,
fragt Lea.
Um zu sehen, wie sie waren. Ich würde gerne wissen, wie deine Eltern waren. Du erzählst nie etwas.
Du auch nicht,
sagt Lea und setzt sich neben ihn an den Tisch.
Da gibt es nichts zu erzählen, sie sind eben meine Eltern.

Ach so,
sagt Lea und:
Na, das ist doch schon mal was.

35

Herr Schmitt denkt sich, dass er langsam machen muss.
Man darf nichts überstürzen,
sagt sich Herr Schmitt, als er die Reisetasche in den Kofferraum legt. Es ist lange her, dass er eine Tasche gepackt hat, das war früher nicht seine Aufgabe. Er hat immer das Auto zur Werkstatt gebracht, hat es noch einmal waschen lassen, hat den Ölstand geprüft, hat den Innenraum ausgesaugt. Das Auto haben sie, seit Benvolio Antonio Olivio Julio Toto Meo Ho auf der Welt ist.
Mit Kind ist das gut,
hat er gesagt. Sie haben das Auto seit Jahren nicht mehr benutzt, zu zweit sind sie Bahn gefahren und gelaufen. Allein mit dem Auto zu fahren, kommt Herrn Schmitt richtig vor, allein mit der Bahn fährt er nur zum Friedhof. Diese Reise, das weiß er heute schon, wird eine längere werden, vielleicht reist er weit. Neben die Tasche stellt er drei Obstkisten. In den Kisten waren einst Äpfel, heute morgen hat er sie mit Marmeladegläsern gefüllt (Himbeere, Brombeere, Apfel-Zimt, Quitte, Kirsche, Johannisbeere), sie und ein großes Glas Pflaumenmus sollen sein Proviant sein auf der Fahrt. Er nimmt auch Getränke mit (Apfelsaft, Apfelmost, Himbeersirup unverdünnt, Kirschsaft, Traubensaft) und Pflaumenschnaps. Das ist neu: Herr Schmitt brennt seit Kurzem Hochprozentigen im Keller. Nun sitzt er am Steuer, dreht den Zündschlüssel. Herr Schmitt macht sich mit schweißnassen Händen wieder auf die Suche.

36

Zeit zieht sich in Spiralen die Welt hinauf und hinunter in beide Richtungen. Sie bleibt an Bergspitzen hängen und verkeilt sich in Wäldern. Sie ist vorbei, wenn man da ist, wo sie war, und noch nie hat jemand ein Foto gemacht. Alles, was bleibt, ist hier und niemand kann nach drüben gehen, denn: Wo soll das bitte sein? Die Zeit heilt alle Wunden und so weiter, aber wer bitte hat was davon, wenn die Zeit immer wegrennt und niemand mithalten kann? Wer wird denn da schnell so nebenbei gesund werden? Wenn ein Daumen ab ist, warum nicht die ganze Hand auch noch hinterherwerfen und den Arm und den Rumpf und den Kopf, denn: Was soll ein Kopf ohne Körper noch sehen wollen von der Welt? Aber irgendwas ist da immer und so laufen sie über die Welt, kreuz und quer, kopflose Körper und körperlose Köpfe und Daumen ohne Hand und Hände ohne Daumen, aber sonst komplett, und Väter ohne Söhne und mit Müttern im Grab, da fährt nur die Straßenbahn ab und an vorbei, aber die kann ja nicht aussteigen und Blumen ablegen.

Gib dem Wort einen Namen,

sagt der Vater zur Mutter und über das Kind im Bauch.

Mach ich,

sagt sie und:

Aber du hilfst mir.

Und sie nimmt sich kurz Zeit zum Glücklichsein.

Übrigens: Wer glaubt an Märchen, an den Weihnachtsmann, den Osterhasen? Wer denkt, dass der Tod Zeit und Lust hat, jeden persönlich abzuholen? Wer wird denn hier von Wundern sprechen? Wer guckt noch um die Ecke, wenn man alles auf einen Blick und von oben ganz toll sehen kann? Wer macht sich die Mühe, irgendwo hinzufahren? Wer läuft weg, wenn ohnehin niemand was merkt? Wer fragt wen nach was und warum auch überhaupt? Gib mir Liebe, gib mir Hass und

Zorn und Wut und Haarausfall, das ist doch alles nicht mehr nötig. Regt euch ab!

Ich will aber, ich will aber, ich will aber,
schreit er.
Ich will hier raus!

TOTO

OTOT

Da sind Wege im schmelzenden Schnee, die sieht man nur von oben. Da geht ein Mann, schon alt, aber den Kopf hat er erneut voller Ideen. Da fliegt ein Vogel, den nichts, was er sieht, interessieren kann, das da unten ist doch nicht sein Leben. Wie alt werden Vögel und wie alt werden alte Männer und wie alt können junge Männer werden, ohne alt zu sein? Wer wartet auf jemanden, der sich nicht ankündigt, und wer lässt ihn rein, auch wenn es gerade nicht passt? Woher stammt die Regel, dass alles einen Sinn macht und irgendwie aufgeht am Ende und mit Draufsicht? Kann man sein Leben in der Totalen betrachten und: Will man das? Wer sagt danke zu dem alten Mann, obwohl es nichts zu danken gibt, nur weil er sich bemüht hat und es eine Idee gab und der Mann schließlich alt ist und man da danke sagen muss, denn: Wer weiß? Wo ist es gerade am schönsten und wie kommt man da hin? Der Vogel fliegt hoch, trotz Kälte nicht in den Süden, der Mann steckt tief im Schnee und übrigens auch in der Scheiße. Doch: Die Scheiße ist nur aus der Totalen sichtbar und daher ist der Mann, obwohl tief drin, ziemlich glücklich und der Vogel oben, soweit er das kann, und die anderen, die kommen auch irgendwie klar. Spätester Winter. Draußen, in der Schneeschmelze, wartet ein neuer Name.

1

Die Zeit liegt kurz vor dem Frühling, im dritten Drittel des Winters, als er die Tür öffnet. Eine Übereinkunft mit dem Arzt, folgendermaßen:

Es ist, wie es ist. Man kann nichts machen, nur stabil genug für da draußen sein, keine Gefahr für sich selbst und andere, soweit das beurteilt werden kann.

Geh,

sagt der Arzt. Und insgeheim denkt er: Finde dich selbst zurecht. Geh und such und lass und tu und denk und sag und

hass und wünsch und träum und stell und leg und setz und schlag und mach doch, was du willst. Du wirst schon sehen.
Ganz neu anfangen kann niemand, das steht fest. Irgendwo sind Erinnerungen, manchmal im Kopf, manchmal im Körper und in einigen Fällen haben sie sich in ein paar Flaschen Bier eingenistet.
Toto,
flüstert er vor sich hin, während er sich durch den Matsch in die Stadt kämpft. Und zum ersten Mal:
Meine Güte, wie seid ihr nur darauf gekommen?

Frau Schmitt denkt sich das aus:
Ich bin deine Mutter, mein Junge,
sagt sie zu ihrem Bauch. Dass es ein Junge wird, hat man ihnen verraten.
Mein Junge, du sollst viele Namen haben. Viele schöne Namen. Ja?
Niemand antwortet und so beginnt sie in Büchern zu blättern, Namensbücher für Eltern zum Erlangen der Vorfreude.
Olivio,
findet sie dort. Das gefällt ihr und wird aufgeschrieben. Mit den anderen Namen geht es jetzt schnell. In den Büchern der Stadtbibliothek und anderswo sieht sie nach, bis sie alle beisammen hat, und dabei kommt sie auf die Idee zu sortieren.

2
Er macht eine Pause auf einer Parkbank, das Bein hält, obwohl es sollte, noch nicht lange durch, er muss sich kurz setzen und das, obwohl er sich beeilen will. Der Schnee schmilzt unter ihm, es tropft auch von den Bäumen, alles wird nass und kalt und ungemütlich, doch er grinst und fragt laut:
Wie seid ihr nur auf Toto gekommen?

Wie sie auf Toto gekommen sind (ganz einfach):
Es gibt eine Ordnung in der Reihe der Namen, die ist sehr simpel und für jeden sofort zu erkennen. Damit sie stimmt, wird noch ein Name benötigt mit vier Buchstaben.
Glück soll er haben im Leben,
sagt Herr Schmitt, sein Vater, zum ersten Mal seiner Sache ganz sicher. Damit findet sich der Name am Kiosk.

3

Lea sitzt draußen, in einer dicken Jacke, das geht, und es gibt einen Balkon und bald werden Freunde kommen, zum Wintergrillen, zum Frühlingsanfang. Tjorven will noch einmal kurz los. Höchstens eine Stunde lang nach einem alten besten Freund suchen, nach Ben, es ist fast ein Jahr her, seit der verschwand. Tjorven geht davon aus, dass sich das Suchen heute lohnt.
Sag den anderen, dass ich gleich komme, und ich bring dann auch noch Nachtisch mit. Ist das ok?
Lea nickt und zum Abschied bekommt sie einen Kuss, wie immer.
Die blaue Stunde,
flüstert Lea noch im Kuss, der kalte Frühling, nicht der Sommer, kurz vor dem Abend ist ihre liebste Zeit, und wenn sie in so einem Moment küsst, könnte sie heulen, und wenn die Luft riecht wie jetzt, dann auch ohne Kuss. Tjorven versteht nicht so richtig und flüstert zurück:
Meinst du, wir haben genug Wein?
Sicher, zwei Kartons. Geh nur.
Er geht, und sie beobachtet, wie er die Straße entlangschlittert, Schneereste sind glitschig. Bald werden die Straßenlaternen angeschaltet und morgen früh, falls sie schon auf ist, kann sie den Nachbarn beobachten. Der tritt immer, sobald es hell wird, gegen die Laterne vor seinem Haus. Die ist kaputt, und wenn er nicht treten würde, wäre das Licht den ganzen Tag

über an und so rettet er die Umwelt ein bisschen und der Stadt spart er ein wenig Geld.
Lea sitzt auf dem Balkon und erinnert sich an ihre Mutter, die gestern vor der Tür gestanden hat. Lea sah durch den Spion, sagte nichts und stand ganz ruhig. Die Mutter trug nicht mehr schwarz, blaue Tüten und rote hatte sie angezogen, eventuell ein gutes Zeichen, das als Ende der Trauer gedeutet werden könnte. Vier Minuten hatte sie es ausgehalten vor der Wohnung und schon war sie wieder weg und wahrscheinlich für längere Zeit, zum Abschied hat Lea ihr noch schnell eine Tüte durch den Türspalt geworfen, von der Arbeit. In der Tüte waren Dinge, die man einer Freundin geben kann, die für ein Jahr ins Ausland geht.

4

Da Herr Schmitt kein Dänisch spricht, traute er sich nicht, wie zunächst angedacht, seine Frau auf Bornholm zu beerdigen. An die Insel muss er jetzt denken, im Auto. Er könnte nach Bornholm fahren, er könnte alles sein lassen und so, wie es ist. Was geht ihn das an. Aber Herr Schmitt hat so etwas wie ein Pflichtgefühl und dem folgt er heute, und wenn er zurückdenkt, sieht er, dass er ihm schon länger folgt, dem Pflichtgefühl. Genau genommen ist Herr Schmitt sein Leben lang dem Pflichtgefühl hinterhergerannt, er war immer zwei Schritt hinter dem Gefühl. Aus Respekt, aus Angst, er weiß es nicht. Er hat es auch heute nicht verlassen. Als Vater und Ehemann, als Witwer, hat er Verantwortung.

5

Was ist das überhaupt,
fragt sich leise keuchend ein Philosoph in der dritten Reihe des kleinen roten Kinos, in dem man sich gut aufwärmen kann:
Die Liebe?

6

Tjorven hat darüber nachgedacht, über die Frage des Philosophen. Er hat sich Zeit dafür genommen und sich schließlich umgedreht, um seine Antwort zu geben. Der Philosoph hat genickt und sich gegen die Stirn getippt, aber nicht so, sondern so, wie wenn man einen Hut zieht. Der Philosoph trägt überhaupt keinen Hut, aber das ist nicht relevant, es geht darum, dass Tjorven eine Antwort geben konnte. Tjorven ist sich sicher, dass er Lea sehr mag und dass ihm Ben sehr fehlt.

7

Wenn der Mann spricht, spitzt er die Lippen und da fliegen kleine Käseklümpchen und Brötchenpartikel durch die Luft und Toto sitzt auf der Bank und einiges landet auf seiner Jacke und ein bisschen auf seinem blauen Pullover mit dem Aufdruck, der keinen Sinn ergibt, den Toto erkennen würde.
Der Mann liest spuckend und laut:
Was müssen das für Bäume sein?
Haben sie mir gegeben,
erklärt Toto.
Das ist der Anfang eines Kinderliedes. Es geht darin um Elefanten und die sind in einen Wald geraten und der Mensch, der das Lied geschrieben hat, der macht sich darin Gedanken darüber, wie groß die Bäume sein müssen, damit die Viecher zwischen ihnen spazieren gehen können, also durchkommen.
Verstehst du?
Ja, ein bisschen.
Man kann dazu auch ein paar Bewegungen machen, wenn man möchte, die illustrieren das Lied.
Der Mann macht die Bewegungen, eine sehr alte Frau passiert die Bank mit einem kleinen Wagen im Schlepptau, darin sind die Einkäufe fürs Wochenende, wenn Besuch kommt.

Sie schüttelt den Kopf, und zwar im Takt des Liedes, an den Bewegungen hat sie es sofort erkannt.
Toto friert und er ist so ungeduldig, dass er nicht mehr stillsitzen kann, er sagt:
Entschuldigen Sie.
Und der Mann steht auf, obwohl Toto das gar nicht wollte, es war doch nur eine Entschuldigung für das Unruhigsein und der Mann steht neben der Bank, als wollte er gehen, aber er sagt erst noch:
Ja, ja. Ich weiß.
Was wissen Sie,
fragt Toto.
Dass man mit mir nichts anfangen kann,
sagt der Mann und nun geht er wirklich los. Toto schämt sich und fühlt sich schlecht und mies und springt auf und das tut weh im rechten Bein. Er läuft, so schnell er kann, dem Mann hinterher und ruft immer wieder:
Entschuldigung. Entschuldigen Sie.
Aber der Mann bleibt nicht stehen, er geht ziemlich schnell weiter und murmelt:
Lass mich.
Toto denkt, er bleibt im Schnee stecken, aber als er auf den Boden sieht, ist da Gras und Erde, nur ein Rest matschiger Schnee und wahrscheinlich wollte er den Mann auch gar nicht weiterverfolgen. Toto riecht den Fast-Frühling.

8

Franz ist eigentlich dagegen, der Ansicht, dass sie das nichts angeht.
Red nicht, Franz,
nuschelt Herr May, macht einen kurzen Prozess, setzt Franz ein und kann sich für die nächsten Stunden dessen Zustimmung sicher sein. Der Frau am Tresen sagt Herr May, dass er:

Nur mal kurz raus,
geht.
Sie liest in einer Zeitschrift, sieht nicht auf, nickt aber zustimmend. Herr May verlässt, mit dem braunen Lederrucksack, sein letztes Zuhause.
Für immer ade,
sagt er, als sich die Glastür hinter ihm zuschiebt.

9

Er erinnert sich an damals, als er noch Ben war. Es kann nicht so furchtbar lange her sein, aber ganz genau ist die Zeit, die seitdem vergangen ist, nicht auszumachen, im Grunde genommen zählt sie nicht, es wird weitergehen, ohne dass sich etwas ändern kann mit ihm und Lea. Auf keinen Fall also eine neue Begegnung. Die muss er um jeden Preis verhindern. Und als Toto das denkt, steht plötzlich Tjorven vor ihm und schreit:
Da bist du ja!
Hm.
Ich hab dich gesucht, du Depp,
ruft Tjorven und zieht ihn mit beiden Armen an sich ran und drückt ihn fest und es ist ziemlich ungewohnt, jemanden ganz nah bei sich zu haben und es fühlt sich so gut an, dass er kurz die Augen schließt. Früher hat ihm Tjorven nur ab und zu auf der Schulter rumgeklopft und auf den Rücken gehauen und jetzt das.
Ja.
Ben. Mensch. Es ist so gut, dich zu sehen. Ich hab mir Sorgen gemacht. Jetzt musstest du aber auch endlich wieder auftauchen. Echt. Wissen deine Eltern, wo du bist?
Tjorven schiebt ihn ein Stück von sich weg und Toto zieht die Schultern hoch, das bedeutet, dass er nicht weiß, ob seine Eltern wissen, wo er ist. Dann entscheidet er sich um und

schüttelt den Kopf, er vermutet, dass sie nicht wissen, wo er ist, woher auch?
Na, egal. Komm mit, ich spendier dir ein Bier und was zu Essen.
Mit Tjorven, den er so gut kennt, mitzugehen, ist eine schöne Idee und sie ist gefährlich. Toto weiß nicht sicher, was er tun soll.
Ich weiß nicht.
Was soll denn das jetzt heißen? Natürlich kommst du mit. Du bist ja schon fast erfroren, du bist ganz blau. Ich pass jetzt auf, auf dich, also echt.
Tjorven nimmt Toto am Ärmel der zu großen Jacke und zieht ihn irgendwohin.

10

Die anderen unterhalten sich gut, lachen, einer singt zur Gitarre etwas aus dem Pfadfinderbuch seines Onkels. Lea kann in Gedanken verschwinden, ohne dass es jemand bemerkt. In Gesellschaft traut sie sich, an früher zu denken. Aktionskunst vermutlich, vor einigen Jahren, eine städtische Tageszeitung berichtet, nicht so wichtig, aber trotzdem, da mitten im Sommerloch: Da steht ein Mann auf dem Marktplatz, heute ohne Markt, und verkündet, er werde die Welt, die schnöde, verlassen. Frau, Kind und Glück, alles lässt er zurück, um das Abenteuer zu wagen. Der Mann sagt:
Ich werde in den Spiegel steigen, bei uns im Bad.
Auf dem Foto ein Mann. Ein Megafon in der Hand, neben sich auf dem Boden eine Ledertasche. Er sieht ganz normal aus. Die Bildunterschrift:
Der Lehrer Matthias Herbst, zweiunddreißig (in Klammern), gestern Mittag auf dem Marktplatz.
Drei Zeilen, ein Bild, ganz unten rechts bei den Lokalnachrichten. Jeder zwölfte Leser hat die Notiz gelesen, jeder zehnte davon gelacht, jeder siebte sie laut vorgelesen. Alle haben sie

bis zum Abend wieder vergessen. Nur eine Person nahm die Küchenschere, schnitt den Artikel mitsamt Foto vorsichtig aus. Steckte das Blatt in Klarsichtfolie und die Folie in die Tüte.
Lea,
fragt eine Freundin.
Ist alles in Ordnung?
Erst jetzt fällt Lea auf, dass Tjorven immer noch nicht zurück ist.

11

In einer Bar oder einer Kneipe, vielleicht auch einem Lokal gibt es Essen, Bier, Weißwein und Mineralwasser und Säfte und Hochprozentiges. Sie entscheiden sich für das Essen, dazu Wasser und einen Schnaps zum Anstoßen und Aufwärmen und vielleicht später noch Bier. Sie reden über Früher, über das erste gemeinsame Bier, über den seltsamen Postboten, sie gestehen einander den Flur. Wenn Tjorven jetzt seinen schweren Schlüsselbund auf den Tisch wirft, tut er das nicht, um auf den Autoschlüssel daran hinzuweisen.
Der Schlüssel,
sagt Toto fassungslos.
Kein Problem mehr. Wahnsinn, oder? Die Tür geht auf, ich muss ihn nur langsam im Schloss drehen.
Tjorven lehnt sich in seinem Stuhl zurück und grinst dazu, weil er sich freut, dass das Leben so einfach geworden ist. Das Problem: Jetzt, wo Ben wieder da ist, könnte es schwieriger werden, anstrengender, denn: Ben ist seltsam und man muss sich Sorgen um ihn machen und eigentlich besser, als er es kann, auf ihn aufpassen.
Und du?
Was?
Ja, was machst du?
Nichts.
Wie nichts?

Nichts erklären:

Es gab eine Zeit, da war nichts auf der Welt, nur Menschen, Natur, die eine Landschaft war, Straßen, Häuser, Autos auf den Straßen, auch Tiere drum herum und darauf. Und er lebte auch auf dieser Welt, wie man das so macht, wenn man nicht stirbt. Es ist nicht schwierig, den meisten Menschen geschieht es einfach so. Und niemand wartet auf den Tod, nein, das wäre dumm. Es gibt keine genauen Vereinbarungen, nichts ist festgelegt, doch es wird intensiv gewartet auf ein Später und Danach, aber bevor das Leben aufhört.

12

Toto hat das weder gesagt noch gedacht. Wo es herkommt? Wenn man alle italienischen und griechischen und türkischen pastellfarbenen Wandwörter in sämtlichen Restaurants der Straße, der Stadt, vielleicht des Landes aneinanderhängen würde und ein paar Füllwörter dazu und ein bisschen Phantasie, man könnte eventuell diesen Text zusammenbekommen.

13

Vor dem großen grauen Haus steht ein alter Mann, der ruft:
Ich bin verrückt, ich bin verrückt.
Ein Mann tritt durch die schwere Tür, von innen wie außen wird sie mit der sogenannten:
Sicherheitschipcard
geöffnet.
Lasst mich rein,
ruft der Alte dem Mann ins Gesicht. Der nimmt dessen dünnen Arm, sagt:
Kommen Sie, kommen Sie.
Und:
Beruhigen Sie sich, beruhigen Sie sich.

Herr May lässt sich grinsend in die Psychiatrie führen. Dass es so einfach sein würde, die Jungs hereinzulegen, hätte er nicht gedacht.

14

Du machst nichts?

Mh.

Wovon lebst du?

Davon, dass du mich gerade zum Essen einlädst, ich hatte echt Hunger.

Ben!

Toto.

Was?

Meine Namen, erinnerst du dich? Toto ist dran.

Na dann.

Toto und Tjorven lachen viel zu laut und ein bisschen obszön, da dreht sich jemand zu ihnen um, sein Blick ist strafend.

Bitte.

Na gut, sie gehen schon vor dem Bier. Toto nimmt den Brotkorb mit und die Oliven aus der kleinen Schale rollen in seine Hand, die er sorgfältig schließt.

Warum humpelst du,

fragt Tjorven.

Das war ein Kampf.

Tjorven nickt nur und sagt erst mal nicht, dass man damit zum Arzt muss, wenn es wehtut und schlimm und falsch aussieht. Nebenan gibt es noch mehr Essen und jetzt auch Bier, es scheint perfekt. Als Tjorven beginnt, von Lea zu erzählen, sind sie bereits müde und betrunken.

Man soll gehen, wenn es am schönsten ist,

sagt Toto.

So ein Quatsch, denkt der Mann am Nachbartisch: Man sollte anfangen, wo es am schönsten ist, und von da aus immer weitermachen, bis nichts mehr geht, und er bestellt sich noch etwas zum Trinken und Tjorven auch. Toto bleibt, obwohl er das nicht sollte, er wäre sich seiner Schuld vollkommen bewusst, sollte jetzt oder später etwas Schlimmes geschehen. Draußen ist es mitten in der Nacht, die beiden werden vermutlich bis zum Morgen bleiben oder auch länger. Und Tjorven vergisst, sich bei Lea zu melden, aber Lea ruft auch nicht an.

15

Von Carlo aus dem anderen Land erzählt eine Freundin. Er schreibt ihr manchmal, sie haben sich früher gut verstanden.
Vielleicht, weil ich nicht mit ihm geschlafen habe,
überlegt die Freundin laut.
Hab ich auch nicht richtig, aber alles andere war sehr nett,
sagt Lea. Es ist sehr lange her und sie hat die Wascherei, das Drumherum, vergessen und deshalb grinst die Freundin mit ihren blauen Lippen und blauen Zähnen vom Wein und der Kälte und fährt fort, von Carlo zu erzählen, der jetzt noch weiter weg ist, wieder in einem ganz anderen Land. Jemand fragt, was Tjorven wohl gerade macht.
Das ist nicht seine Art,
sagt ein guter Freund, der das wissen muss.
Lea antwortet nicht darauf und jemand anderes sagt:
Tja.
Mehr sprechen sie darüber nicht, der Abend ist nett und spät in der Nacht gehen die anderen dann.
Grüß Tjorven von uns!

16

Auf einem Heimweg:
Ich denke nicht, dass die beiden Stress haben. Ne. Die nicht.
Hast recht. Glaub ich auch nicht.
Die heiraten sicher noch, die beiden.

Aber seltsam ist das schon.
Stimmt. Es scheint sie aber gar nicht zu stören.
Stimmt.
Also, wenn du einfach weggehen und dich nicht melden würdest –
Was?
Weiß nicht. Fänd ich blöd.
Stimmt.

17

Er denkt an den fehlenden Finger, den Sohn, seine Frau auf dem Friedhof. Autobahnschilder zeigen den Weg zu der Stadt, in der er war, an jenem Tag, jenem Wochenende im Frühling letztes Jahr. Hier muss Herr Schmitt zuerst nach dem Sohn suchen, erst wenn er ihn hier nicht findet, wird seine Suche freier. Erst dann darf er reisen, wohin er will.
Gib mir deine Hand,
hat sie zu ihm gesagt.
Warum,
hat er gefragt.
Damit du mir nicht mehr verloren gehst,
hat sie gesagt.
Damals war das, nachdem er sie ein für alle Mal gefunden hatte. Vorsichtig nahm sie seine Hand, die mit der ewigen Leerstelle, die, über die Herr Schmitt Geschichten erzählte, erzählt.
Ich werde nie zeigen können, dass alles in Ordnung ist.
Musst du auch gar nicht,
hat sie gesagt.
Warum,
hat er gefragt und sich keinen Grund vorstellen können.
Weil ab heute alles grundsätzlich und immer in Ordnung sein wird.
Er hat ihr das geglaubt. Er wollte auch gerne, dass sie recht

hat. Es wär doch toll gewesen, wenn alles in Ordnung gewesen wäre und das für immer. Damals hatten sie nur ein winziges Zimmer gehabt, es war so kurz vor allem und er hatte, als er endlich nach ihr griff, nur seinen Daumen opfern müssen. So jedenfalls erinnert sich Herr Schmitt. Er biegt ab oder ein, als es dunkel wird, fragt sich, wann er wohl ankommt, tritt das Gaspedal durch.

18

Der Abend mit den Freunden ist vorüber, das Geschirr steht in der Spüle, jeder hat seinen Kram selbst vom Balkon weggetragen, sehr nett. Lea schließt die Tür zum Hausflur, kein Nachbar hat sich beschwert, obwohl sie sehr laut waren. Vom klebrigen Tisch schiebt sie ein paar Plastikflaschen und ein halbes Baguette, läuft schnell in die Küche, zurück mit Zettel und Stift schreibt sie Tjorven einen Brief, in dem alles steht, was erklären könnte. Sie ruft ihn nicht an. Er macht sein Ding und sie ihres. Außerdem kann er jeden Moment zurück sein, sie muss sich beeilen und ein paar Dinge in einen Rucksack werfen. Es gibt jetzt nur noch eine Alternative zu dem, was sie gerade vorhat, und für die Alternative flüstert sie einige Male: Das ist kindisch, das ist kindisch, das ist so was von kindisch.
Eine kurze Pause, warten, und die Antwort:
Na und?
Gut, dann geht sie jetzt. In der leeren Wohnung liegt das Geschirr in der Spüle und im Badezimmer hängt ein Spiegel und daran steckt ein Brief.
Komme,
versucht der Spiegel, aber wen interessiert das.

19

Tjorven erzählt Toto über sein Leben und der traut sich nicht, von der Zeit hinter dem Spiegel zu sprechen, aber von seinem

Nachbarn, dem Herrn Waldemar Johansdorf, erzählt er und Toto erwähnt sogar, dass Julio psychiatrische Gespräche führen musste, die leider nicht weitergeholfen haben.
Warum denn nicht?
Man wusste ja nicht einmal, was das Problem war.
Ach so. Und wie bist du da reingeraten?
Julio, nicht ich.
Ja, mein ich doch. Also wie?
Da war auf einmal so ein alter Mann und bei dem im Bad war der Krankenwagen und danach kam eben die Anstalt.
Ok. Kapier ich nicht ganz, ist aber in Ordnung. Willst du noch ein Bier?
Gern, das ist lecker.
Stimmt, das schmeckt ganz gut. Mitunter haut Tjorven Ben auf die Schulter, der spinnt zwar vollkommen, aber trotzdem ist es sehr, sehr gut, dass er wieder aufgetaucht ist.
Du könntest bei uns wohnen, bis du wieder was gefunden hast, da ist doch immer noch dein Zimmer.
Nein, das geht echt nicht.
Tjorven kann sich keinen plausiblen Grund vorstellen, doch weil Ben das so überzeugt sagt, sieht er keinen Sinn darin, ihn umzustimmen.
Dann machen wir die Nacht durch und frühstücken morgen bei uns. Mh?
Ich hab keinen Hunger,
sagt Toto, während er sich hastig eine Olive in den Mund wirft, seine Hände sind ganz ölig und seine Hose jetzt auch.
Momentan hast du vielleicht keinen, aber nachher bestimmt.
Musst du wissen.
Musst du wissen – das ist einer der beliebtesten Sätze zur Einleitung einer Phase des Beleidigtseins, das weiß auch Toto.
Ok, ich komm mit. Danke für die Einladung.
Er muss vollkommen besoffen sein, dass er das jetzt sagt. Es

ist doch klar, dass Lea nun sterben wird. Ihr Brief am Spiegel könnte der Grund für die Entscheidung sein, doch von dem kann er ja noch nichts wissen.

20

Mit den Sachen, die sie in der neuen Tüte gefunden hat, kann Leas Mutter nichts anfangen. Kleine bunte Dinge sind das, aus Moosgummi, Filz und Blech.
Trostpflaster,
liest sie halblaut und:
Prüfungspillen.
Sie überlegt kurz, ob sie die Kügelchen mit Wasser zu sich nehmen muss, entscheidet sich aber dagegen. Die:
Prüfungspillen
sind rosa und weiß und schmecken nach Pfefferminz, Zucker oder Marzipan. Leas Mutter schüttet sie sich aus der Dose direkt alle auf einmal in den Mund. Die Pillen wirken, damit hätte sie nicht gerechnet. Leas Mutter dreht um, sie will es noch einmal versuchen und vielleicht öffnet das Kind dieses Mal die Tür weiter als nur einen Spalt.

21

Hier am Spiegel,
ruft Tjorven aus dem Badezimmer.
Pass auf!
Totos Hände machen sich zitternd selbstständig, die Ahnung einer Gefahr kriecht den Nacken hoch, ihre Spur aus Gänsehaut zieht sich bis zum Haaransatz:
Geh da nicht zu nah ran.
Auf dem Balkon ist es schweinekalt und es stinkt nach Asche von parfümierten Zigaretten und einer ohne Filter, Toto ist hierhin geflohen, betrunken, aber sein Kopf sagt ständig:
Pass auf.

Obwohl er nicht weiß, warum er aufpassen soll, hält er sich daran und der Balkon scheint ein sicherer Ort zu sein.
Sie hat mir einen Brief geschrieben!
Tjorven, ganz aus dem Häuschen, taucht auf dem Balkon auf und läuft gegen Toto, der sich dort in Acht nehmen will.
Komm rein, es ist noch zu kalt, du kannst mit mir Leas Brief lesen, wenn du Lust hast.
Gut,
lallt Toto und setzt sich neben Tjorven auf ein Sofa, das er noch von früher kennt.
Der Brief sagt:
Dass sie einen kleinen Ausflug macht und er sich nicht sorgen muss. Dafür gäbe es, so der Brief und damit Lea:
keinen Grund.
Lea wird natürlich zurückkommen, es ist, wie gesagt:
nur ein Ausflug.
Neben Toto bricht Tjorven in Tränen aus und Toto schläft und merkt nichts und tröstet nicht und Tjorven weint die ganze Nacht durch, es gibt keine Verwandlung in ein Schluchzen, er hat für diesen Augenblick gespart, es ist unglaublich, aber doch wahr: Tjorven hat sein Leben lang nicht geweint. Das ist also ein besonderer Moment oder besser eine ganz besondere Nacht und der einzige Zeuge fühlt sich sicher und wohl bei seinem alten, bei seinem besten Freund und schläft so gut wie lange nicht mehr.

22

Warten Sie bitte hier auf mich,
sagt der Mann, er ist wohl ein Arzt. Herr May sieht sich im Zimmer um: Der Tisch, an dem er sitzt, ein Gummibaum in Tonkügelchen, ein flaches Gemälde, das ihm bekannt vorkommt aus dem Museum und mit mehr Oberflächenstruktur, zwei Stühle und er fragt sich, ob die Tür auch zum Inventar

gezählt werden kann. Herr May steht auf, wieder krachen die Knie. Er nimmt den Rucksack, setzt ihn auf und schleicht sich von seinem Platz. Jetzt hängt alles davon ab, ob der Arzt ihn als gefährlich oder nur als ein bisschen verwirrt, aber folgsam eingestuft hat. Herr May greift nach der Türklinke, umschließt sie, Franz knirscht, Herr May drückt die Klinke hinunter und schiebt und stellt fest, dass man in ihm wieder nur einen armen alten Irren gesehen hat.
Na wartet,
sagt Herr May.

23

Leas Ausflug erinnert an eine Flucht.
Ist aber keine,
versichert sie sich. Zu einem Ausflug gehören für Lea ein Rucksack, ein Fahrrad, Essen und Trinken sowie ein Ziel. Man kann auch Geld, Schlafsack und Zelt mitnehmen, je nach Dauer. Dieser Ausflug ist anders als die anderen und beunruhigt stellt sie fest, dass sie sich geirrt hat: Das, was sie macht, das mit den kleinen Taschen und Döslein und den Pailletten, das ist keineswegs ganz nett, das ist höchstgradig nervtötend.
Ih,
sagt Lea wortwörtlich und kippt den Inhalt des kleinen Portemonnaies, neben Münzen und Haargummis liegt da auch ein Kieselstein, in ihre Hand, von da aus in die Jackentasche und das putzige Ding mit den Schmetterlingen in rosa und hellblau wirft sie über die Schulter, vielleicht bringt das Glück und jemand könnte es finden, dem es gefällt. Soeben hat sie gekündigt. Sie entdeckt etwas auf dem gegenüberliegenden Gehweg. Lea blinzelt, das sieht aus wie ein Vogel. Ein seltsamer Vogel. Irgendwie merkwürdig proportioniert. Als sie die Straße überquert, kommt ein Auto, in dem sitzt, welch Zufall, der Vater von Benvolio Antonio Olivio Julio Toto Meo Ho Schmitt.

24

Er bremst so scharf wie nie zuvor, springt hinaus, das Auto steht mitten auf der Straße, da liegt auch eine Frau, sie kommt ihm bekannt vor, aber er weiß nicht woher.

25

Das Quietschen des Linoleums erinnert ihn an die Singstunde, den Speisesaal, die Einstieghilfe. Herr May gibt sich Mühe, lautlos zu sein. An der Rezeption versucht er, möglichst normal zu wirken. Alltäglich, als gehöre er noch dazu, aber nicht hierzu, sondern eigentlich nach draußen.

Meinen Enkel möchte ich gerne besuchen,

sagt Herr May.

Enkel,

sagt er noch mal.

Wie heißt er denn,

fragt die Frau und das sehr freundlich.

Seinen Namen,

fragt Herr May und:

Aber ist das denn wichtig?

Er weiß, dass das wichtig ist, mit dem Namen. Daran hätte er denken müssen. Herr May hat viel in seinem Rucksack, vor allem Bergsteigerutensilien, falls sie ihn nicht reinlassen wollen. Getränke und Lebensmittel und Sonnenmilch und Duschgel und Reiniger für Franz und das Glas in Taschentuch und Margarineschachtel. Er ist vorbereitet, aber den Namen weiß er nicht.

Franz,

sagt Herr May.

Einen Franz haben wir hier nicht. Wie ist denn der Nachname, fragt freundlich die Frau.

May,

sagt Herr May und:

May, so wie ich. Mein Enkel, wissen Sie. May heißt der Junge. Ich kann ihn malen, wenn Sie möchten. Sicher haben Sie ihn gesehen, als er gebracht wurde, bevor er hier eingesperrt wurde. Herr May,

sagt die Frau und:

Hier kommen täglich sehr viele Menschen rein und wieder raus und der Computer kennt ihre Namen, aber ich kann mir unmöglich jedes Gesicht merken. Einen Franz May gibt es hier leider nicht, es gibt gar keinen May und auch keinen Franz.

Herr May zeichnet auf einen der quadratischen Zettel ein Gesicht. Er benötigt nur wenige Striche, jetzt ist er da, sein unbekannter Enkel, der Held.

Sie können sehr gut zeichnen, Herr May,

sagt die Frau.

Herr May nimmt drei neue Zettel, legt sie untereinander vor sich auf den Tresen und fragt:

Haben Sie Klebeband?

Die Frau gibt ihm eine Rolle und Herr May befestigt die Zettel aneinander. Er beginnt wieder zu malen.

Hier,

sagt Herr May.

Das ist er. Seinen Vornamen weiß ich nicht mehr, nur seinen Nachnamen. May, wie ich. Aber vielleicht weiß ich nicht einmal den, vielleicht hat er den geändert oder er hieß niemals so wie ich, also May. Aber ich weiß ganz sicher, dass er hier ist.

Die Frau blickt auf die Zeichnungen, die mit dem Gesicht, dann auf die mit dem ganzen Menschen.

Ich mag die Bilder, kann ich sie behalten, falls er vorbeikommt, kann ich ihn anhalten und ihm sagen, dass Sie hier waren.

Herr May hat nichts dagegen, dass sie die Zeichnungen behält, aber er möchte gerne sofort ein Ergebnis haben, er will wissen, wo der Jüngling, der Held, sein Enkel ist. Wieder quietscht das Linoleum schrill, herbei eilt der Arzt.

Herr May,
sagt er und:
Wie kann ich Ihnen behilflich sein?
Die Frau hinter dem Tresen zuckt mit den Schultern, der Arzt beugt sich vor, um zu sehen, was der Alte da tut. Herr May zeichnet ohne eine Pause, jetzt die Augen des Enkels, en détail.
Darf ich mal sehen, Herr May,
fragt der Arzt und:
Kennen Sie diesen Menschen?
Natürlich,
sagt Herr May und:
Das sage ich doch.
Julio,
sagt der Arzt.
Julio May,
sagt Herr May und:
Wie ich.
Was,
fragt der Arzt und jetzt sagt er und will damit sich selbst überzeugen:
Aber da kann es niemanden geben.
Was meinen Sie,
fragt Herr May und wird ungeduldig.
Wer sind Sie,
fragt der Arzt.
Wo ist er,
fragt Herr May.
Wir mussten ihn entlassen, da war nichts zu machen, er muss alleine klarkommen,
sagt der Arzt.
Gut,
sagt Herr May.

Somit ist alles in Ordnung. Herr May zieht die Träger seines Rucksackes fester, er macht sich zum Gehen bereit.

Warten Sie,

sagt der Arzt, als Herr May sich der Tür zuwendet.

Sie müssen mir das alles erklären. Was soll das alles, wer ist Lea, warum wird sie sterben, wer sind Sie und was ist passiert? Warum habe ich niemanden aus seiner Familie erreicht? Wieso May und nicht Schmitt?

Herr May ist im Abgang begriffen, er steht auf einem Bein, als er sich noch einmal umdreht zu dem Arzt. Herr May lächelt, trotz seines Alters das erste Mal in seinem Leben gütig, ein bisschen mitleidig auch, und außerdem ist da Stolz:

Ich bin sein Großvater. Julio May ist mein Enkel. Mehr gibt es dazu nicht zu sagen.

Und dann sagt Herr May doch noch etwas, nämlich:

Bitte entschuldigen Sie mich jetzt, mein Lieber. Ich habe noch sehr viel vor.

Als Herr May auf die Straße tritt, kann er, ohne ihn schon zu sehen, den Frühling riechen und er will auf eine weitere Reise gehen.

26

An Fenstern, Türen, Mensch und Tier und Haus eilt der Tod vorbei. Wen holt er nur, wen nimmt er mit? Er meint es ernst. Jetzt ist sie dran.

27

Der Morgen war diesig, kurz da und der Mittag bleibt noch ein Weilchen und betrachtet Tjorven und Toto in der Küche. Tjorven sitzt und starrt, auf dem Tisch steht eine Teetasse, in der sich Kaffee befindet, kalt, und Tjorven hat dennoch seine Hände um die Tasse geschlungen, die Fingerspitzen sind eisig und taub. Toto kippelt mit dem Stuhl, jetzt hat die Lehne die

Wand erreicht und das ist bequem so.
Kann ich was tun?
Ne.
Soll ich gehen?
Warum?
Keine Ahnung. Dachte nur kurz, das wäre vielleicht etwas, was ich tun kann.
Ben?
Keine Antwort.
Ben?
Wieder nichts.
Oh Mann, dann eben der beknackte Lotto-Name. Toto?
Ach Lotto,
sagt Toto.
Warum machst du so ein bescheuertes Namensspielchen?
Ich mache kein Spielchen, das ist nun mal mein Name.
Aber ich kenn dich als Ben und das fand ich ganz gut so.
Tjorven?
Ja.
Was willst du eigentlich sagen?
Keine Ahnung.
Das ist auch in Ordnung und bis zum Abend verharren die beiden in solidarischer Stille. Tjorvens Bein wippt beständig und Toto kippt zweimal vom Stuhl, aber ansonsten geschieht nichts. Bis das Telefon klingelt und jemand vom Krankenhaus dran ist und sagt, dass Lea sich dort befindet und es nicht:
Ähm,
so gut ist. Tjorven verfällt in Aktionismus, zwischenzeitlich lächelt er, dann, wenn er vergessen hat, dass es:
Ähm,
nicht so gut ist, und sich auf ein Wiedersehen mit Lea freut. Toto ist ganz blass und kurz sehr still, praktisch nicht anwesend, und später beginnt er zu murmeln, und zwar:

Tut mir so schrecklich leid. Mist.
Und nun läuft er wieder weg.
Tjorven fährt ins Krankenhaus.

28

In der einen Plastiktüte hebt sie ihre Lieblingsblätter auf, die anderen müssen den banalen Alltag tragen und das fällt ihnen oft nicht leicht, einige sind schon gerissen und emotionslos ersetzt worden. Die eine aber, die Tüte, welche stets von der linken Hand getragen wird, die darf nie reißen und hat auch vor, immer zu bleiben, sie trägt die Welt, das Private, Intime, das Wichtige im Leben und ist zur Sicherheit blickdicht. Leas Mutter antwortet auf Fragen nach ihrem Namen seit Neuestem mit: Leas Mutter.

Eine Aussage, mit der nur wenige Menschen zufrieden sind, aber mehr werden sie nicht erfahren, da können sie fragen, so lange sie wollen.

Leas Mutter
ist alles, was zählt, und der Inhalt der blickdichten Tüte, der ist auch wichtig, aber sonst wirklich nichts. Man fände in der Tüte einen Zeitungsausschnitt, drei Zeilen, ein Foto. Man fände alles, was über Leas Vater zu erfahren ist.

29

Er ist gerannt, weiß nicht, wie lange und wo er sich jetzt befindet. Schwer atmend bleibt er stehen, blickt sich um. Der Bahnhof. Natürlich, der Bahnhof, die vielen Züge, eine Möglichkeit zur Flucht. Doch wovor? Es ist zu spät, er war da und dabei und der Anruf galt vielmehr ihm als Tjorven. Es ist seine Schuld, er hätte sich nicht vorwagen, nie die Wohnung betreten dürfen. Vielleicht hatte ihm irgendjemand noch eine Chance gegeben, noch mehr Leben für Lea trotz der Treffen, wenn er sich weiterhin fernhält. Die Chance hat er zerstört.

Wieso hat er gedacht, dass sein ganzes Wissen, dass der:
Lea-Gedanke
auf einmal nicht mehr zählt? Nur, weil einer seiner Namen in einem Märchen jenseits der Spiegel so etwas wie ein Held gewesen ist?
Es gibt keine Helden,
ruft Toto. Und selbst wenn es sie gibt, ist er sicherlich keiner von ihnen.
Er hätte nicht mit Tjorven gehen, er hätte dem nicht folgen dürfen, dem seltsamen Gefühl, das er hat, seit er beim Arzt zwischen Tag und Abend auf der Liege lag.
Sehnsucht, denkt Toto. Die dumme Sehnsucht.
Als er mit dem Fuß gegen den Papierkorb tritt und noch bevor er vor Schmerz aufschreien kann, greift ihn ein Mann am Arm, ein Bahnbeamter.
Was soll das,
fragt der Mann.
Toto reißt sich los und läuft weiter. Er hat alles zerstört, jedes Glück, nicht nur seins, auch Tjorvens.
Was soll das,
brüllt hinter ihm der Mann. Toto blickt im Laufen auf die Anzeigetafel. Auf Gleis sechs wartet ein Zug, den nimmt er.

30

Bleib bei mir,
sagt Tjorven und nimmt ihre Hand. Und:
Wenn du gehen willst, nimm mich mit. Wir sind ein sehr gutes Team.
Es fehlt:
Lass uns Freunde bleiben.
Leas Augen bleiben geschlossen, der Monitor blinkt, das Leben ist sichtbar ab heute als Ausschlag einer dünnen grünen Linie. Wer sein Leben überblicken will, sollte sich in ein Kranken-

hausbett legen und anschließen lassen und hoffen, dass sie hochspringt, die feine Linie. Neben dem Bett steht ein Stuhl und auf dem sitzt Tjorven, halb hängt er in der Luft bei dem Versuch, den Abstand zwischen sich und Lea zu überbrücken. Es gibt noch einen Stuhl, der steht in der Ecke und soll möglichst unsichtbar bleiben. Als Tjorven in das Zimmer geführt wird, sieht er zuerst diesen Stuhl. Der Stuhl ist aus Plastik und irgendeinem Metall, er hat eine Lehne, aber keine Armstützen. Tjorvens Blick beim Betreten des Zimmers hat Lea gesucht und den Stuhl gefunden, der doch unsichtbar zu sein hat. Über der Lehne des Stuhls hängen ein weißer Mantel, eine Jeans, ein Pullover mit Loch unter dem Arm, das man von der Tür aus nur sehen kann, wenn man davon weiß. Vor dem Stuhl stehen Schuhe. Leas Sachen sieht Tjorven und auf dem Mantel ist Blut. Es ist ein sehr einfacher Stuhl, ein normaler Stuhl sogar. Außerdem gibt es im Zimmer ein Waschbecken, von Fliesen gerahmt, und Desinfektionsmittel im Pumpspender. Und da hängt ein Spiegel, vier Gesichter passen dort hinein, wenn man sich eng stellt.

Komme,

ruft es aus dem Spiegel ins Krankenhauszimmer hinein.

31

An der Scheibe zum Krankenzimmer steht der Tod. Das Mädchen, der Tod will das Mädchen abholen. Er drückt die Klinke hinab, die Knochen knacken, hinter ihm raschelt etwas.

Würden Sie mich durchlassen,

fragt eine Frau in Tüten.

Er tritt zurück. Die Frau hat ihn gesehen und steht nicht auf seiner Liste. Während sie leise das Zimmer betritt, wartet er. Die Kleidung der Frau erinnert ihn an sein Gummiboot, das Gummiboot erinnert ihn an zu Hause. Der Tod bekommt Heimweh. Der Tod beschließt, statt des Mädchens beizeiten die Frau zu holen.

32

Alle Menschen wollen immer noch einmal das Meer sehen und wenn sie dann am Meer ankommen, gucken sie doch nur traurig. Das Meer ist da, wo die Krabben wohnen und wo die bei der Suche nach dem letzten besten Satz verstummten Menschen sitzen.

Vielleicht fahren Menschen an das Meer in Filmen, Träumen und der Wirklichkeit, weil dort der Horizont weiter ist als sonst irgendwo, weil man nichts absehen kann und also hoffen, ob nicht vielleicht doch noch etwas Gutes vor einem liegt. Weil man am Meer sitzen und sehen kann und nichts tun als warten und sich dennoch etwas bewegt. Wenn Wellen wüssten, dass sie Tränen machen können, dass sie auf Abschiedsbildern sind, mit Musik unterlegt werden, dass sie dabei sind, wenn etwas unumstößlich zu Ende geht, wenn Wellen das wüssten und sich entscheiden könnten, vielleicht wäre alltäglich mit Stürmen zu rechnen.
Vielleicht fahren Menschen einmal noch, nur einmal noch an das Meer, weil die Wellen kommen und gehen, eine wie die andere und jeweils vollkommen anders doch als alles je Dagewesene. Geburt und Tod und Leben dazwischen, das sich nur um Kleinigkeiten oder um gar nichts vom Davor und Danach, vom Sein und Gewesen unterscheidet. Vielleicht hoffen Menschen in Filmen, Träumen und der Wirklichkeit angesichts des Meeres auf eine letzte Wichtigkeit.
Träumen auch Wüstenbewohner vom Meer, häufiger noch als Insulaner? Rausschwimmen und sitzen bleiben und entlangwandeln und zurückkehren und Pathos erlauben mit Tränen in den Augen und Selbstmitleid angesichts der Größe von alldem. Am Meer schließlich das Ende, aber nicht im Sommer, sondern ohne Sandburgen und Sonnencreme und Eis in Waffel und Eis am Stiel und ohne Ferien und ohne Sonnenbrand

und ohne und vor allem ohne Rückfahrkarte. An das Meer fahren, allein oder zu zweit, aber nie in großen Gruppen. Und: Vielleicht wollen alle Menschen am Ende noch einmal ans Meer fahren, weil das Kino immer eine plötzliche Wendung hat zum:
Ende gut.
Und zum logischen:
Alles gut.
Und zum:
Noch mal Glück gehabt.
Und zum:
Schließt euch in die Arme.
Und zum:
Seid umschlungen, Millionen, und kommt zurück auf die Fähre zum Festland, zum Alltag und erzählt allen, dass ihr spontan für ein paar Tage im Urlaub gewesen seid. Seid wieder einer von allen, von denen, die, weil sie dachten, das Ende sei nah oder da, noch einmal das Meer sehen wollten. Wer weiß schon, warum? Lasst uns weitermachen, vergesst den Horizont, die Wellen sterben auch ohne euch. Übrigens: Schön, dass du wieder da bist.

Toto ist auf dem Weg zu einem dieser Meere, mit einer dieser letzten Hoffnungen.

03W

03m

Irgendein blaues Band flattert wieder durch die Lüfte. Trotzdem kann es kalt sein und ungemütlich, wenn man zu dünn angezogen ist. Warum rechnet sie mit fremden Lebensdaten, warum macht sie sich die Friedhöfe von Städten, Dörfern und schließlich Inseln zu eigen? Wer lebt und stirbt und liegt tot, wenn jemand das stellvertretend für einen übernehmen kann? Neunzig, hundertzwanzig Minuten dauert das Leben, es kostet mehr für ein paar zusätzliche Minuten an der Kinokasse. Wann ist es echt und wer zahlt dafür, wenn es länger dauert als vorgesehen. Wenn alle diese Sehnsucht haben, dann geht doch eines Tages die Insel unter, auf der sich alle treffen, um einmal, einmal noch das Meer zu sehen. Um ein paar Minuten zu schinden.

1

Ihm ist bewusst, dass er das nicht mehr steuern kann. Ein neuer Name, seltsam wie der vorherige, aber das spielt wohl keine Rolle, wer weiß, wie lange er ihm diesmal bleibt.
Sein letztes Geld hat er für die Fähre ausgegeben, ob er jemals wieder ans Festland kommt, ist nicht wichtig. Meo, schreibt er in den Sand an dem Strand. Als Grabstein oder Denkmal für den Namen. Was ist, wenn alle Namen weg sind? Wird er sich in Luft auflösen? Kann sich ein Mensch in Luft auflösen, weil er keinen Namen mehr hat? Sicher nicht, die Realität wäre entsetzt und dagegen. Aber wissen wird er es erst, wenn es wirklich so weit ist. Bei der Hafenpolizei war er, bevor ihn eine Fähre auf die Insel brachte. Da hat Meo Toto angezeigt. Wegen Mordes an einer Frau namens Lea, der Freundin seines Freundes, auf der Flucht vor irgendwas überfahren. Mehr weiß er nicht, aber schuldig ist Toto und Meo möchte für ihn ins Gefängnis gehen. Die Polizisten verstanden nicht, sie sahen einen Mann, der kaum atmen konnte, vermutlich war er gerannt.

Oder hysterisch,
flüsterte ein Polizist halbherzig diskret seinem Kollegen zu. Ein Mann, der jung war, aber eben auch:
Ein Mann,
wie man sagt, aber auf keinen Fall alt. Es gab keinen Grund, sich aufzuregen, den Polizisten lag kein Unfall, keine Fahrerflucht vor und auf die Frage:
Wo steht denn Ihr Auto jetzt,
fragte der Mann, und es dauerte, bis er verstand:
Ich hab kein Auto.
Und wir haben keine Zeit für Scherze.
Eine voreilige Antwort des einen, ein strafender Blick des anderen Polizisten.
Aha. Na wenn das so ist. Dann –
Was dann,
fragte der Kollege den Kollegen neugierig. Es war das Spiel *Wer hat die besten Ideen, wenn es keine festen Regeln gibt* und manches Mal ging das für den Menschen vor dem Tresen schlecht aus. Meistens, wenn die Ideen besonders kreativ sein sollten.
Ich hole jemanden, er ist Arzt, er kann Ihnen sicher besser helfen als wir.
Meo wäre zum Arzt gegangen, wenn er einen gebraucht hätte. Im Übrigen war Julio schon bei so etwas wie einem Arzt gewesen und der hatte nur gefragt, geholfen hatte er ihm nicht. Meo hat die Polizeistation schließlich verlassen.
Jetzt am Strand fragt er sich, ob es besser gewesen wäre, auf den Arzt zu warten. Vielleicht hätte der ihn irgendwann verstanden und Konsequenzen gezogen. Meo lässt sich in den Sand fallen, der ist ganz nass, das Meer ist auf dem Rückzug. Meo sitzt heute zum ersten Mal am Meer, das könnte ein Grund für Sentimentalitäten sein: einmal das Meer sehen. Filme zeigen das in monochromen Farben und das Geräusch der Wellen, die auf den Strand treffen, ist immer lauter als die

Musik. Meos Leben ist kein Film, sein letzter Wunsch wäre nicht: ans Meer fahren. Es ist vollkommen egal, wo er sich befindet, hier ist er gelandet, weil der Zug, in den er sich gesetzt hat, irgendwann anhielt, alle mussten aussteigen, denn das war die Endstation. Meo ist der Aufforderung gefolgt und geradeaus gegangen, in Gedanken bei seinem Versagen, dem Unvermögen, sich fernzuhalten. Das Meer ist grau wie der Himmel und interessiert Meo einen Scheißdreck. Meo überlegte, ob er die restlichen Namen ins Wasser werfen könnte, sich selbst hinterher. Die Fähre hat ihn dann über das Meer auf die Insel gebracht, die Idee, das, was von den Namen übrig geblieben ist und damit sich selbst, ins Wasser zu werfen, hat Meo mitgenommen.

2

Ich bin Leas Mutter,
sagt die Frau in den Tüten.

3

Die Möwe sieht herab auf alles, wie immer, und kreischt vor Freude, als sie beobachtet, wie ein Mensch weit unten sich wieder und wieder in die flache Brandung wirft. Sie sind dramatisch, die da unten. Aber manchmal tut dramatisch sein ganz gut, das weiß auch die Möwe und begibt sich in einen waghalsigen und anspruchsvollen Looping, er gelingt, doch wenn einer Möwe schlecht werden kann, ist das jetzt der Fall, und wenn ihr nicht schlecht werden kann, fühlt es sich doch genauso an und eine kotzende Möwe quält sich durch die Lüfte, zum Landen hat sie auch keine Lust.

4

Eine Irrenanstalt ist fast wie ein Altersheim und auch für junge Menschen kann sie eine Alternative zum Leben draußen sein.

Eine Botschaft von Herrn May an den Herrn Heimvorsteher, geschrieben vor Wochen schon, aber im Schreibblock vergessen, oder mit Absicht verborgen, daher erst heute gefunden, als man das Zimmer für den Nächsten vorbereitet:

Sehr geehrter Herr Heimvorstand, machen Sie es gut, ich wünsche Ihnen das Beste und vielen Dank, es war nämlich manchmal nett mit Ihnen. Habe noch was vor. Ihr Herr J. May.

5

In die Dünen, zwischen Strandhafer und leeren Malzbierflaschen der Pfadfindergruppe, ehemals auf großer Fahrt, hat sich Meo zum Schlafen gelegt. Nicht weit entfernt wälzt sich in einem Zelt ein Liebespaar und genießt hektisch alles, was sich ihnen bietet, was sie aneinander finden.
Romantik pur im Frühling und der Hafer sticht im nackten Rücken. Meo friert in seinen nassen Sachen und im kalten Wind.

6

Der Postbote ist kein Briefträger mehr. Die Menschen sprechen von ihm als:
Der Mueller,
wobei sie beim Sprechen nicht auf die Schreibweise achten, oder sie sprechen von:
Sarahs Mann. Der richtige, nicht der tote, verstehst du?

7

Zwischen ihm und dem Ort, an dem seine Frau liegt, befinden sich mehrere Stunden höchstgeschwindigkeitsgetreuen Fahrens. Die Stadt, in der die Suche nach seinem Sohn beginnen sollte, hat er verlassen, nachdem das auf der Straße, das mit dem Mädchen, geschehen ist. Da kamen blaulichtige

Krankenwagen und er wurde befragt und hat es nicht gewagt, sich nach dem Menschen auf der Straße umzudrehen. Es gab Zeugen dafür, dass sie, nicht er, plötzlich da war.
Da haben Sie sehr viel Pech, aber dabei noch unheimlich viel Glück gehabt,
wurde ihm gesagt. Herr Schmitt hat genickt.
Zum Glück gibt es Zeugen,
wurde ihm gesagt.
Man fragt sich, wie sie plötzlich auf die Idee kam, über die Straße zu laufen, zwischen den Autos heraus.
Da ist etwas aufgeflattert, auf der linken Straßenseite, und gleichzeitig kam von rechts sie zwischen den Autos hervor und er hat versucht zu bremsen und da war der dumpfe Schlag und er hatte es nicht geschafft.
In etwa einer halben Stunde wird Herr Schmitt den Fähranleger erreichen, in zwei Stunden hinunter auf die Insel rollen: noch einmal das Meer sehen.

8

Ich bin immer da,
sagt Tjorven und:
Versprochen.

9

In den Dünen kann man nur bedingt liegen und auf das Ende warten. Es ist kalt und Meo bekommt Hunger, steht also auf. Der Weg von seinem Liegeplatz am Strand zum Café ist kurz. Meo rennt die ganze Zeit, sein Bein macht das mit. Die Liste neben der Theke informiert: Er kann ein Krabbenbrötchen essen, eine Gemüsebrühe mit Eierstich oder ein Stück warmen Apfelstrudel mit Schlagsahne. Es gibt auch Schnitzel und Pommes, genug Hunger hätte er dafür, aber kein Geld. Meo bestellt dennoch den Kuchen, irgendwie muss es weitergehen und später – mal sehn. Kuchen und Teller sind warm, in Meos Bein sticht es. Überrascht stellt er fest, dass er das bemerkt. Im Café sitzen noch andere Menschen, zwei unterhalten sich leise, jemand liest Zeitung, ein anderer starrt an die Wand, dort hängt ein Bild, darauf sieht man das Meer, ein Schiff. Eine Frau schaut aus dem Fenster, auch hier: In der Ferne erkennt man die Wellen. Meo konzentriert sich, in einer der vier Ecken an einem der sieben hölzernen Tische sitzend, auf seinen Kuchen, das Bein hat er hochgelegt. Der Kellner fragt ein paar Dinge und zeigt Meo dann ein kleines Zimmer hinten im Café:

Da kannst du schlafen,

sagt er und:

Noch sind die Urlauber nicht da. Du kannst hier kostenlos schlafen, wenn du willst. Du kannst auch etwas Trockenes zum Anziehen bekommen.

Der Kellner heißt:

Ole, hallo noch mal.

Ole heißt er nach seinem Großvater mütterlicherseits, der hieß Olaf, und sein Enkel lebt schon immer auf der Insel, wie die ganze Familie, und er kennt sich aus, kann dem Menschen vom Festland, über den ihm vorhin erzählt wurde, er habe versucht, sich in der Brandung zu ertränken, ein bisschen helfen. Arbeiten muss Ole aber auch und deshalb serviert er:

Meo, hallo,

zum Nachtisch und sozusagen als Begrüßungsessen eine Gemüsebrühe mit Eierstich, ein Schnitzel mit Pilzen und Pommes und noch ein Stück Apfelstrudel und kümmert sich danach wieder um die anderen Gäste:

Das geht alles aufs Haus.

Ole gibt Meo eine karierte Decke und bittet Sarah, die wie so häufig aus dem Fenster starrt, sich ein wenig mit dem Neuen zu unterhalten.

10

Wie heißt du,
fragt Sarah.
Meo,
sagt der Neue.
Meo,
wiederholt Sarah und erinnert sich an etwas, das ihr heute unendlich weit entfernt scheint.
Im Winter leben nur hundertundsechsundneunzig Menschen in diesem Dorf,
erzählt sie.
Sechsundneunzig von ihnen kommen nur über die Feiertage, das sind Freunde und Verwandte, die bleiben, wie gesagt, nur ein paar Tage, höchstens zwei Wochen. Der Rest, also hundert, sind richtige Dorfbewohner. Du siehst, das Dorf ist sehr klein, die Insel selbst auch nicht groß.
Ja.
Ich bin noch nicht allzu lange hier, wenn ich das nachrechne, aber es kommt mir vor wie immer.
Ja?
Ja.
Jetzt kann Meo nicht mehr:
Ja,
sagen, das wäre albern. Draußen kommt die Sonne hinter den Wolken hervor und er findet einen Satz:
Das Wetter wird schön.
Ja. Jetzt beginnt bald die Saison.
Sarahs Blick fällt unwillkürlich auf Meos Bein, er hält es seltsam, sie fragt sich, was ihm da passiert ist.
Ist das schlimm,
fragt Sarah.
Nicht so,
sagt Meo.

Das ist gut. Segelst, surfst oder angelst du?
Nein.
Kann man hier alles machen, am besten fängst du noch in den nächsten Tagen an, wenn das geht, mit deinem Bein. Vielleicht beginnst du mit dem Surfen, wenn du dann mittelalt bist, so wie ich, kannst du segeln, und wenn du richtig alt bist, angeln. So wird das hier im Allgemeinen gemacht, ist aber keine Vorschrift, nur eben Alterssache. Soll ich dir zeigen, wo man surft?
Ok.
Sarah springt auf, sie hat gelernt:
Nicht lange nachdenken, anfangen,
sagt Sarah und:
Ole, ich zeig Meo, wo man surft.
Mach das. Viel Spaß, Meo.
Die Surfschule gehört zum Café, die Kurse beginnen erst, wenn die Gäste kommen, aber du kannst dir einfach ein Brett leihen und einen Anzug und anfangen. Der Segelclub gehört übrigens zum Hotel. Der Angelverein zum Bestattungsinstitut.
Ja,
fragt Meo.
Das Letzte war ein Scherz.
Ah.
Sie kommen zu einem kleinen Holzhaus, es steht nahe am Meer und Sarah hat einen Schlüssel, geht hinein, holt ein riesiges Brett. Geht wieder hinein, kommt zurück, mustert Meo, sagt:
Sehr groß und dünn. Du heißt wirklich Meo, oder?
Ja,
sagt Meo und er wartet darauf, dass sie vielleicht eine Erklärung für den Namen findet oder irgendetwas dazu sagen kann, was ihm weiterhilft. Sarah sieht ihn eine Weile an, mustert ihn noch einmal von oben bis unten:

Meo,
sagt sie.
Hast du noch mehr Namen?
Einen noch,
sagt Meo.
Ich hatte mal mehr. Sehr viele Namen.
Ah,
sagt Sarah.
Von meinen Eltern,
fügt Meo eilig hinzu. Er will nicht, dass sie denkt, er hätte die Namen irgendwo gestohlen, erfunden oder so. Er will auch nicht, dass sie erfährt, dass er sehr viele Namen verloren hat.
Dass du das bist,
sagt Sarah.
Mh,
sagt Meo.
Mein Mann hat deine Namen sehr gemocht. Früher, bevor ich hierhergekommen bin. Da hat ihm wohl was gefehlt. Er hat sich deine Namen ausgeliehen.
Ist doch ok,
sagt Meo, weil er nicht weiß, was er sonst sagen soll.
Ich denke auch,
sagt Sarah und geht zurück in den Schuppen, einen passenden Neoprenanzug suchen.
Meo steht im Wind und fühlt sich taub. Er stellt sich vor, wie er vom Brett fällt und in den Wellen landet, sie über ihm zusammenschlagen und es das dann war, mit dem Leben, weil er ohnmächtig ist und ertrinkt, das Brett hat nämlich seinen Kopf getroffen. Er kann es nicht erwarten anzufangen.

11

In diesem Krankenhaus ist die Intensivstation im Erdgeschoss, das ist besonders praktisch. An Leas Bett sitzt Tjorven

und erzählt leise von damals, als er mit neun Jahren von der Rutsche gefallen ist, weil ihn jemand geschubst hat. Da war er auch im Krankenhaus, das einzige Mal in seinem Leben, bisher. Tjorven mag Krankenhäuser, sie erinnern ihn an die Zeit damals mit dem Dachschaden. Da hat er Marmeladenbrote mit Salzstangen bekommen, ihm wurde stundenlang vorgelesen und nach ein paar Tagen ging es ihm so gut, dass er die Freundin mit dem Gipsbein im Rollstuhl durch die Gänge schieben konnte. Tjorven ist immer bei Lea, er will aufpassen. Lea kann noch nicht wieder durch die Gänge laufen, aber sie lebt, und darauf kommt es an. Einen Tag lag sie im Koma und danach hat sie halluziniert und gedacht und gesagt:
Er ist da.
Wer,
hat Tjorven vorsichtig gefragt und damit ist sie wieder zur Besinnung gekommen. Er hat Lea ganz sacht auf die Stirn geküsst, als sie wieder bei Bewusstsein war. Tjorven kennt das aus traurigen Filmen, in denen Männer ihre Frauen im Krankenhaus besuchen und genau das tun, und als er sie so küsst, ist er erstaunt, wie richtig es ihm vorkommt, das so zu machen und nicht wie früher auf den Mund. Mit diesem Kuss, das kann man im Nachhinein sagen, hat auch ihre Freundschaft angefangen und das richtige Küssen und was sonst noch dazugehört, hat ein Ende genommen. Jetzt, da sie von dem Ende noch nichts wissen, steht Leas Mutter in der Tür. Die Krankenschwester, die im selben Moment einen neuen Tropf bringt, denkt im Stillen bei sich, dass das eine sehr ausgeglichene, zufriedene Frau ist, die da steht. Sie könnte sich anders anziehen, aber ansonsten, sehr sympathisch. Leas Mutter grüßt stumm alle im Raum, grinst, als sie Tjorven sieht. Er versucht, die Tüten, die die Frau einhüllen, zu ignorieren. Leas Mutter spricht nicht oft, seit damals, und auch nicht mit jedem, aber sie denkt sehr viel und ihr Gesicht bewegt sich

dabei. Lea hat ihre Mutter nicht gesehen seit jenem Tag, einmal nur, durch den Türspalt, aber ohne Augenkontakt. Jetzt ist es schwer, etwas Passendes zu sagen, und Lea sagt:
Ich hab gedacht, er wär wieder da.

12

Herr May steht im Kopierbetrieb und staunt über sich selbst, er hat das Gerät sofort verstanden, noch nie benutzt und sofort durchschaut. So schlimm kann es mit ihm noch nicht sein, er versteht jene neue Welt, die er zuvor weitestgehend ignoriert und die ihn unterschätzt hat, sie schüchtert ihn nicht mehr ein als die Aufstehhilfe an seiner Badewanne. Eben hat er herausgefunden, wie man vergrößert, die Funktion braucht er momentan nicht, für seine Zwecke reicht eine eins zu eins Kopie, aber merken wird er sich das.
Fünfhundert Kopien,
sagt er der Dame an der Kasse und die weiß das bereits, er zahlt, so einfach war das, es gibt sogar Mengenrabatt.
Können Sie mir bitte helfen, die Briefe in die Umschläge zu stecken,
fragt Herr May die nette Dame an der Kasse. Bevor sie ihm antworten kann, hat er bereits den öffentlichen Computer beiseitegeschoben und sich Platz gemacht. Herr May zückt seinen Füller. Er hat sich das genau überlegt. Unmöglich kann er alle Briefe mit der Hand schreiben, das macht die nicht mehr mit. Aber seine Unterschrift, die wird er persönlich geben, die wird nicht kopiert. Ihn gibt es nur einmal. Nachher muss er noch zur Sparkasse und danach Proviant kaufen und dann kann das Abenteuer beginnen.
Eigentlich hat es schon begonnen,
sagt Herr May zu der Frau an der Kasse.

13

Leas Mutter hat auch schon oft gedacht, er wäre wieder da, war er aber nicht. Auch ihr Kind, das unbemerkt von ihr, so wohlbehütet wie es nur geht, bei den Großeltern größer und später allein erwachsen geworden ist, kann ihn nicht gesehen haben. Lea beobachtet, wie ihre Mutter nachdenkt. Ihr Blick wandert zu den Tüten. Die hat sie damals, vor mehr als zehn Jahren, angezogen, am Morgen, nachdem er verschwunden war. An jenem Tag hatte sie noch gesprochen. Danach war es vorbei. Danach war sie ebenfalls weg. Lea erinnert sich genau.

14

Brandung, Wellen und stechende Kälte im Gesicht. Auf dem Meer spürt man vom Frühling noch nichts. Meo steht auf einem Surfbrett, der Wind trifft das Segel und er wird schneller. Wie im Rausch rast er über das Wasser, er kann das, es ist, als hätte er nie etwas anderes getan. Sein Bein schmerzt, aber das tut es seit Olivios merkwürdigem Ausbruch jeden Tag. Meo merkt, dass ihn das Surfen und das Meer nicht umbringen werden, und er bedauert es nicht. Am Strand steht Sarah, in ihrem Alter segelt man. Sie ist sich sicher, ein wenig jünger und ihr hätte das Surfen auch gefallen, aber so sind die Regeln, an die hält sie sich. Ole kommt vorbei und sagt, dass der Herr Mueller, also Sarahs Mann, angerufen hat. Er komme gleich runter zum Strand und bringe eine Überraschung mit. Sarah und Ole beobachten, wie Meo über die Wellen rast, beide sind schwer beeindruckt.

Meinst du, er bleibt,

fragt Ole.

Das siehst du doch. Der bleibt auf jeden Fall.

Damit sind wir jetzt hundertundeiner,

stellt Ole fest und seine Stimme ist bedeutungsvoll geworden.

Stimmt. Wir werden immer mehr.

Herr Mueller, Sarahs Mann, kommt mit dem Fahrrad am Strand an, stellt es im Sand der Dünen ab und läuft zum Wasser, wo die anderen stehen. In der Hosentasche, da fühlt er nach, bevor er auf sich aufmerksam macht, steckt die Überraschung. Und auf dem Meer meint Herr Mueller den Mantra-Mann aus der Vergangenheit zu erkennen. Aber der Surfer ist viel zu weit weg, um das wirklich zu wissen. Schön wäre es aber, denkt Herr Mueller mit der großen Überraschung in der Tasche.

15

Herr Schmitt lenkt sein Auto von der Fähre, auf dem Weg gibt es, dort wo Schiff und Metallsteg aufeinandertreffen, einen Huckel, der hebt den Wagen kurz in die Luft und lässt ihn dann rasch wieder hinunter und weiter. Herr Schmitt sagt in dem Moment, in dem er sich in der Luft befindet:
Huch.
Er ist wieder hellwach und voll da und gleich wird er noch einmal das Meer sehen und dass er hier seinen Sohn finden kann, erscheint ihm mehr als nur wahrscheinlich zu sein, im fast noch kahlen Birkenbaum an der Landstraße hat er einen merkwürdigen Raben entdeckt.
Ach du warst das,
ruft Herr Schmitt durch das weit geöffnete Autofenster nach draußen. Er folgt dem Schild: *Zum Strand.*

16

Tjorven verabschiedet sich dann doch mal, er muss noch einkaufen, zu Hause ist nichts im Kühlschrank und das Leben geht weiter. Lea und ihre Mutter erinnern sich gemeinsam und still. In Leas Kopf ist die Geschichte aus der Froschperspektive zu sehen, in dem ihrer Mutter aus der Vogelperspektive. Eine Vermischung beider dürfte das genauste Bild ergeben, aber auch hier gilt: Es gibt keine Gewähr, es handelt sich

um Erinnerungen. Leas Mutter hat in den Erinnerungen noch einen Namen, ohne den die Bilder unvollständig wären, sie heißt hier:
Mirjam.
In Leas Kopf also: Am Abend davor hat ihr Vater wie immer:
Gute Nacht,
gesagt. Er hat das Licht ausgemacht, das Nachtlicht für den Weg zur Toilette befindet sich in der Steckdose neben der Tür, es ist ein rosafarbener Hase aus hitzebeständigem Kunststoff.
In Mirjams Kopf das:
Gute Nacht, Papa.
Für den nächsten Tag liegt ein Pausenbrot in der Butterbrotdose, wie es sich gehört, ein Müsliriegel kommt morgen dazu. In die Aktentasche aus Leder legt sie die Mappe mit den Konzepten für das Projekt, es ist bald abgeschlossen, hoffentlich. Matthias' Tasche steht im Flur, daneben ein Stoffbeutel mit den korrigierten Klausuren. Rot auf Weiß und Rot auf Tinte. Jetzt schließt Matthias leise die Tür, muss er eigentlich nicht, die Kleine kann unmöglich schon eingeschlafen sein. Matthias sagt, auch dies sehr leise, zu ihr, zu jener Mirjam:
Ich bringe noch schnell das Altpapier raus, danach komm ich.
In Leas Kopf: Durch die Tür hört sie ihren Vater sprechen, sie versteht nicht, was er sagt. Nachdem er gesprochen hat, wird die Wohnungstür vorsichtig geöffnet und wieder geschlossen, Lea schläft ein. Später und bis heute denkt sie, das wäre der Moment gewesen, in dem ihr Vater verschwunden ist.
In Mirjams Kopf: Es war aber anders, das Kind hat nicht mehr gehört, wie der Vater die Tür, nur wenige Minuten später, wieder geöffnet hat. Mirjam wartet auf ihn, liest noch ein wenig im Bett, irgendein Buch, sie kann sich täuschen, aber heute meint sie, dass es von den irischen Auswanderern während der Hungersnot im 19. Jahrhundert handelte. Matthias

kommt zurück, legt sich neben sie, küsst sie auf die Wange, Mirjam dreht sich, er soll den Mund küssen, sie sind sehr müde und dennoch machen sie weiter. Er umarmt sie, ihr Rücken liegt nun wieder an seinem Bauch, ihr Hintern in seinem Schoß und jetzt zieht er sie aus und dann dreht sie sich um und zieht ihn aus, zuerst die Socken, danach erst den Rest. Bei ihnen hat das Ganze etwas Mechanisches und das heißt nicht, dass es nicht schön ist. Es ist einfach sehr vertraut geworden zwischen ihnen, und überhaupt alles. Sie bleiben bei ihrer uralten Technik ohne Überraschungen. So entsteht Nähe und Ruhe und Sicherheit. Auch deshalb, aber dazu später mehr, auch deshalb war es ein großer Betrug, was er tat. Als sie fertig sind, gehen sie ins Bad, sie sieht zu, wie er sich das Gesicht wäscht. Die Nase hat er dem Kind vererbt, mal sehen, wie das aussieht, wenn das Mädchen groß ist, jetzt wirkt die Nase noch etwas überdimensional in dem sonst kleinen Gesicht. Gedankenverloren mustert ihr Mann den Spiegel. Er zieht die Augenbrauen hoch, drückt die Schulter runter, hält sich gerade wie sonst nie, das Kinn hat er hochgestreckt. Er dreht sich um, küsst sie wieder, gleich auf den Mund. Die letzten Worte, die Mirjam von ihm hört, sind folgende:
Ich werde König hinter dem Spiegel, vergiss mich nicht, und mach es gut, Mirjam.
Sie sieht zu, wie er in den Badezimmerspiegel steigt. Dabei stößt er einen Zahnputzbecher um. Er hat es sehr eilig.
In Mirjams und Leas Kopf: Er ist weg und dort geblieben.

17

Herr May setzt schwungvoll seinen Namen unter den ersten Brief: *Josef May.*
Hier, der erste Brief, meine Liebe,
sagt er zu der Frau an der Kasse.
Danke sehr,

sagt die Frau, nimmt den Brief, faltet ihn und steckt ihn vorsichtig in einen der Briefumschläge, die Herr May ihr gegeben hat.
Die Umschläge sind außerordentlich elegant,
sagt die Frau, sie kennt sich da aus.
Die waren sicher sehr teuer.
Ich habe lange gespart,
sagt Herr May.
Ich bin ganz vorsichtig,
sagt die Frau.
Das weiß ich doch,
sagt Herr May.
Deshalb habe ich Sie doch ausgewählt.

18

Während er den Wagen direkt am Strand auf einem sandigen Parkplatz abstellt, wird die Aufregung unerträglich groß. Sie hat begonnen, als er auf die Insel fuhr, sein Sohn, nah wie lange nicht mehr, ein Erfolg, er ist gefunden. Der Lagebericht und eine Prognose über das zu Erwartende an Frau Schmitt. Sie soll es wissen, wo immer sie ist, wenn auch tot, falls es sie interessiert, und das wird es:
Ich bin gleich bei ihm, werde von dir erzählen, ich nehme ihn mit, vielleicht gehen wir nach Bornholm oder besuchen den Friedhof, deinen, alles wird gut, sorge dich nicht.
Herr Schmitt ist ganz weiß im Gesicht, die Beine weich, wie es sich gehört bei Aufregung, und seine Frau, wo immer sie ist, ist sich nicht sicher, ob er das, was er sagt, auch glaubt. Aber sie hofft: Er wird mir erzählen, was er gemacht hat, die ganze Zeit, es wird aufregend.
Es darf nicht mehr viel aufregender werden, denn sonst kommt der Tod und steckt Herrn Schmitt in seinen Stoffbeutel. Die Luft ist milder als erwartet, der Wind ist hinter den Dünen

auf dem fast leeren Parkplatz ganz schwach. Herr Schmitt hat seine vollständige Hand auf die Motorhaube seines Wagens gelegt, sie ruht da wie auf dem Rücken eines treuen Pferdes nach einem hastigen, einsamen Ritt. Minuten bleiben hier liegen, dann geht ein Ruck durch ihn, der stammt direkt von Herrn Schmitt persönlich, er streckt den fehlenden Daumen in die Luft, der Optimismus ersetzt den Teil seines Körpers, der ihm von Geburt an gefehlt hat. Herr Schmitt, der Held, der seinen Daumen verlor, als er endlich nach seiner Frau griff oder als er seinem Sohn im Zoo das Leben rettete, Herr Schmitt, der sich vor der Briefmarken-, der Marmeladen-, der Bornholmzeit wilde Geschichten ausgedacht hat, denkt: Alles wird gut, mein Sohn, meine Frau, mein Leben ist ganz gut und wird gleich noch um ein Vielfaches besser.
Herr Schmitt verlässt den Dünenparkplatz, vor ihm breitet sich das Meer aus, wie bei der ersten Begegnung von Anfang an vertraut, er mag es. Er nimmt sein Fernglas, wirft einen ersten Blick. Vor dem Ozean stehen Menschen, die er nicht kennt, auf dem Ozean, der keiner ist, gern einer wäre, aber das verrät es nicht, das Meer, sein Sohn. Da ist er sich sicher, trotz der Entfernung. Die Sehnsucht war schon die ganze Zeit mit ihm unterwegs, jetzt strömt sie über den Sand bis zum Meeresrand und Herrn Schmitt zieht sie mit sich, er läuft stolpernd, bis seine Schuhe sich mit Wasser füllen.

19

Vielen herzlichen Dank,
sagt Herr May und lächelt die Kopierbetriebsdame neugierig an.
Was wollen Sie wissen,
fragt die.
Aus Herrn May bricht es heraus:
Haben Sie mal einen Blick auf einen der Briefe geworfen?

Ehrlich gesagt, ja,
sagt die Dame und wird tatsächlich rot.
Und,
fragt Herr May und streckt den Kopf vor.
Der Mensch, von dem sie da schreiben, Herr May.
Ja?
Verzeihen Sie bitte die Frage, es ist sehr unhöflich. Aber, gibt es diesen Menschen wirklich?
Aber natürlich,
lacht Herr May laut und dröhnend und es ist erstaunlich, dass derart großartige Geräusche aus einem so schmalen Körper kommen.
Er ist doch mein Enkel.
Sie wissen gar nicht, wie froh ich bin, dass Sie das sagen, Herr May. Dass es ihn wirklich gibt.
Und ich erst, meine Liebe. Und ich erst,
sagt Herr May, steckt die Briefe in die alte Ledertasche und verlässt den Kopierbetrieb.

20

Ich komme klar,
sagt Tjorven sich, als er die Einkäufe nach Hause transportiert.
Hauptsache, irgendwo ist irgendwie irgendwer.

21

Meo kommt aus dem Wasser. Er ist so etwas wie glücklich und fühlt sich schuldig deshalb. Er hätte sie keine Sekunde vergessen dürfen. Kurz ist er versucht, zurück ins Meer zu gehen und sich immer weiter hinaustreiben zu lassen. Irgendwann wird er kommen, der zu starke Wind, und sie wird da sein, die zu große Welle, und dann ist es vorbei, ein für alle Mal. Dann hat er gebüßt, dafür, dass er nicht allein sein wollte, dafür, dass er zurückgekommen ist, dafür, dass er gedacht hat: Das wird schon. Dafür, dass er sich kurzzeitig für einen Helden gehalten hat, der mit allem, wirklich allem, sogar mit dem Leben hier draußen klarkommt. Warum hat er angefangen, Sachen zu tun, warum hat er begonnen, sich von der Stelle zu bewegen. Und wenn er sich schon bewegen musste, warum nicht immer weiter weg anstatt wieder hin. Zu Menschen, zu Tjorven, zu Lea und jetzt auf die Insel, wo es kein Entkommen gibt. Er will sich umdrehen, zurück zum Meer, und jetzt fällt ihm ein, dass es ohnehin zu spät ist, dass Lea sowieso tot ist, dass Tjorven wieder das Schlüsselproblem bekommen wird, dass er nicht auf sein Gehirn gehört hat, dass ihn doch immer schon warnt davor, ihr zu begegnen. Mehr hat es ihm nicht gesagt, mehr wird da nicht kommen. Er ist somit keine Gefahr mehr. Er kann aus dem Wasser kommen. Er kann den Inselmenschen wenigstens ihr Surfbrett und ihren Neoprenanzug zurückgeben. Er klettert den Strand hinauf.

Du hast zwei Stunden da draußen verbracht,

sagt Sarah und jetzt merkt Meo auch, wie anstrengend es war. Zur Begrüßung kann er seinen Vater nicht umarmen oder ihm die Hand geben, so taub ist alles.

22

Die Plastiktüten hat sie im Haushaltsschrank gefunden, sie dienten zuvor als Mülltütenersatz, Mirjam wickelt sich und ihr neues Leben, in das sie reisen möchte, in die Tüten. Ein Mann, der König hinter dem Spiegel ist, hat nicht viel Zeit, wird sich selten melden. Sie will reisen, alle Bahnhöfe der Welt besuchen möglichst. Ganz neu heißt ganz anders und mit den Plastiktüten wird sie anfangen. Das Kind ist stark, es kommt alleine klar. Die Großeltern werden besser aufpassen, als sie das von jetzt an kann. Zum Abschied gibt ihr die

Mutter einen Kuss auf die Stirn und steckt erst das gekühlte Pausenbrot, danach den Müsliriegel in die Schultasche. Einen Klaps auf die Schulter vor vielen Jahren, es ist eher ein Schubser und er soll das Kind ins Leben befördern.
Ich hab es nicht gut gemeint,
sagt die Mutter heute zu Lea. Die bleibt stumm.
Ich war bei mir, das tut mir leid, ich habe an dich gar nicht gedacht. Ich habe erst vor Kurzem wieder angefangen, an dich zu denken. Das kam nicht einmal von mir, da waren zwei Menschen, Mann und Frau, und die wollten ihr Kind besuchen. Da ist es mir eingefallen. Da dachte ich, dass ich unbedingt nach dir sehen muss. Möchtest du den Artikel über Papa lesen?
Ich kenne den,
sagt Lea.
Oh,
sagt Mirjam.
Bist du wütend auf mich?
Nein,
sagt Lea und:
Ich bin jetzt erwachsen.
Was heißt das,
fragt Leas Mutter.
Wahrscheinlich heißt das, dass ich klarkomme,
sagt Lea.
Warum trägst du die Tüten,
fragt Lea.
Lass uns nicht reden,
sagt Mirjam.
Lea sagt nichts mehr. Es wird dunkel draußen und Mirjam steht hinter Tjorvens Stuhl, auf dem der nicht mehr sitzt, seit einigen Stunden schon nicht mehr, trotzdem steht Leas Mutter. Ganz ruhig ist es und friedlich und der Mond steht still und schweiget durch das Fenster hindurch und vielleicht

strahlt er sie aus, die Ruhe.
Setz dich,
sagt Lea, Mirjam setzt sich und beide schlafen ein.

23

Nass tropfend steht er da, wo das Wasser auf den Strand trifft. Um ihn pfeift Wind und vor ihm steht sein Vater, vielleicht im Urlaub hier von zu Hause und als Ersatz für Bornholm, doch seltsamerweise ohne die Frau, seine Mutter. Sein Vater trägt Schwarz, nur ein T-Shirt und Stoffhosen, die der Wind zu nah an die Beine drückt, er müsste frieren. Meo wundert sich, sein Vater ist so beherrscht, die Kälte bringt ihn nicht zum Zittern. Schlagartig kommt die Erklärung: Sein Vater ist konzentriert und friert daher nicht offensichtlich, er wird ihn gleich fragen und dafür, nur darum hat der Vater die lange Reise gemacht. Meo steht stumm und starr auch vor Angst und nebenbei verliert er den Namen. Mit einer Statur kann man ihn vergleichen, manchmal ist er reglos und wie aus Stein oder Metall, obwohl sich seine Haut weich anfühlen würde, würde jemand nach dem Arm greifen. Die Namen aber, die sind nur lose an ihn drangetackert und ganz leicht abgerissen. Er hat es richtig erkannt, als er noch Meo war, es ist nicht mehr kontrollierbar, die Namen verschwinden und verflüchtigen sich, wohin ist nicht auszumachen, und es könnte sein, dass er dem letzten folgen muss. Doch jetzt nicht, jetzt muss er bleiben, nun wartet er darauf, dass sein Vater fröhlich fragt, was er denn so machen würde, hier auf der Insel und überhaupt so, was da denn ist. Er steht starr vor Angst.

24

Er ist tatsächlich aufgeregt, als er den Schlüssel ins Schloss steckt. Tjorven hat Angst vor dem alten Fluch. Doch die Tür öffnet sich wie von selbst, er hat den Schlüssel erst ein kleines

Stück gedreht, als sie aufspringt. Auf ihn wartet der Flur. Tjorven greift, noch im Hausflur stehend, mit der rechten Hand an die Wand und drückt den Schalter. Das Licht geht an. Tjorven denkt an Lea. Vielleicht zieht sie wieder bei ihm ein, wenn sie entlassen wird. Sie werden Freunde bleiben, was sollte sich da ändern. Sie kann Bens altes Zimmer haben, wenn der auch wieder hier einziehen möchte, dann fällt ihnen schon irgendwas ein.

Ben,

fragt Tjorven in die Wohnung hinein.

Toto,

ruft Tjorven.

Er zieht einen kleinen Zettel aus der Hosentasche. Nur noch schwer ist die Schrift darauf lesbar, er hätte nicht mit Bleistift schreiben sollen. Aber egal.

Benvolio Antonio Olivio Julio Toto Meo Ho,

ruft Tjorven.

Schmitt,

fragt er und niemand antwortet ihm. Doch plötzlich:

Komme,

ruft eine leise Stimme aus dem Bad. Tjorven presst den Zettel in seiner geballten Faust zusammen, dann geht er durch den Flur auf das Badezimmer zu.

25

Wenn wir uns treffen, muss es der schönste Tag unser aller Leben werden, das steht fest. Wenn es nicht der allerschönste Tag unseres Lebens wird, haben wir uns nicht getroffen. So einfach ist das. Man wünscht sich eine Glücksgarantie, auf das Ganze gesehen mindestens, bitteschön. Wenn nicht das, was stattdessen. Auf Lebensgeschichtenkopien bekommt man einen Mengenrabatt, aber was, wenn auf den Kopien nur die Highlights zu finden sind. Wer erinnert sich denn dann noch an den Rest. Hat jemand Zeit, das alles zu lesen, was täglich geschrieben wird, was wir wie besessen kopieren? Wer ist dieser jemand? Der muss sich doch selbst schon vollkommen aufgegeben haben, dieser Allesverschlinger. Liest er und verschlingt, weil es in ihm selbst nichts gibt? Die Wellen fallen jeweils auch nur einmal auf den Strand, das wars dann. Kann man den vorderen Teil einer Welle auffangen, in einem länglichen und sehr tiefen Gefäß, und sie in dem Glas weitermachen lassen mit ihrer Bewegung und sie ganz vorsichtig, bevor sie am Ende des Glases angekommen ist und sich auflösen muss, wieder freilassen, am Ende der ursprünglichen Welle, also da, wo sie vorher der Anfang war? Wäre die Welle damit eine Weile gerettet? Das wäre zum Beispiel eine Möglichkeit, um mal zu sehen, wie das ist. Und wenn man der Welle unterstellt, dass sie glücklich ist, denn warum sollte sie trauern, wenn man der Welle das unterstellt, dann hätte man ein Mittel für die unendliche Glückseligkeit. Man müsste nur genug Leute finden, die bereit sind, sich um diese einzige ewige Welle zu kümmern. Aber da gibts sicher jemanden, der das macht. Oder besser zwei, oder noch mehr. Da findet man auch noch mehr, die das machen. Das ist gut, da können wir uns freuen. Und man muss ja auch nicht immer alles zu Tode reden und ausdiskutieren. Es ist doch auch schön, wenn man etwas einfach mal so stehen lässt und sieht, was dabei rauskommt. Also, mal sehen. Wie das wird mit der Welle im langen Glas und mit den ein, zwei oder besser mehr Freiwilligen, die sich um diese Welle kümmern.

OH

HO

1

Ho.

Was?

Warum habt ihr mich Ho genannt?

Ho sagt:

Papa.

Das war knapp. Der Mund seines Vater hat schon gezuckt, die Frage war fast auf den Lippen angelangt, aber er konnte sich retten mit dem Namen, vielleicht nur kurzzeitig. Sein Vater blickt nacheinander Herrn Mueller, Sarah und Ole an.

Nicht jetzt, Benvolio Antonio Olivio Julio Toto Meo Ho.

Der letzte Name wurde genuschelt, er soll jetzt nicht besprochen werden, darf daher nicht auffallen und schnell fügt Herr Schmitt:

Schmitt

hinzu, Nachname des Vaters wie des Sohnes. Auch eine Möglichkeit, auf eine gewisse Zusammengehörigkeit aufmerksam zu machen, diese sollte jetzt bewusst und ein gemeinsames Schicksal benannt sein. Die Sehnsucht war es, die das mit Herrn Schmitt gemacht hat. Alles verlassen, um hier zu sein, ihm fällt jetzt auf, dass er nicht weiß, was das war, was er verlassen hat. Vielleicht war es mehr als nur Sehnsucht, die Herrn Schmitt auf die Insel gebracht hat, mehr als nur der Wunsch, einmal noch das Meer sehen zu wollen, nachdem er den Unfall hatte und mit einem Mal verwickelt ist in etwas. Die Frage nach dem Namen ist unnötig, findet Herr Schmitt, für einen Namen benötigt man keinen Grund, den überlegt man sich einfach und damit ist er da.

Wir haben viel zu besprechen, mein Sohn, es ist einiges geschehen, bei dir sicherlich auch. Kann man sich hier irgendwo ungestört unterhalten.

Sarah, ihr Mann und Ole sehen sich ratlos an, hier hat man keine Geheimnisse und Ole sagt, in Gedanken versunken:

Hundertundzwei.
Den Wagen, vollgepackt bis oben hin und mit fremdem Kennzeichen, hat er gesehen und registriert: Hier sucht jemand einen neuen Ort, Person Nummer:
Hundertundzwei.
Man schweigt und Herr Schmitt wird unruhig, nass steht er, bis zu den Knöcheln bereits, im salzigen Wasser, das auf der Haut klebrig trocknen wird. Er ist der Vater, das scheint niemand zu verstehen, am wenigsten sein Sohn, der friert nur, ihm klappern die Zähne und er steht groß und dünn, ganz in Neopren gehüllt, rührt sich immer nur in die falsche Richtung, weicht zentimeterweise zurück.
Er fürchtet sich, bemerkt Herr Schmitt beklommen. Traurigkeit schießt in ihn und hinterlässt eine Wunde im Fleisch, er ist sich sicher, ein Arzt würde sie finden.

2

Im Grab, ganz woanders, dreht sich Frau Schmitt einmal um sich selbst, sie hat dort niemand anderen, hier sollte sie ruhen, ganz allein und still, bitteschön. Ihr ist es nicht erlaubt und ohnehin nicht möglich einzuschreiten. Man hat zu schweigen, muss tatenlos und unsichtbar sein, wenn man sich ein für alle Mal verabschiedet hat.
Alles wird gut,
hat sie ihren Mann sagen gehört und sich gefragt, wie das aussehen soll. Was sie mitbekommt, ist: So naja.
Aber sie hält sich raus, es ist nicht mehr ihre Welt, die dort draußen auf der Insel in sich zusammenfällt.
Macht das Beste daraus, denkt Frau Schmitt und wünscht ihrem Mann, ihrem Sohn:
Alles Gute.

3

Vielen Dank,

sagt Herr May zu dem Mann, der ihn netterweise im Auto mitnimmt. Im Radio gab es eine Ansage, da wurde ein: Fünfundachtzigjähriger Mann, weiße Haare, Bart, wahrscheinlich in einer braunen Tweedjacke, er geht sehr gebeugt, ein Herr Josef May, er benötigt seine Medikamente,

gesucht.

Das sind ja Sie,

sagt der nette Mann. Herr May nickt zweimal und sagt:

Jawoll.

Warum sind Sie denn weggelaufen, Herr May,

fragt der Mann.

Einfach so,

sagt Herr May und:

Ich hab da noch was vor.

Aber was ist mit Ihren Medikamenten,

fragt der nette Mann.

Medikamente,

sagt Herr May, wie er sonst nur:

Chor,

sagen kann.

Wissen Sie, mein Lieber, ich bin jetzt über achtzig Jahre alt, da werde ich mich doch nicht von ein paar Medikamenten aufhalten lassen. Ich mach, so lang ich kann, und danach wars das.

Interessant,

sagt der nette Mann und:

Das würde ich mich nicht trauen.

Das hat nichts mit trauen zu tun,

sagt Herr May und fühlt sich für einen Moment weise.

Ich mach das einfach.

In Ordnung,

sagt der Mann und steckt sein Telefon wieder zurück in die Jackentasche.
Dankeschön,
sagt Herr May und jetzt hat er eine Idee:
Möchten Sie einen Brief bekommen?
Gerne,
sagt der nette Mann.

4

Deine Mutter ist tot.
Dann eben so und direkt, schnell und vor all den Menschen, die er nicht kennt, vielleicht haben sie den Anstand zu gehen, er wünscht sich Diskretion. Doch niemand rührt sich, auch nicht der Sohn. Wellen schlagen auf den Strand wie eh und je und seitdem er hier steht und der Wind wird stärker und der Mond taucht aus dem Meer auf. Der Mond geht unter und wieder auf und Herr Schmitt fragt sich, ob die Wellen wirklich so hoch schlagen können.

5

In seinem Kopf ribbeln sich unzählige Pullover auf, werden zu Topflappen, Mützen, Handschuhen und Geld, manchmal hat er einen verkauft, wenn es nichts zu essen gab oder er eine Fahrkarte benötigte, wenn er Bußgeld zahlen musste. Immer wieder hat sie von der Zeit gesprochen, dass die vorbeigeht und dass man versuchen muss mitzugehen. Ihr Leben war bestimmt eine einzige Laufmasche und der Tod, der sich eingefädelt hat, der könnte ihn jetzt dazu bringen, noch einen Namen zu verlieren. Ho gibt er noch nicht her, den Namen, den will er erst erklärt haben, und seine Mutter bitte zurück, das kann es ja schließlich noch nicht gewesen sein mit ihr und wenn doch, wäre das nicht gut. Er hatte sich vorgenommen, sie irgendwann zu besuchen und mit ihr Tee zu trinken, sie kennen sich kaum und er möchte sich entschuldigen. Ho wird bewusst, dass er nicht auf seinen Kram aufgepasst hat. Fast alle Namen, die ihm seine Eltern anvertraut haben, hat er verloren oder für nichts eingetauscht. Er dreht sich um, von den anderen weg, vor allem von seinem Vater, und sieht den Mond auf und ab gehen und wie er gegen die Wellen ankämpft. Jetzt macht der Mond einen Sprung und hat sich befreit und gewonnen und Ho dreht sich wieder um. Zu den anderen.

6

Durch den Flur ins Bad, dahin, wo die Stimme ruft. Das schafft er. Der Flur ist schon lange nicht mehr der gefährlichste Ort.

7

Keine Worte, keine Antwort oder Frage von seinem Sohn. Also noch mal und wieder, irgendwann muss irgendwas daraus resultieren:
Deine Mutter ist tot.
Zunächst scheißt eine Möwe, die hat verstanden, kann sich aber anders nicht äußern, trifft aus Versehen Herrn Mueller, hatte doch eigentlich auf Ho gezielt und so gelingt auch hiermit keine verständliche Aussage, Herr Mueller sagt sehr laut: Scheiße.
Und Herr Schmitt sagt zum wiederholten Male:
Deine Mutter ist tot.

8

Wieder bewegt sich der Mund seines Vaters, Ho denkt an seine Mutter, daran, dass sie jetzt irgendwo herumliegt und sich ärgert, wenn sie kann, über ihren Sohn, der die Zeit rinnen und laufen lässt und von dem sie sich alles wünscht. Entsetzen packt Ho, als ihm einfällt, dass sie vielleicht enttäuscht ist.

9

Herr Schmitt beginnt, in Erwartung einer Reaktion, seinen Sohn mit Schlick zu bewerfen. Die anderen treten jeweils einen Schritt zur Seite, Sarah und Ole tragen Kontaktlinsen, sind daher sehr ängstlich und Herr Mueller hat mit der Möwenscheiße genug zu tun, er will nicht auch noch Sand abklopfen müssen.

Deine Mutter ist tot.

Herr Schmitt hört mit dem Sandwerfen auf, beginnt zu erzählen:

Sie ist einfach gestorben, ganz plötzlich war sie weg. Ich habe sie auf einem Friedhof begraben, man kann ihn gut erreichen, auch mit der Bahn.

10

Ho hört seinen Vater sprechen, der erzählt jetzt von der Bahn, die am Friedhof hält. Er erinnert sich an den Friedhof, kennt ihn von früher, da liegen einige Schmitts, manchmal war Besuchstag, als er noch so klein war, dass sein Vater ihm den Kopf tätscheln konnte. Der Friedhof wird durch eine Mauer von Straßenbahnschienen, Fahrradweg und Fluss getrennt, theoretisch kann man ihn auf jede erdenkliche Art erreichen, es gibt daher keinen Grund dafür, jemanden, der dorthin gelegt wurde, allein zu lassen. Das gefällt ihm.

Gut,

sagt Ho laut.

11

Meinst du?

Ho nickt.

Bist du traurig?

Herr Schmitt klingt hoffnungsvoll, sein Sohn hat gesprochen. Herr Mueller ist ganz unruhig und zupft seine Frau ständig

am Ärmel, dabei kneift er sie ab und zu aus Versehen in den Arm, das macht Sarah aggressiv.
Lass das,
zischt sie. Herr Mueller lässt erschrocken den Arm fallen. Ole zieht sich leise zurück, er will ein Blech Streuselkuchen vorbereiten, vielleicht auch Hälfte/Hälfte Zucker- und Streuselkuchen. Und er muss noch bei der Verwandtschaft vorbeisehen.

12

Das Meer hat einen relativ hohen Salzgehalt. In Gedanken widmet Ho seiner Mutter die nächste Flut, er wird sie mit Traurigkeit begleiten und bis dahin dem letzten Namen auf den Grund gehen.
Warum habt ihr mich denn Ho genannt?

Warum Ho:

Ho ist eine Kurzform von Hosianna und steht für große Freude. In seinem letzten Namen drückt sich die Freude der Eltern über die Geburt ihres Sohnes aus. Bei der Geburt hat Frau Schmitt, jetzt tot auf dem Friedhof, laut:
Ho,
gerufen. Sie wollte damit ihr Kind anfeuern und sich selbst, so etwas Aufregendes und Schmerzhaftes hatte sie noch nie zuvor erlebt. Ho ist der wichtigste Name, wusste Frau Schmitt in jenem Moment. Ho ist alles, was zählt, mein Sohn heißt eigentlich Ho, dachte sie, freute sich leise, lächelte sogar, verriet aber auch auf wiederholte Nachfrage niemandem warum. Ho blieb ihr Geheimnis.

13

Die neuen Glühlampen hat Lea eingeschraubt, an einem der ersten Tage, die sie zusammen in der Wohnung verbracht haben.

Der Flur ist bis in alle Winkel ausgeleuchtet. Schnell erreicht Tjorven das Badezimmer, er macht auch hier das Licht an, die kleinen Glühbirnen rund um den Spiegel erinnern an Hollywood und Varieté. Auf dem Waschbecken liegt Leas Zahnbürste, fürs Krankenhaus hat er ihr eine neue gekauft:
Bitte ohne Glitzer,
waren ihre ersten Worte. Tjorven will den Spiegelschrank öffnen, um die Zahnbürste hineinzulegen, wegzulegen, um sie zu einer Gästezahnbürste zu machen. Das Glas des Spiegels wabert, auf der glatten Oberfläche bilden sich feine Wellen. Wie ein kleiner Wirbelsturm sieht es aus, als die Wellen dichter werden. Der Spiegel öffnet sich. Tjorven sieht Grün und einen blauen Himmel.
Komme,
ruft es aus dem Spiegel. Tjorven drückt Zettel und Zahnbürste. Er überlegt, ob das Waschbecken sein Gewicht halten kann, wenn er es als Trittbrett auf dem Weg in den Spiegel benutzt. Aus der Küche holt er sich einen Stuhl, auf dem Tisch leuchtet im Mondlicht der Brief von Lea. Am Spiegel klebte der vorhin, vielleicht war das ein Zeichen, eine Einladung oder eine Abschiedsempfehlung. Tjorven erinnert sich daran, wie Ben, wie Toto auf dem Küchenstuhl mehr gelegen als gesessen hat. Wie er ihm:
Vorsicht,
zugerufen hat, als Tjorven vom Spiegel sprach. Vielleicht war das eine Warnung. Mit dem Stuhl, dem Zettel und dem Brief kommt Tjorven ins Badezimmer zurück. Im Spiegel scheint immer noch die Sonne. Tjorven stellt sich auf den Stuhl und beugt sich hinunter, damit sein Gesicht in Höhe der Sommerlandschaft ist.
Komme.

14

Herr Schmitt hat keine Antwort auf die Frage nach dem Grund des Namens. Ohnehin verlässt ihn gerade seine Stimme, zu oft hat er:

Deine Mutter ist tot,

gegen den Wind gerufen. Ein letztes Mal noch und er fragt:

Bist du traurig?

Herrn Mueller wird es zu viel. Das will er alles nicht hören, das mit der Frage nach der Trauer und der Tatsache, dass die Mutter des Mantra-Mannes anscheinend tot ist. Herr Mueller, ehemals Postbote und Sarahs Mann, möchte seine Überraschung auflösen, Sarah soll wissen, worum es geht, was er in der Tasche hat. Herr Mueller hat sich überlegt, wie er machen kann, dass es sich lohnt, das Leben seiner Frau. Auch für sie. Herr Mueller hat Listen gemacht, er hat Fachzeitschriften gelesen, mit Alleinunterhaltern und Hochseilgartenbetreibern auf dem Festland telefoniert. Doch die Eingebung hatte er, als er eines Abends durch eine veraltete Fernsehzeitung blätterte. Nach den Horoskopen für die letzten beiden Dezemberwochen hat Herr Mueller eine Lösung gefunden.

Entschuldigung,

sagt er jetzt.

Ja?

Alle haben gleichzeitig geantwortet, es folgt ein kurzes Schweigen, das war zu viel Vertrautheit.

Ho ist der letzte Name.

Ja.

Es sprechen gleichzeitig, wirklich simultan, Vater und Sohn, auch das ist zu viel, man hat sich sehr lange nicht mehr gesehen. Herr Mueller lächelt zufrieden und zieht aus seiner Tasche die Überraschung, ein Foto. Sarah reißt ihrer Jacke einen Knopf ab.

Ich habe,

ein Blick auf Sarah:
Für uns.
Und weiter:
Eine Patenschaft übernommen. Für ein Kind. Das lebt,
Herr Mueller betont:
lebt,
und wiederholt noch mal:
das lebt,
und fährt schnell fort und lacht und freut sich und ist gespannt und erlebt einen guten Moment:
Das lebt ganz weit weg und hat nichts und wir zahlen monatlich und bekommen dafür einen Brief, ich denke, dass Ho doch ein guter Spitzname für einen Menschen wäre, dessen richtiger Name auch mit H beginnt, leider aber unaussprechlich ist. Oder kannst du das aussprechen,
fragt er und zeigt Sarah das Bild, der kleine Junge darauf sieht freundlich aus, sein Name steht darunter, Sarah weiß spontan auch nicht, wie man den aussprechen muss. Sie schüttelt den Kopf.
Und wäre es für dich in Ordnung, wenn wir uns deinen Namen leihen,
fragt Herr Mueller den zähneklappernden Mantra-Mann.
Der nickt und jetzt hat der Junge im fernen Land einen Spitznamen. Sarah umarmt vorsichtig Herrn Mueller, gibt ihm einen Kuss auf die Wange. Vielleicht liebt sie ihn irgendwann wieder. Die beiden verabschieden sich und zurück bleiben Schmitt Senior und Junior, sie teilen sich einen Namen.

15

In der Ferne ändert sich ein Leben ein bisschen, erhält ein Kind einen zusätzlichen Spitznamen und ab jetzt monatlich Briefe von einer Insel, weit weg. Der Name ist wunderlich, die Menschen auch, die ihm schreiben, und das gefällt ihm gut. Im Dorf freut man sich über einen Brunnen und ansonsten geht das Leben weiter wie bisher.

16

Zeit spielt für uns eine Rolle,
erzählt sie jedem, den sie trifft, und die meisten Menschen verstehen es nicht oder falsch. Nur selten wird ihr zugestimmt. Die Namen der Friedhofsbewohner sind ihr vertraut wie die der Eltern, von jedem hier und überall kennt sie das Datum der Geburt. Sie erfindet dazu Geschichten und neulich hat sie ganz vergessen, ihre Mutter anzurufen, dabei hatte die einen runden Geburtstag. Außerdem hat die Frau irgendwann vergessen, wie alt sie selbst ist. Mit ihren Geschichten, so denkt sie sich, gibt sie den Menschen verlorene Leben zurück, vielleicht sogar mehr Leben und Geschichte, als die Toten je zuvor gehabt haben.
Die riesenhaften Steine, die sie heute findet, verwirren sie. Die muss sie bisher übersehen haben, aber wie war das möglich bei der Größe der Steine? Es ist mit einem Mal schwierig, Anfang und Ende auszumachen, hier findet sie nur lange Geschichten, manchmal fehlt der Beginn, oft der Schluss und dazwischen sieht sie ein Chaos.
Walfänger,
liest sie laut.
Kaufmann, Norwegen, Grönland, Svalbad, Afrika, Gefahr.
Sie flüstert:
Fortgegangen.
Sie ruft:
Zurückgekehrt. Vermisst.
Verzweifelt stürzt sie weiter, nichts gibt es hier, was sie füllen kann. Namen und Daten fehlen manchmal, die könnte sie geben, aber nichts sieht hier so aus, als würde es auf Namen, auf Anfang und Ende warten. Sie wird hier nicht gebraucht. Die

Frau blickt in ihr Notizbuch, in Nummer siebzehn. Namen und Daten und Stichwörter für Geschichten darin. Sie läuft zu dem Grab mit dem Fisch, dahin, wo sie neulich den Mann und die Frau getroffen hat.

Er ist nicht mal fünfzig geworden, das beruhigt sie heute nicht. Sie stürzt zurück zu den riesenhaften Geschichten, die Anfang und Ende ignorieren. Die Frau denkt nach. Vielleicht werden die Geschichten zwischen Anfang und Ende heute, in ihrer Zeit, verschwiegen. Vielleicht gibt es auch in ihrem Notizbuch, in allen ihren sorgsam angelegten Büchern Namen, die schon eine Geschichte hatten, bevor sie ihnen eine, ihre, gegeben hat. Was ist mit den Bindestrichen zwischen den Daten, was ist da passiert und warum lässt man sie daran nicht teilhaben. Die Frau steht vor dem Grab eines:

Olaf Olafsen.

Ein Bäcker war das, einer von vielen mit demselben Namen, jemand mit einer beruhigend kurzen Geschichte auf einem beunruhigend hohen Stein. Der größte Teil des Steins wird von einer eingemeißelten Brezel eingenommen. Zumindest hier gibt es nicht viel Geschichte, nur ein Bäcker liegt in dem Grab. Sie lässt sich vor dem Stein auf den Kiesweg fallen und zückt ihr Notizbuch. Schreibt den Namen auf, dann das Datum, wie immer. Jetzt muss sie dem Armen nur noch eine Geschichte geben. Eine vernünftige Geschichte mit Abenteuer, Liebe und Hass, gerahmt von Geburt und Tod.

Er war Koch eines dänischen Königs,

sagt hinter ihr eine Stimme.

Er war mein Ururgroßvater. Ich bin Ole. Wusstest du, dass dieser Olaf Olafsen indirekt in die Geschichte eingegriffen hat?

Nein,

sagt sie.

17

Komme,

ruft die Stimme. Die Spiegelwelt leuchtet ihn an und lockt mit einem Sommertag, mit blauem Himmel, wo hier doch der Mond scheint. Der Zettel, die Zahnbürste, der Brief, das alles hierlassen und weggehen ohne Entschuldigung und Erklärung? Er hat die Tür aufbekommen, ohne Hilfe. Er kommt überall zurecht, da ist er sich fast sicher.

Komme.

Der Stuhl hält ihn fest, lässt ihn nicht gehen. Tjorven wird einige Zeit vor dem Spiegel verbringen, ohne darin sich selbst zu sehen.

18

Bist du traurig,

fragt Herr Schmitt wieder und der Sohn sagt nichts, kann er nicht, weil er ständig schlucken muss. Die Flut beweint seine Mutter und die Traurigkeit dazu kommt von ihm, er malt eine Schlinge in den Sand, sie soll eine Laufmasche darstellen. Herr Schmitt und sein Sohn schauen auf das Meer, es ist grau, über dem Wasser haben sich Wolken aufgehängt. Das Segel des Surfbrettes fängt den Wind ein, der schreit laut in seinem Gefängnis. Der junge Mann ohne Namen geht hinüber, legt das Segel flach in den feuchten Sand, der Wind dankt nicht, flieht schnell. Wieder scheißt eine Möwe und jetzt trifft sie, wen sie treffen will. Er sagt:

Scheiße,

und zwar von ganzem Herzen und jetzt ist Herr Schmitt beruhigt und kann sagen, was er sich auf der langen Fahrt zurechtgelegt hat:

Du musst nicht traurig sein.

Der lange dünne junge Mann mit den vielen Haaren, die ganz schwarz sind und ein bisschen nass von der Zeit, als er

auf dem Wasser war, lässt sich in den Sand fallen, bleibt mit dem Blick auf dem Meer, mit den Ambitionen für Größeres. Lichter, ein Frachter wohl, kreuzen das Bild, der junge Mann ohne Namen schleudert einen Stein, Wellen werfen Wellen. Die Lichter verschwinden am Horizont. Es könnte sein, dass er den Frachter getroffen hat.
Was ist mit der Liebe deines Lebens,
fragt der Vater. Herr Schmitt steht, wartet und überlegt, ob er trösten konnte, lässt sich in den Sand hinabsinken und streift beim Fallen den Arm seines Sohnes, sonst nichts.

19

Einen Klaps auf die Schulter, vor vielen Jahren, es ist eher ein Schubser und er soll das Kind ins Leben befördern. Einen Klaps auf die Schulter gab es damals, vor vielen Jahren. Heute wieder, einen Klaps auf die Schulter, einen Schubser ins Leben zurück und mit Hoffnung verbunden:
Du machst das schon.
Einen Tag, bevor Lea aus dem Krankenhaus entlassen werden soll, verschwindet ihre Mutter wieder. Wohin sie selbst morgen gehen wird, weiß Lea noch nicht.
Bis irgendwann, mein Schatz,
sagt ihre Mutter erst, als sie wieder am Bahnhof steht und Lea antwortet ihr, als der Zug abfährt:
Mal sehen.
Soll ich ihn grüßen,
fragt die Mutter.
Mach das,
sagt Lea im Schlaf. In der letzten Nacht im Krankenhaus, in der Nacht vor der Entlassung, träumt Lea, dass ihre Mutter ihn endlich wiederfindet.

20

Vielen Dank,
sagt Herr May.
Ihnen auch,
sagt der nette Mann.
Es ist nett, dass Sie mir den Brief, die Geschichte vorgelesen haben.
Das ist keine Geschichte,
sagt Herr May.
Es ist nett, dass Sie mir über diesen unglaublichen Menschen berichtet haben,
sagt der nette Mann.
Sie können alles, was ich Ihnen vorgelesen habe, gerne weitererzählen. Oder weiter vorlesen. Sie haben ja den Brief,
sagt Herr May.
Das werde ich,
sagt der nette Mann.
Auf Wiedersehen vielleicht,
sagt Herr May und steigt aus. In der Hand hält er die Ledertasche, vor ihm breitet sich das Meer aus.
Schön,
sagt Herr May und dann:
Gut.
Entschuldigen Sie,
sagt neben ihm eine Stimme.
Ah, der andere,
sagt Herr May.
Das tut mir leid,
sagt der Tod.
Muss es nicht,
sagt Herr May.
Ich bin auf dem Weg nach Hause und werde Sie eines Tages mitnehmen,

sagt der Tod.
Und ich mache eine Reise,
sagt Herr May.
Das klingt sehr spannend,
sagt der Tod.
Möchten Sie einen Brief bekommen,
fragt Herr May.
Ja gerne,
sagt der Tod. Herr May überreicht ihm einen der schönen Umschläge.
Dankeschön,
sagt der Tod und:
Ich kenne Sie gar nicht.
Man hat mir gesagt, dass ich ein Glückspilz bin,
sagt Herr May.
Soll ich wieder gehen,
fragt der Tod.
Sie können mit mir kommen,
sagt Herr May.
Wirklich,
fragt der Tod.
Selbstverständlich,
sagt Herr May.
Aber meine Briefe gebe ich alleine ab. Sie halten sich zurück.
In Ordnung,
sagt der Tod.
Kommen Sie,
sagt Herr May und:
Das Schiff wartet nicht auf uns.

21

Ich habe eine junge Frau angefahren.
Man könnte erfrieren, so kalt ist es in der Frühlingsnacht am

Strand.
Aber sie lebt. Zum Glück.
Herr Schmitt blickt neben sich, zu seinem Sohn, der hat ihn eben kurz angesehen, das hat er gemerkt. Jetzt steht der Sohn auf, das schwache Licht aus den Fenstern des Cafés und auch das des Mondes illuminieren, wie er wartet. Herr Schmitt steht ebenfalls auf, er braucht länger und muss sich kurz strecken, alle Knochen sind ineinander verkeilt vom Sitzen und Warten und Frieren. Auf was sein Sohn wartet, weiß Herr Schmitt nicht. Er rät, macht einen Versuch und geht einen Schritt auf ihn zu. Der Sohn nimmt sich ein Beispiel am Vater, kommt näher, blickt dabei auf den Boden, da ist nur Sand, weiß Herr Schmitt, er hat ihn zuvor stundenlang durch die Finger rieseln lassen. Noch ein Schritt, Herr Schmitt hebt die Arme, sein Sohn auch. Aus dem Fenster wird die Szene beobachtet, da draußen treffen sich zwei Zombies. Ihre Gesichter prallen aneinander, die Richtung der Annäherung war bei beiden dieselbe. Man könnte jetzt, aber niemand tut es, einen Rückzieher machen. Sie treffen sich, die Gesichter schieben sich aneinander vorbei, es entsteht eine Umarmung, der eine macht in ihr eine Pause von der Flucht, atmet tief durch und wünscht sich ein gutes Ende, trotz allem und obwohl er weiß –
Dann gibt er seinem Vater den Nachnamen zurück, der steckt ihm einen Notfallumschlag zu und der Sohn geht in Richtung der Dünen. Herr Schmitt wartet Minuten, ruft dabei einige Male:
Alles ist gut,
in den Wind. Ihm fehlt ein Daumen, er hat seine Begleitperson fürs Leben verloren, außerdem hat er beide gefunden: vor langer Zeit seine Frau und soeben ihren, seinen Sohn. Jetzt will er die Sachen aus dem Auto holen und im Café fragen, ob sie ihn, seine Säfte, seinen Sirup und seine Marmeladen

gebrauchen können, hier auf der Insel. Der Junge ist bereits aus dem Blickfeld verschwunden.

Herr Schmitt geht zum Auto, und zwar mit fast tänzerischen Schritten, und er sagt, und damit meint er nicht allein den Sohn:

Machs gut.

DER RABE:
Das Ende des hier zu Erzählenden

Irgendein neuer Tag. Der Himmel ist dunkelblau, es droht ein Gewitter. Hungrige Vögel segeln tief. Die Erde ist fast rund, wer sie umfliegt, findet vielleicht zu seinem Ausgangspunkt zurück und Kreise sind da, um geschlossen zu werden. Außerdem gibt es Zufälle, die als Fügungen bezeichnet werden könnten.
Die letzten Kilometer des Fluges umfassen alles:

Zuerst
ein Grab auf einer Insel, schon bekannt, und darauf noch immer ein steinerner Fisch, davor Blumen, roter Mohn an strategisch und symbolisch gut gewählter Stelle. Unter der Pflanze, fast unsichtbar, liegt ein aufgeschlagenes Notizbuch. *Danke* steht da. Und da ist ein Stern und daneben ein Datum und kein Bindestrich findet sich und kein Ende ist in Sicht.

Dann
zwei Menschen in einem kleinen Haus, auch auf der Insel. Sie sprechen und lauschen abwechselnd, die Frau gestikuliert, und wenn sie dabei flüchtig den Mann berührt, ist das so richtig, auf dem Tisch vor ihnen: zwei Plastikrosen, sie finden sie schön.

Dann
wird in der Caféküche ein Kuchen gerettet, im letzten Moment aus dem Backofen genommen. Der Vater liebt den Geruch und schickt ihn in Gedanken an seine Frau, und zwar mit der Straßenbahn, die ganz in ihrer Nähe hält.

Dann
lange Zeit nichts, nur Meer, aber auf einem Schiff darin treibt eine Geschichte, die noch kein Ende gefunden hat. Ein alter Mann erinnert sich an den Jüngling im Badezimmer und von ihm handeln seine Briefe und er trägt sie in alle Welt, am liebsten hat er es, wenn er sie den unbekannten Empfängern persönlich vorlesen darf und der Tod ist der Schatten des alten Mannes.

Dann
klappt ein Mann im Standesamt seine letzte Akte zu, streicht über den Namen im Reiterschild, der sehr kurz ist. Im Ruhestand will er sich mit der Ahnenforschung und seiner Frau beschäftigen.

Dann
spiegelt sich in der anderen Welt ein König im Wasser. Die Ankündigung seines Verschwindens wurde gedruckt und nicht geglaubt, auf der Wasseroberfläche prüft er die Krone und wartet.
Komme,
will der König rufen.

Dann
fühlt der König auf seinem Rücken eine Hand.
Tüten verwandeln sich in ausladende Kleider, aus einer Zeitung wird eine Krone, aus Träumen ein Märchen ohne Verbindungstür, ein Skelett legt sich zur Ruhe und ein König vergisst sein *Komme* auf ewig, weil vor ihm im Wasser die Liste versinkt, weil Buchstaben davontreiben, weil eine Stimme sagt:
Lass sie nur machen, die Prinzessin, das Kind. Lass sie nur machen und uns, lass sie gehn, sieh mich an, ich bin hier. Gib sie frei, lass das doch mal mit den Helden, küss mich richtig, du Feigling.

Dann
schließt sich der Eingang zum Spiegel. Ein Mann steigt von einem Stuhl. Er sieht sich im Zimmer um und schüttelt den Kopf. Der Mann beginnt zu lachen.
Also echt, sagt er und löscht das Licht.
Ich find dich schon wieder, du Depp,
sagt der Mann und dann geht er erst mal ins Bett.

Dann
ein Verharren in der Luft und die Entscheidung, den Wind alleine weitertreiben zu lassen. Eine Straßenecke in der Stadt. Lea ist zu sehen, sie geht spazieren, ist dabei in Gedanken.
Ben, denkt Lea.
So hieß er doch und irgendwie weiter.

Dann
nähert sich aus der anderen Richtung die Einkaufsstraße, sie wird von Horden berannt. Heraus ragt der Kopf eines Menschen und der Mensch hat gar keinen Namen mehr, aber dichtes, dunkles Haar und ganz ruhig ist er, weil es keinen Grund zur Eile gibt.
In seinem Haar landet müde ein Rabe.

Ende.

Danke an:

Leitung und Teilnehmer des textwerk-Seminars am Literaturhaus München,
das Hessische Literaturforum im Mousonturm Frankfurt,
Isabell, Jan, Nicki, Anne, Annelore & Werner, Susi, Jana, Melli, David,
meine Familie,
Folke.

MIX
Papier aus verantwortungsvollen Quellen
FSC® C083411
FSC www.fsc.org

Veröffentlicht im Fischer Taschenbuch Verlag,
einem Unternehmen der S. Fischer Verlag GmbH,
Frankfurt am Main, April 2012

Druck und Bindung: CPI – Clausen & Bosse, Leck
Printed in Germany
ISBN 978-3-596-19187-1